AF276081

CUALQUIERA PUEDE MORIR EN JUNIO

Obras de Alan Parks
en Maxi

ALAN PARKS
CUALQUIERA PUEDE MORIR EN JUNIO

Traducción de Juan Trejo

MAXI
TUSQUETS
EDITORES

Título original: *To Die in June*

1.ª edición en colección Andanzas: mayo de 2025
1.ª edición en colección Maxi: mayo de 2026

© Alan Parks, 2023
Publicado por acuerdo con The Foreign Office Agència Literària, S.L., y Blake Friedmann Literary Agency Ltd

Adaptación de la cubierta: Maxi Tusquets / Área Editorial Grupo Planeta

Fotografía de la cubierta: © Raymond Depardon / Magnum Photos / Contacto

Fotografía del autor: © Euan Robertson

© de la traducción: Juan Trejo Álvarez, 2025

Diseño de la colección: FERRATERCAMPINSMORALES

Reservados todos los derechos de esta edición para
Tusquets Editores, S. A. - Avda. Diagonal, 662-664. 08034 Barcelona
www.maxitusquets.com

ISBN: 978-84-1107-789-7
Depósito legal: B. 25.047-2026
Impreso en España

La lectura abre horizontes, iguala oportunidades y construye una sociedad mejor.
La propiedad intelectual es clave en la creación de contenidos culturales porque
sostiene el ecosistema de quienes escriben y de nuestras librerías.
Al comprar este libro estarás contribuyendo a mantener dicho ecosistema vivo y
en crecimiento.
En Grupo Planeta agradecemos que nos ayudes a apoyar así la autonomía creativa
de autoras y autores para que puedan seguir desempeñando su labor.
Dirígete a CEDRO (Centro Español de Derechos Reprográficos) si necesitas
fotocopiar, escanear, distribuir o poner a disposición algún fragmento de esta obra
(www.cedro.org; 91 702 19 70 / 93 272 04 45).
Queda expresamente prohibida la utilización o reproducción de este libro o
de cualquiera de sus partes con el propósito de entrenar o alimentar sistemas
o tecnologías de inteligencia artificial.

En memoria de Agnes Leonard

En memoria de Aqua Leonae

La sabiduría llega a través del sufrimiento.

Esquilo

Se dio la vuelta, bostezó, tomó el paquete de tabaco y los fósforos de la mesilla de noche y encendió un pitillo. Apoyó la cabeza en la almohada y expulsó una bocanada de humo, al tiempo que recorría con el dedo las grietas del techo que tan bien conocía. Ya se había levantado alguien, podía oír el trajín en la cocina, el silbido de una tetera al hervir cortado de manera abrupta. Entre los demás residentes y el estruendo de los trenes subterráneos que pasaban bajo el edificio, le costaba dormir hasta tarde. Llevaba allí un par de meses. Un apartamento compartido en Govan. Con él, otras cinco almas solitarias en otras cinco habitaciones. Una cocina y un aseo para todos. Su hogar. Por lo menos hasta el momento.

Miró la hora en su reloj, casi las seis y media. Después de todo, hoy era el gran día. Su uniforme recién planchado colgaba del tirador del armario. Podía ver su propio reflejo en el espejo de la parte delantera del mueble. Veintidós años. Más guapo imposible. Los músculos de sus hombros se tensaron al sentarse; el entrenamiento estaba dando sus frutos.

Tenía que estar allí a las ocho en punto. No podía llegar tarde el primer día, causar buena impresión era fundamental. Pasó las piernas por el borde de la cama. Llegados a ese punto, podía decir que el plan estaba funcionando. La segunda fase, como le gustaba denominarla, daba comienzo ese mismo día. Apagó el cigarrillo en el cenicero de McEwan's Pale Ale. Se miró las manos e imaginó lo que pronto haría con ellas si todo salía bien. Algo terrible iba a suceder.

Miércoles
28 de mayo de 1975

Uno

McCoy salió de la comisaría cuando caía la noche. Cargaba con dos cajas llenas de cosas que suponía que necesitaría en el nuevo destino, así como con una bolsa de Agnews con cuatro latas de cerveza y una botella de whisky. Llegó hasta la recepción sin que se le cayera nada, justo en el momento en que el sargento de guardia colgó el teléfono y le tendió una nota.

—Tengo las manos ocupadas, Ross. ¿Qué dice?

—Una solicitud del agente Watson para que acudas a la escena de un crimen. Ha dicho que te pillaba camino de casa —dijo—. Más o menos.

McCoy suspiró, dejó las cajas sobre el escritorio y leyó la nota. No le pillaba de paso.

—Vivo en Partick, Ross, no en el maldito Calton.

Ross se encogió de hombros y retomó la lectura del periódico.

—¿No hay nadie más aquí?

No obtuvo respuesta.

McCoy maldijo, recogió las cajas y se dirigió a su coche.

Era una de esas noches de verano perfectas que no se dan muy a menudo en Glasgow. Todavía hacía algo de calor, el cielo empezaba a teñirse de rosa. Las calles estaban llenas de niños quemados por el sol y parejas que regresaban a casa agarradas de la mano. Incluso los borrachos que se reunían en la parte de atrás de la estación de autobuses de la calle Buchanan parecían felices. Con camisetas sin mangas, la cara roja por haber estado tumbados todo el día en el parque compartiendo una botella de alcohol.

—Me has pillado por los pelos. Estaba a punto de largarme —dijo McCoy al salir del coche—. Cinco minutos más tarde y no habría visto tu mensaje.

—Entonces me alegro de haberlo hecho —dijo Wattie—. Supuse que esto te interesaría.

—Me da a mí que querías un poco de compañía —comentó McCoy—. ¿No te parece que aquí ya hay bastante gente?

Señaló con la cabeza hacia la multitud que se congregaba al otro lado de la calle. Cuatro o cinco agentes de uniforme estaban desenrollando una cinta para acordonar la zona, dos enfermeros desplegaban una camilla, el fotógrafo de la policía, bajo una capa negra, colocaba una nueva película en su cámara. Todos reunidos en torno a algo que yacía en el suelo. Algo que McCoy sabía que tenía que ser un cadáver.

Estaban en una plaza embarrada llena de basura, restos de mampostería y botellas rotas. El espacio entre dos edificios a la espera de ser demolidos. Aunque se encontraba a apenas cinco minutos de distancia de la bulliciosa calle Argyle, resultaba difícil sospecharlo siquiera; en los alrededores del descampado no había nadie, un remanso de paz en el corazón de la ciudad. El lugar ideal para aquellos que no querían ser vistos.

—Mi intención es acabar con este asunto antes de que anochezca —dijo Wattie—. Nos ahorrará tener que traer las luces y todo eso.

McCoy alzó la vista al cielo. El sol ya estaba bajo y los edificios proyectaban largas sombras.

—Será mejor que nos demos prisa. Me has obligado a venir aquí, ¿vas a decirme qué está pasando?

—Haré algo mejor que eso —respondió Wattie—. Te lo voy a enseñar.

Echaron a andar hacia el otro extremo del descampado.

Wattie señaló con la mano hacia el frente.

—Dos chicos que tomaron un atajo por aquí vieron lo que creyeron que era un montón de ropa. Cuando se acercaron, resultó que era el cadáver de un hombre. Corrieron a esa cabina de teléfono y llamaron.

—Alucinante —dijo McCoy.

—Lo sé —admitió Wattie—. Esa clase de cabroncetes habitualmente se dan el piro.

—No me refiero a eso. Lo alucinante es que una cabina telefónica en Glasgow funcione. Será la primera vez. Asegúrate de que quede constancia en tu informe.

—¿Te has quedado a gusto, inspector Listillo?

McCoy asintió.

—¿Qué le ha pasado?

—Por lo que parece, se trata de una muerte natural, no hay señales de otra cosa. Por su aspecto, se quedó dormido al raso.

Se acercaron un poco más y Wattie les dijo a los agentes que se apartaran un momento. McCoy se armó de valor y se aproximó al cadáver. Supuso que no habría sangre y que no le impresionaría.

Los chicos que lo encontraron tenían razón: parecía más un montón de ropa que otra cosa. Pero no lo era. Se trataba de un hombre vestido con un sucio traje azul, camisa blanca, a la que le faltaban casi todos los botones, chaleco, uno de los zapatos negros tirado en el suelo y el otro todavía en el pie, aunque sin calcetín. Tenía la cabeza arqueada hacia atrás, los ojos muy abiertos miraban hacia el cielo, restos de bilis verdosa alrededor de la boca. Debía de tener unos sesenta años, la cara arrugada y una cicatriz en la frente. Cabía la posibilidad de que fuese diez años más joven, era difícil saberlo. Vivir en la calle pasaba factura.

—¿Te suena? —preguntó Wattie.

—¿Acaso crees que conozco a todos los malditos vagabundos de Glasgow?

—No. Pero pensé...

—Es Jamie MacLeod, Jamie de Govan —dijo McCoy—. Lleva en la calle desde que tengo memoria. Alguna vez lo vi con mi padre. Era un bebedor empedernido, lo arrestaron varias veces por ebriedad y alteración del orden. Yo mismo lo detuve en una ocasión cuando hacía la ronda.

Dejó de hablar. Apreció una considerable sonrisa en la cara de Wattie.

—¿De qué te ríes?

—De nada —dijo Wattie.

McCoy señaló hacia un puñado de ceniza pisoteada a un par de metros de distancia.

—¿Dónde están sus amigos? Seguro que se reunieron aquí tres o cuatro para compartir una botella. Hicieron una pequeña fogata.

—No he visto a nadie. Debieron de largarse al verlo muerto.

McCoy sacó su paquete de cigarrillos y encendió uno. Miró a su alrededor.

—¿Sabes una cosa? Un día iré a un sitio como este y será mi padre el que esté ahí, tirado en el suelo.

—Eso es lo que yo llamo un pensamiento alegre —dijo Wattie—. ¿Lo has visto últimamente?

McCoy negó con la cabeza.

—Hace un par de meses lo vi desde el coche, en la calle Templeton. Llevaba una botella de vino en la mano y despotricaba contra alguien que no estaba presente. Me dio la impresión de que se había roto la nariz.

—Yo no me preocuparía demasiado. Tu padre es como una maldita cucaracha, haría falta una explosión nuclear para deshacerse de ese cabrón. Nos sobrevivirá a los dos.

—Es muy probable. ¿Dónde está Phyllis? —preguntó McCoy—. ¿Qué se cuenta?

—No gran cosa. Está en Ámsterdam visitando a su hermana. Vuelve mañana.

Wattie señaló a un joven de pelo rubio y traje de tweed que estaba junto a la ambulancia.

—Es su sustituto. Colin Nichol.

Debió de oír su nombre, porque no tardó en acercarse y tenderle la mano.

—Colin —se presentó—. Soy el forense suplente.

—McCoy —dijo McCoy estrechándole la mano—. Inspector.

—Y ese de ahí —dijo Wattie señalando el cadáver— es Jamie de Govan.

—¿Qué? —preguntó Nichol volviéndose hacia McCoy—. ¿Lo conocía? No me lo puedo creer. —Rebuscó en el bolsillo y le entregó a Wattie un billete de cinco libras.

McCoy reparó en el gesto.

—¿Wattie? ¿Me has traído aquí con la única intención de ganar un puto billete de cinco libras?

—No —respondió Wattie—. Yo no sería capaz de hacer algo así. Supuse que querrías ver lo que estaba pasando en nuestro territorio, eso es todo.

—Sí, cómo no —dijo McCoy—. Muy bien, ¿qué le ha pasado?

—¿Valoración provisional? —dijo Nichol.

McCoy suspiró. Esas eran las palabras preferidas de todo médico forense.

—Lo que has descubierto hasta el momento, no vamos a obligarte a más.

—Bien. Es viejo, como puede apreciarse. Calculo que tiene unos sesenta años. Con toda probabilidad, alcohólico. Las piernas y los pies hinchados, el tono amarillento de su piel y el hecho de que retuviese líquido en el abdomen lo dejan bastante claro. En cuanto a la causa de su muerte, no quiero parecer poco profesional, pero podría deberse a varias cosas: insuficiencia hepática, insuficiencia cardiaca, derrame cerebral... Elijan. En pocas palabras, su tiempo se había acabado. Bebiendo tanto y viviendo en la calle... A su edad, no es de extrañar que a uno le sobrevenga la muerte.

—Pero ¿fue por causa natural? —preguntó McCoy.

—Eso parece. Imagino que habrá visto casos similares con anterioridad.

Demasiados para contarlos siquiera.

—Pobre desgraciado —dijo Wattie—. Morir en un lugar como este... ¿Algún pariente cercano?

McCoy se encogió de hombros.

—Creo que llegó de Donegal hace años, enemistado con su familia. Trabajó durante un tiempo en los astilleros de Govan, antes de que la bebida pudiese con él. Es posible que Liam sepa algo. Conoce a la mayoría de estos tipos.

—¿Sabemos por dónde para Liam? —preguntó Wattie.

—Si no está bebiendo, andará por la ciudad. Aunque tal vez se encuentre en Blairgowrie, recogiendo frambuesas. Si está bebiendo, sabe Dios adónde habrá ido a parar.

—Redactaré el certificado de defunción esta noche —dijo Nichol—. Así me lo sacaré de encima.

—¿Causa de la muerte? —le preguntó McCoy.

—Infarto de miocardio —respondió Nichol—. Sea cual sea la causa, murió porque se le paró el corazón. Es lo que solemos poner en casos como este.

Se despidió y regresó junto al cadáver.

—¿Es bueno? —inquirió McCoy viéndole marchar.

—Ni idea —respondió Wattie—, pero es bastante simpático. Mañana se va a pasar tres meses a Aberdeen.

—Qué suerte tiene —dijo McCoy—. Aquí todo parece bastante sencillo. Acabarás en una media hora, más o menos.

—Eso espero —dijo Wattie.

—¿Todo listo para mañana?

Wattie asintió. Entonces recitó:

—Si alguien pregunta por qué estamos aquí, hemos sido trasladados temporalmente a la comisaría de Possil debido a la reestructuración por el cambio de la Policía Municipal de Glasgow a la Policía de Strathclyde.

—Buen chico. Sigue así.

—De entre todos los malditos lugares posibles, tenía que ser Possil. ¿Por qué allí? Es una pocilga dentro de otra pocilga más grande.

—Te encantará. Yo hacía allí las rondas cuando empecé. Me convirtió en quien soy hoy en día.

—Genial. Así que ahora yo también voy a convertirme en un cabrón que no deja de lloriquear ¿Cuándo fue eso? ¿Justo después de la guerra?

—Muy gracioso —dijo McCoy. Reflexionó un segundo—. Debió de ser en 1968, más o menos.

Las farolas titilaron y acabaron encendiéndose, el páramo se inundó de repente de una luz anaranjada. En cualquier caso, logró que el escenario pareciera incluso un poco más triste. Nada de atardeceres indulgentes, tan solo el duro ardor del sodio iluminando a aquel hombre muerto tirado en el suelo.

Los de la ambulancia subieron el cuerpo a una camilla. McCoy dejó caer su cigarrillo y se colocó al lado.

—Un ataúd de cartón y una lápida sin nombre. Por la gracia de Dios.

—No te pongas sentimental conmigo —dijo Wattie—. Saben que vamos para allá, ¿verdad? Me refiero a los de Possil.

—No lo creo. Será una agradable sorpresa para ellos.

—¿Me explicarás alguna vez el motivo real de por qué vamos allí?

McCoy suspiró.

—¿De verdad quieres saberlo? Se supone que no tengo que contárselo a nadie.

Wattie asintió.

—Dame las cinco libras y te lo cuento.

Wattie rebuscó en su bolsillo y le entregó el billete.

McCoy empezó a hablar.

—Vamos a la comisaría de Possil porque nos han trasladado temporalmente debido a la reestructuración provocada por el cambio de la Policía Municipal de Glasgow a la Policía de Strathclyde.

—Eres un idiota de tomo y lomo, McCoy. Lo sabes, ¿verdad?

—Sí —dijo McCoy—. Nos vemos mañana. Possil, allá vamos.

Miércoles
11 de junio de 1975
Dos semanas después

Dos

En un primer momento, McCoy no se dio cuenta del alboroto. Estaba mirando hacia el otro lado, intentando tranquilizar a Margo diciéndole que no estaba demasiado colocada para presentar el premio, que lo único que tenía que hacer era respirar hondo un par de veces y darle varios tragos al vaso de agua, y que eso la haría sentirse mejor. No parecía el momento adecuado para recordarle que él ya le había advertido que no se fumara el segundo porro. Por ese motivo, hasta que Billy no le dio un codazo, McCoy no miró a su alrededor.

—Odio tener que decirte esto —le dijo Billy—, pero creo que esos dos te están buscando.

—¿Qué? —preguntó McCoy.

Billy hizo un gesto hacia la puerta.

—Uno de ellos te está señalando.

McCoy miró hacia el otro extremo de la sala llena de mesas y soltó un gemido. Billy estaba en lo cierto. Liam Donaldson le saludó desde la puerta del salón de actos. Por lo que pudo ver, Liam había querido arreglarse, llevaba puesto su traje de los domingos. Desgraciadamente para él, unas botas, unos vaqueros viejos y un jersey roto no lucían demasiado bien. Entre los asistentes a los premios del Scottish Variety Club que estaban sentados alrededor de las mesas, todos ellos vestidos de punta en blanco y bebiendo vino y champán, parecía más bien un vagabundo que en ningún caso debería haber traspasado la puerta principal.

Por lo visto, Liam iba acompañado de un chico. Al menos el joven vestía un traje negro, aunque era dos tallas más grande de lo que le correspondía, y lo mismo ocurría con la camisa blanca por la que asomaba su delgado cuello. Quienesquiera que fuesen Liam y su amiguito, no habían sido invitados por el Scottish Variety Club para celebrar su gran noche de gala.

Liam gritó:

—¡Harry!

McCoy le saludó con la mano.

Liam consiguió hacer a un lado a los porteros que intentaban retenerlo y se abrió paso entre las mesas en dirección a McCoy, con su trajeado amigo detrás de él. Algunos de los invitados observaron la escena boquiabiertos, otros ignoraron discretamente el alboroto y siguieron degustando su pollo Balmoral.

—¿Es amigo tuyo? —le preguntó Margo, mirando por encima del espejo del que se servía para aplicarse una nueva capa de pintalabios rojo brillante.

—Sí —dijo McCoy—. Liam Donaldson.

Y así era. Liam le había ayudado en unas cuantas ocasiones. Conocía a la gente que vivía en las calles o en los refugios; confiaban en él y se mostraban dispuestos a hablar con McCoy si Liam estaba allí o respondía por él. Pero aquel era el último lugar del mundo donde esperaba encontrárselo. Además, resultaba imposible no prestarle atención. Liam era un tipo corpulento, medía más de metro ochenta y tenía la constitución de un granjero. La gran cicatriz que recorría su rostro rubicundo era bien visible incluso a pesar de su canosa barba. No podría haber desentonado más entre aquellos vestidos de fiesta y trajes de etiqueta ni aunque se lo hubiera propuesto.

Billy encontró una botella de vino tinto entre todas las que había vacías encima de la mesa, vertió la mitad en una jarra de cerveza y se la tendió a McCoy.

—Creo que vas a necesitar esto —le dijo—. Por cierto, ¿te va a patear la cabeza? Porque si es así, no me mires. Soy demasiado guapo para que me peguen.

Billy buscó otro vaso y no lo encontró. Masculló entre dientes «a la mierda», se hizo a un lado y dio un trago directamente de la botella de vino.

Liam y su amigo pasaron junto a una mesa en la que había una mujer estupenda con cara de sorpresa, y se situaron frente a ellos. Uno de los porteros los alcanzó y agarró a Liam por el brazo. Liam se volvió hacia él, parecía que estaba a punto de darle una paliza, cuando, justo en ese momento, Margo se aclaró la garganta.

—Son nuestros invitados —dijo dirigiéndose al portero con la elegancia propia de su educación de clase alta—. Por favor, absténgase de tratarlos como si no lo fueran.

El portero tenía el aspecto de un colegial enfurruñado y se alejó farfullando.

—Señor McCoy —dijo Liam—, ¿no me ha oído llamarle? Wattie me dijo que estaba aquí.

—¿En serio? —McCoy apuntó mentalmente la referencia para hacérselo pagar a Wattie de algún modo.

Miró a Liam y respiró aliviado al comprobar que estaba sobrio. Su mirada era limpia, las manos no le temblaban, no olía a cerveza reseca ni a sudor rancio.

—¿No vas a pedirles a tus amigos que se sienten? —le preguntó Margo.

—¿Qué has dicho? —preguntó McCoy, pues era lo último que tenía pensado hacer.

Margo le tendió la mano a Liam para que se la estrechara.

—Habida cuenta de que Harry está siendo demasiado grosero para presentarnos... Soy Margo Lindsay. Encantada de conocerte.

Liam se limpió la mano en los vaqueros y correspondió al saludo. Parecía adecuadamente impresionado. En verdad, no todos los días se tenía la oportunidad de conocer a una de las actrices más famosas de Escocia.

—Soy Liam y este es Gerry —dijo—. Encantado de conocerte.

—Sentaos —les invitó Margo y se volvió hacia Billy—. ¿Serías tan amable de hacerles sitio?

Billy, con su barba puntiaguda, traje vaquero con parches y grandes zapatos de plataforma, agarró su botella de vino, cambió de asiento y le cedió el que había ocupado a Liam. Gerry vio una silla libre en el otro extremo de la mesa, se sentó y empezó a comerse los restos de un panecillo que encontró en un plato.

—Billy, Liam. Liam, Billy —dijo McCoy.

Billy inclinó la cabeza.

—Me alegro de que haya alguien más que no lleve pajarita —dijo señalando su traje—. ¿Quieres un poco de vino, amigo?

—¿Qué estás haciendo aquí, Liam? —preguntó McCoy.

—He ido varias veces a la calle Stewart y te he dejado mensajes. ¿No los recibiste?

—Ya no estoy allí, Liam. Ahora estoy en Possil. ¿No te lo han dicho?

—Sí, al final sí.

McCoy no se sorprendió. En la Central, Ross era, en el mejor de los casos, un inútil.

Liam le quitó la botella de vino a Billy y vertió la mayor parte del contenido en un vaso de cerveza. Justo cuando McCoy estaba a punto de decirle que se lo tomara con calma, las luces de la sala se apagaron, la música empezó a sonar y un foco iluminó el podio sobre el escenario.

—Ay, Dios —dijo Margo—. ¿Estás seguro de que no voy demasiado colocada, Harry?

—Estás bien. A por ellos —respondió McCoy. Poco a poco tomó conciencia de que estaba viviendo una de las veladas más extrañas de su vida. Lo único que podía hacer era quedarse sentado y esperar que las circunstancias no empeorasen.

Michael Aspel, el presentador de la noche, subió al escenario, recibió aplausos y se puso a hablar por el micrófono.

—Señoras y señores, demos la bienvenida al escenario a la actriz escocesa nominada al Oscar, ¡la única e inigualable Margo Lindsay!

Comenzaron los aplausos, un foco iluminó a Margo, que se puso en pie y se desplazó hacia el escenario avanzando entre las mesas. Todas las miradas la seguían, el largo vestido cubierto de miles de pequeñas lentejuelas blancas centelleaba bajo la luz.

—Así que es cierto. ¿Estás saliendo con ella? —preguntó Liam mientras observaba cómo Margo subía los escalones, tomaba la mano de Michael Aspel y le besaba en la mejilla—. ¿Cómo coño es eso posible?

—La conocí mientras trabajaba en un caso el año pasado.

—¿No era su hermano el loco ese que tenía su propio ejército privado?

McCoy asintió.

—Hace unas semanas fue lo de los trabajadores de los astilleros en George Square. La manifestación. Conseguí evitar que un gilipollas uniformado la detuviese, por eso me propuso que fuéramos a cenar.

Billy se apartó un poco y dio otro trago de vino directamente de la botella. Hizo una mueca.

—Hablando de combates de peso desigual... —comentó.

Margo se acercó al micrófono. McCoy le había mentido, sí parecía un poco colocada, pero no creía que nadie más fuera a darse cuenta.

—Gracias. Es todo un placer que me hayan pedido que anuncie al ganador del premio al Cómico Escocés del Año. —Sonrió, abrió el sobre dorado. Miró al público—. ¡Y el ganador es Stanley Baxter!

McCoy se volvió hacia Billy.

—Pero ¿no ibas a ganar tú?

Billy se encogió de hombros.

—Tengo que cuidar de mi reputación. Es demasiado pronto para convertirme en alguien tan popular.

Al ver a Margo abrazando a un entusiasmado Stanley Baxter sobre el escenario, McCoy entendió que aquella era su oportunidad de escapar.

—Se pasarán un buen rato hablando con la prensa —dijo volviéndose hacia Liam y Billy—. ¿Qué os parece si los caballeros nos retiramos al bar a tomar una copa de verdad?

El bar del hotel estaba prácticamente vacío, tan solo había un par de refugiados de la ceremonia reunidos en torno a una de las mesas y un pequeño grupo de melenudos en el otro extremo. Algunos vestían traje de etiqueta, otros no. McCoy se sirvió un trago, les sirvió a Liam y Billy un whisky doble y a Gerry una Coca-Cola. Cuando se dirigían hacia una mesa al fondo del bar, McCoy se percató de que una de las botellas de vino de la mesa asomaba por el bolsillo de Liam. Estaba a punto de decirle que la devolviera a su sitio cuando oyeron a alguien gritar «¡Billy!». Se dieron la vuelta. Hamish Imlach, ya sin pajarita y con la camisa medio desabrochada, estaba entre los melenudos junto a la barra, haciéndole señas para que se acercara.

—Enseguida me reúno con vosotros —dijo Billy con una sonrisa—. El jefe me reclama.

McCoy, Liam y Gerry, que todavía tenía el panecillo a medio comer en la mano, se sentaron a la mesa. McCoy se desabrochó la pajarita y por fin se permitió respirar.

—Bien, Liam, ¿a qué tanta urgencia? —preguntó y le dio un sorbo a su whisky—. Se supone que esta es mi noche libre.

Liam señaló a Gerry con el mentón.

—Gerry vino a verme hace un par de días. Al principio no le creí, pero ahora pienso que tiene razón. Por eso teníamos que presentarnos aquí esta noche, antes de que ocurra algo más.

—¿Sobre qué tiene razón? —insistió McCoy, perplejo.

—Dos cadáveres —dijo Liam—. Y a nadie le importan una mierda.

Tres

Los melenudos y Billy estaban montando jaleo en un extremo de la barra, riendo, contando chistes, ignorando las quejas de algunos de los tipos del Rotary Club que se habían sentado a una mesa cercana. McCoy tuvo que inclinarse hacia delante para asegurarse de que le oían.

—Liam, ¿de qué estás hablando?

Liam señaló con la cabeza a Gerry, que rebuscaba en el bolsillo de su traje. Sacó unos pedazos de papel de carnicero que había doblado varias veces.

—Gerry te lo va a decir. Se pone un poco nervioso si tiene que hablar mucho rato, por eso ha querido escribirlo para ti.

Gerry le tendió el papel a McCoy. McCoy lo agarró y lo leyó una primera vez. El pelo del chico se veía tan áspero que se asemejaba al pelaje de un animal. Lo llevaba muy corto. Sonreía de medio lado y tenía los ojos de un azul brillante. Parecía una especie de criatura del bosque. McCoy no podía hacerse una idea precisa de su edad, que rondaría entre los trece y los diecisiete años, y se apreciaba pelusa en su barbilla. El traje que llevaba puesto era otra cosa. Daba la impresión de que alguien había muerto con ese traje puesto y todavía se hallara de algún modo en su interior. Asomaba por todos los ángulos; una pierna era más larga que la otra. Los zapatos negros estaban lustrados, pero las suelas de ambos habían empezado a despegarse del cuero. No llevaba calcetines.

McCoy desdobló el papel. Habría matado a Liam. Y a Wattie.

Pero Liam no era tonto, no habría ido a buscarlo si no estuviese convencido de que algo iba realmente mal. El papel estaba

escrito por todas partes con bolígrafo azul, la letra era minucio-
sa. Suspiró y empezó a leer.

Cuando Titch murió, me puse triste. Empezó a gritar y a llorar y
se levantó y se tambaleó y casi se cae al fuego y se quema. Lo llevamos al Royal, pero ya no volvió a salir. Murió. Yo había rezado
con las dos manos, sosteniendo mi medalla de san Judas, pero no
funcionó. Ahora está en el cementerio de Cadder, en un gran agujero junto a otros hombres. Su ataúd era de cartón. Le pregunté a
Joe qué había bebido, pero no lo sabía, lo único que sabía era que
estaba metido en una botella de Irn-Bru, pero no era Irn-Bru, porque era marrón, no naranja.

Liam y Gerry lo miraban fijamente, a la espera. McCoy se fijó
en Margo, que estaba en el otro extremo de la sala junto a Stanley Baxter y a otro que no sabía cómo se llamaba, el que inter-
pretaba a Hudson en la serie *Arriba y abajo*. Ella le hizo un gesto
con la mano y él le devolvió el saludo, esforzándose por parecer
pesaroso. Retomó la lectura.

No estoy seguro de lo que pasó después de eso. Todo lo que sé es
que estuve en un lugar, pero no sabía si era un hospital o una prisión, pero al cabo de unas semanas volví a salir y fue entonces
cuando me enteré de que Jamie de Govan había muerto. Era Jamie
de Govan porque el otro Jamie era Jamie de Highland. Pregunté
qué le había pasado y Mary, la del abrigo rojo, me dijo que había
empezado a gritar y a llorar y que le había dicho: «Madre de Dios,
ayúdame, no veo», y entonces le salió espuma por la boca y murió.
Por esas dos razones estoy aquí. Liam dijo que conocía a un policía que podría ayudarnos, llamado Harry McCoy, y que tenía que
hablar con él. Estoy preocupado y tengo miedo de que le ocurra lo
mismo a otro hombre o mujer que conozco. ¿Podría usted averiguar qué les pasó a Titch y a Jamie de Govan? Por favor. Yo le
ayudaré. He escrito esto porque a veces cuando hablo las palabras
me salen mal. Se lo agradezco de nuevo y que Cristo nuestro Señor y san Judas velen por usted.

McCoy se sentó en la silla y plegó el papel de nuevo. Gerry seguía mirándolo con los ojos muy abiertos, apretando en un puño la medalla de san Judas que le colgaba del cuello. McCoy suspiró, sopesó la posibilidad de mandarlo a paseo, pero no encontró razón alguna para hacerlo.

—¿Has cenado? —le preguntó al muchacho.

Avergonzado, Gerry negó con la cabeza.

—Quédate aquí. Te traeré unos bocadillos.

McCoy se acercó a la barra. Pudo oír, del otro lado de la pared, la ovación dedicada a la gran actuación de la noche. Las Three Degrees. Al parecer, su primer tema era «Everyone's Gone to the Moon». No eran especialmente de su agrado, pero sonaban bastante bien. Pidió dos rondas de bocadillos de queso y otra Coca-Cola, añadió una cerveza y un whisky para él. Billy se había encaramado en una silla y estaba contando una historia con todo lujo de detalles; por lo visto, estaba fingiendo ser Jesús en la cruz. Como era de esperar, los chicos del Rotary Club se habían alejado. Llegaron las bebidas y los bocadillos, le dio un trago al whisky y notó un golpecito en la espalda. Se dio la vuelta y vio a Margo de pie.

—¿Aún tienes hambre? —le dijo, y lo besó en la mejilla.

—No son para mí. Son para el chico ese. No creo que haya comido nada en mucho tiempo.

—Eres un blando, Harry McCoy.

—Me temo que sí.

Ella lo besó de nuevo.

—Por eso me gustas. ¿Quién es el chaval?

—Se llama Gerry, y no soy capaz de decir si está loco o acaba de descubrir dos asesinatos.

Jueves
12 de junio de 1975

Cuatro

Aunque la comisaría de Possil era nueva, tenía menos de un año, las salas de interrogatorios no habían tardado en parecerse a las del resto de las comisarías de la ciudad. Una estancia desnuda, con una mesa de metal y cuatro sillas atornilladas al suelo y dos bombillas que colgaban del techo dentro de una jaula de alambre. Hedor a humo de cigarrillo y a sudor rancio.

Judith West estaba sentada frente a McCoy y Wattie, en una silla naranja, y tenía delante una taza de té, con el dibujo de una carita sonriente, que no había tocado. Había dejado la Biblia que llevaba consigo sobre la mesa, junto a la leyenda AQUÍ MANDA CUMBIE, BESUGO, que alguien había garabateado con rotulador negro. Debía de rondar los cuarenta, llevaba el pelo rubio recogido e iba sin maquillar. Le temblaban las manos y desplazaba la mirada de uno a otro de los dos hombres. Había llegado a la comisaría hacía cinco minutos, bañada en lágrimas, exclamando una y otra vez que su hijo había desaparecido.

—Fui a su habitación a despertarlo a las siete y no estaba.

McCoy miró el reloj que colgaba de la pared. Las ocho menos veinticinco, ya estaban perdiendo tiempo.

—¿Cuál es su dirección, señora West? —preguntó Wattie.

—Calle Hillend, número cincuenta. —Sus ojos se clavaron en él—. Es posible que se despertase y saliera a dar un paseo. A lo mejor fue eso. A lo mejor se ha perdido.

Wattie asintió.

—Seguramente ha sido algo así, ya sabe cómo son los niños.

McCoy se puso en pie, abrió la puerta y salió al pasillo.

Sammy Rossi estaba esperando instrucciones. Debido a la gravedad del caso, y sin que sirviese de precedente, había decidido prescindir de su habitual arrogancia.

—Niño de nueve años, Michael West. Lleva desaparecido al menos media hora, aunque es posible que se trate de toda la noche. Llévate a los chicos que están de ronda y a todos los que se encuentren en la comisaría a la calle Hillend, que se pongan a buscar. Cobertizos. Palomares. Carboneras.

Rossi asintió, recorrió a toda prisa el pasillo. McCoy regresó a la sala de interrogatorios y se sentó.

—¿Cree usted que es posible que haya entrado en alguno de esos sitios y se haya quedado dormido? —preguntó Judith West.

McCoy asintió. No tenía sentido decirle que no era esa su idea. A lo que se había referido era a que buscasen un cuerpo arrojado de cualquier manera, posiblemente en algún patio trasero o jardín no muy lejos de su casa.

—Señora West, ¿puede relatarme con precisión lo ocurrido? ¿Lo acostó usted anoche? ¿Fue a ver cómo estaba?

Los ojos de Judith West seguían desplazándose de un lugar a otro de la sala, intentando averiguar por qué motivo había acabado en un lugar así, en semejante situación. De repente, su rostro volvió a contraerse.

—Lo siento —se disculpó—. Lo siento.

—No tiene por qué sentirlo —dijo Wattie, al tiempo que le tendía un pañuelo blanco doblado que había sacado del bolsillo de su traje—. Tiene motivos para preocuparse, pero lo encontraremos, se lo prometo.

Ella aceptó el pañuelo, lo encerró en su puño y asintió.

—Lo acosté poco después de las ocho, lo vi cuando bajé, debían de ser las once..., once y media.

—¿Y todo estaba bien? —preguntó Wattie.

Asintió de nuevo. Retorció un poco más el pañuelo.

—¿Cuál es el nombre completo de su hijo? —le preguntó McCoy.

—Jeremiah Michael West —respondió ella volviéndose hacia él—. Pero todo el mundo lo llama Michael.

—¿Fecha de nacimiento? —prosiguió McCoy.

—Veintidós de junio de 1966.

—Vamos a necesitar una foto de Michael —añadió McCoy—. ¿Lleva alguna consigo?

Judith West negó con la cabeza.

—De acuerdo —dijo McCoy—. Nos llevaremos una de su casa.

—No tenemos ninguna.

—¿No tienen fotografías? —dijo Wattie—. Seguro que tiene alguna.

—No aprobamos las fotografías —aclaró ella—. Tenemos que ser recordados por la vida que llevamos, por el bien que hacemos, no por un retrato físico.

—¿Cómo dice? —preguntó McCoy—. Lo siento, no...

—Debería habérselo dicho antes —respondió Judith—. Mi marido es el pastor de la Iglesia del Sufrimiento de Cristo. —Intentó componer una sonrisa—. No compartimos muchas de las cosas de la vida moderna.

—Es posible que le hicieran una foto en la escuela. Una foto de clase... —sugirió Wattie.

Otra negación con la cabeza.

—Michael no va a la escuela. Le educamos en casa.

McCoy enarcó las cejas.

—Como dice mi marido, respondemos ante nuestro Señor Jehová y ante nadie más. Tenemos derecho a educar a nuestros hijos en nuestras creencias y no en las de otros. ¿Qué tiene eso de malo?

McCoy se reclinó en su silla. Algo llamaba la atención en su mirada al hablar de aspectos religiosos: le brillaban los ojos con la convicción de que Dios estaba de su parte y de la de nadie más. Esa misma mirada la había visto en todos los hermanos cristianos y sacerdotes que le propinaban palizas cuando era pequeño.

—¿Y esta mañana? —dijo McCoy.

—Me levanté a las seis y media. Recé unos diez minutos en mi habitación y me vestí.

—¿Y su marido?

—Acostado —respondió Judith West—. No duerme bien, así que lo dejo en la cama. Me metí en el baño, me lavé y luego fui a despertar a Michael.

—¿Ha dicho que fue a las siete? —dijo McCoy.

—Sí. Abrí la puerta. Su cama estaba vacía, así que bajé. La puerta principal estaba entreabierta, pero no le di importancia. La madre de mi marido viene a menudo y prepara el desayuno. Ya tiene ochenta y cuatro años y cada día está más despistada, así que pensé que se le habría olvidado cerrar la puerta. Fui a la cocina, pero mi suegra no estaba y Michael tampoco. Y entonces sentí pánico.

Su rostro volvió a arrugarse y se enjugó las lágrimas con el pañuelo. Hizo un esfuerzo por recomponerse. Introdujo el pañuelo en la manga de su rebeca. McCoy vislumbró una larga y gruesa cicatriz en el interior de la muñeca antes de que la manga volviera a cubrirla.

—Salí corriendo a la calle y, como no lo vi, fui al patio trasero, pero tampoco estaba allí. Le llamé a gritos, estaba muy asustada, así que vine corriendo a la comisaría. —Se detuvo—. ¿Tendríamos que ir a buscarlo? ¿Es eso?

—Ya tenemos a gente buscándolo —aclaró McCoy—. ¿Habían forzado la puerta principal?

—No lo creo —dijo ella—. No lo sé. —Inclinó la cabeza y alcanzó la Biblia con la mano—. Mi hermoso niño. ¿Qué vamos a hacer?

Wattie rodeó la mesa y le tomó la mano.

—No se preocupe, encontraremos a Michael. Podemos...

De repente, Judith echó la cabeza hacia atrás, apartó su mano de la de Wattie y soltó un chillido. Se le pusieron los ojos en blanco y empezó a arañarse la cara, clavándose las uñas hasta el fondo, haciéndose sangre. McCoy se puso en pie de un salto, corrió al otro lado de la mesa y le sujetó los brazos a la espalda para evitar que se hiciera más daño. La mujer gritaba y lloraba, con el cuello tenso, la sangre corriéndole por la cara y los ojos en blanco. Se inclinó hacia delante con fuerza; McCoy apenas podía sujetarla.

—¿No es suficiente, Señor? —gritó ella—. ¿No he sufrido ya bastante?

Acto seguido, se cuerpo quedó flácido y cayó sobre McCoy. Él se tambaleó, esforzándose por mantenerla erguida, y logró sentarla de nuevo en la silla. Su cabeza se desplomó hacia delante y no dijo nada más.

—Maldita sea —exclamó Wattie—. Creo que se ha desmayado.

Salió a toda prisa de la sala en busca de un médico. McCoy se sentó e intentó recuperar la compostura. Al otro lado de la mesa, Judith West permanecía en silencio, con el mentón, por el que le resbalaban las lágrimas, apoyado en el pecho. McCoy apartó la vista, no quería fijarse en la sangre que corría por sus mejillas y le caía sobre la blusa blanca hasta formar brillantes círculos rojos en la tela.

Cinco

La calle Hillend no quedaba lejos. Tardaron unos pocos minutos en llegar desde la comisaría. Pisando el acelerador a fondo y con la sirena a todo volumen.

Wattie detuvo el coche y McCoy salió. Había aparcados cuatro o cinco coches patrulla, los jardines ya estaban llenos de agentes uniformados.

—Por lo visto, Rossi los ha hecho salir a toda velocidad —comentó McCoy.

—Pues será la primera vez que ese cabrón ha hecho algo rápido —dijo Wattie al cerrar la puerta del coche.

Ascendieron por el sendero hasta el número 50, una gran casa de arenisca con doble fachada. Llamaron al timbre.

—Todavía estoy alucinado —dijo Wattie—. Ha sido como en *El exorcista,* como si estuviera poseída o algo así.

—¿Qué dijo la doctora? —le preguntó McCoy.

—Dijo que iba a curarle los cortes de la cara y que luego le daría un sedante. No creía que necesitase puntos. Se le tiene que ir mucho la cabeza a uno para hacerse algo semejante.

—Si se tratase del pequeño Duggie, si el que hubiese desaparecido fuese él, estarías tan mal como ella.

—Cierto —ratificó Wattie—. Es probable que incluso peor.

Otro coche patrulla se detuvo frente a la casa, los agentes salieron con celeridad.

—¿Habéis avisado al resto de las comisarías? —inquirió McCoy—. Esta búsqueda va a requerir más personal del que disponemos.

Wattie asintió.

—Eastern y Townhead. —Se fijó en la matrícula de uno de los coches aparcados en la calle—. Creo que ya ha llegado uno de Townhead.

McCoy se acercó a la puerta y volvió a tocar el timbre.

—Tal vez esté buscando al niño —dijo Wattie—. Es lo que yo haría.

McCoy estaba a punto de recordarle a Wattie que hiciera subir a la casa al oficial de familia cuando se abrió la puerta. Era un hombre alto, de mediana edad, con el pelo rubio peinado hacia atrás, camisa y corbata. Tenía un tazón de copos de maíz en una mano y una cuchara en la otra. Parecía sorprendido de verlos.

—¿Puedo ayudarles en algo? —preguntó con una sonrisa.

Durante un segundo, McCoy pensó que se habían equivocado de casa.

—¿Reverendo West?

—Soy yo. ¿Y usted es...?

McCoy rebuscó en su bolsillo y sacó su tarjeta de identificación.

—Inspector McCoy y agente Watson. Su esposa nos ha dicho...

El gesto de West se desencajó.

—¿Está bien? Creía que había salido a dar un paseo...

—¿Qué? —exclamó McCoy. No entendía nada—. Sabe que su hijo ha desaparecido, ¿verdad? Su mujer está muy angustiada.

West los miró a ambos.

—Será mejor que pasen —dijo.

Los condujo a través de un largo y oscuro vestíbulo hasta una sala de estar en la parte de atrás de la casa. Daba la impresión de que la decoración no había cambiado gran cosa desde la época victoriana: papel pintado con cenefas, escenas campestres enmarcadas, un sofá de cuero con tachuelas. Un gran ventanal daba al jardín trasero. Había cajas de cartón amontonadas contra la pared del fondo, una de ellas estaba abierta de mala manera y había folletos bíblicos desparramados. La silueta de Cristo en la

43

cruz en la parte frontal, y la inscripción DEBEMOS SUFRIR PARA SA-NAR escrita debajo en letras mayúsculas negras.

McCoy y Wattie se dirigieron al sofá. West se sentó en un sillón frente a ellos.

—No tengo ningún hijo —declaró.

—¿Cómo? —exclamó McCoy—. Su esposa nos ha dicho que Michael era...

—Nunca fuimos bendecidos con la paternidad. Lo intentamos, pero no entraba en los planes de Dios. Es algo que a mi mujer le ha resultado muy difícil de soportar, casi imposible.

McCoy bajó la vista a su cuaderno, pretendía descifrar lo antes posible qué estaba ocurriendo.

—Nos dijo que tenían un hijo llamado Michael, de nueve años, que había desaparecido de casa esta mañana.

West recapacitó en silencio durante unos segundos, dio la impresión de estar contando mentalmente.

—Por desgracia, mi mujer sufrió un aborto hace nueve años. A menudo se imagina cómo habría sido el niño si hubiera nacido. Ya sufrió un episodio parecido con anterioridad, hará cuatro o cinco años: acudió a la escuela primaria local y quiso matricular a un niño para que empezara su escolarización. Dijo que teníamos un hijo llamado Michael de cinco años. ¿Puedo preguntarles dónde está ahora?

—Todavía está en la comisaría —respondió McCoy—. Se sintió indispuesta y tuvimos que llamar al médico.

West asintió. Miró hacia el jardín. Cuando volvió el rostro, tenía los ojos vidriosos, llenos de lágrimas. Se los secó con el dorso de la mano.

—Esperaba que se encontrara mejor. Hacía un par de años que no hablaba de Michael. Quizás haya estado reprimiendo sus sentimientos. Espero que no les haya causado ningún problema.

McCoy reaccionó de repente.

—¿Le importa si usamos su teléfono?

—En absoluto, está en el pasillo.

—Wattie, llama a la comisaría. Cancela la búsqueda.

Wattie asintió, se puso en pie y echó a andar.

—Lo siento, inspector —dijo West—. Por lo que parece, han enviado a sus hombres para nada.

—Mejor suspender la búsqueda ahora que haber perdido un solo minuto... en el caso de que realmente hubiera desaparecido un niño. ¿Su mujer se ha estado tratando con algún médico o algo parecido?

—Si se refiere a un psiquiatra, no. No es una práctica con la que comulgue nuestra Iglesia. Creemos en Dios y en la oración. Dios nos ayudará a superar este problema como lo hace con todos los problemas. ¿Es usted creyente, señor McCoy?

McCoy negó con la cabeza.

—Es una lástima. Quizás algún día se una a nosotros.

—Tal vez —dijo McCoy—. Cosas más raras he visto. Aunque no muchas, a decir verdad.

West sonrió con amabilidad.

—¿Cuándo puedo ir a recogerla? A mi mujer, me refiero.

—Cuando quiera —dijo McCoy poniéndose de pie—. Está en Possil...

Dejó de hablar. A través de la ventana pudo ver a un agente en el jardín trasero, hurgando entre los arbustos.

—Lo siento. Supongo que no todos están ya al corriente.

El agente se dio la vuelta, vio a McCoy, saludó y se dirigió hacia la araucaria que había al fondo del jardín.

McCoy se apartó de la ventana y vio que West le tendía un par de folletos.

—Su esposa mencionó a su madre. Dijo que a veces viene por las mañanas.

—Mi madre vive en Canterbury —aclaró West—, en una residencia de ancianos. Hace años que no sale de allí.

McCoy se dio cuenta de que West aún tenía los folletos en la mano.

—Échenles un vistazo, si tienen un momento. Cristo siempre está dispuesto a acoger a sus hijos descarriados. Los servicios son a las seis de la tarde los domingos. Iglesia del Sufrimiento de Cristo.

McCoy tomó los folletos, dio las gracias y se los guardó en el bolsillo. Sabía muy bien que la Iglesia del Sufrimiento de Cristo era el último lugar del mundo al que iría un domingo por la tarde.

Seis

McCoy y Wattie acababan de entrar de nuevo en la comisaría y ya estaban sentados a sus respectivos escritorios, cuando Long, el oficial al mando, abrió la puerta de su despacho. Vio a McCoy. Le señaló.

—A mi despacho. Ahora mismo.

McCoy maldijo en voz baja mientras caminaba hacia el despacho del rincón con paredes de cristal. Todos los presentes observaban al chico malo, que se disponía a recibir una bronca del director. Sammy Rossi parecía encantado, estaba sentado tras su mesa sonriendo de oreja a oreja. Una sonrisa que a McCoy le habría encantado borrarle de un puñetazo.

Long cerró la puerta tras de sí y se sentó a su escritorio. No le dijo a McCoy que se sentase también. Lo mismo de siempre, apenas había hablado con él desde su llegada a Possil. El despacho de Long estaba prácticamente vacío. No había fotos de su familia sobre la mesa, ni montones de papeles desordenados, tan solo un bolígrafo y un bloc de notas frente a él. Long era un hombre delgado, alto. Del tipo nervioso: uñas mordidas, demasiada energía y ninguna ocupación a la que dedicársela. Las mangas de la camisa arremangadas y la corbata suelta. Le miró a los ojos.

—¿A qué coño creías que estabas jugando, McCoy?

—La mujer denunció la desaparición de un niño, por eso...

—Por eso mandaste a la mitad de la policía de Northside a la calle Hillend, para buscar a un niño que ni siquiera existe.

—Me pareció sincera —dijo McCoy esforzándose por mantener la calma—. No tenía motivos para no creerla.

Long hizo patente su incredulidad.

—Se presentó aquí con una Biblia del tamaño de una guía de teléfonos y empezó a arañarse la cara y a gritar como una loca. ¿No se te ocurrió pensar que estaba como una cabra?

Tras esa pregunta, mantener la calma ya no era una opción.

—¿Qué querías que hiciera? ¿Esperar a que llegara el asistente social de turno y le hiciera unas cuantas preguntas? ¿Preparar un informe sobre su salud mental? Y mientras lo hacía, a saber dónde estaría su hijo, con sabe Dios quién, haciéndole no se sabe qué...

Long se estaba poniendo rojo como un tomate.

—No me sermonees —replicó—. No te atrevas, joder. Recuerda quién eres y dónde estás. Esto no es la Central y aquí no eres el niño bonito de Murray. Eres uno de los míos y has mandado a todo el mundo a tomar por culo esta mañana.

Hacía mucho tiempo que un superior no le hablaba de ese modo a McCoy y él no estaba dispuesto a tolerarlo. Ahora era inspector, no un maldito agente uniformado que hubiese fastidiado su primer arresto.

—El verdadero problema no tiene que ver conmigo, ¿verdad? —dijo McCoy—. Vas a tener que explicarles a tus superiores que fue una falsa alarma. No se trata de lo que yo debería o no debería haber hecho. Se trata de que te preocupa quedar como un imbécil en la calle Pitt. Pues bien, échame a mí la culpa. No tengo problema alguno en explicar lo que pasó. Me atengo a lo que hice. Lo importante era que cabía la posibilidad de que hubiera un niño desaparecido, no mi maldita reputación.

Long parecía a punto de levantarse de detrás del escritorio e ir a por él. Suavizó su tono de voz.

—Sal de mi despacho, McCoy. Si vuelves a hablarme así, en tu expediente constará una advertencia formal. ¿Me has entendido?

A McCoy le costó Dios y ayuda responderle:

—Sí, señor.

Cuando salió, el resto de la comisaría estaba sumida en el silencio, todas las cabezas gachas; nadie quería llamar su atención. A excepción de Sammy Rossi. Seguía sentado, con la sonrisa dibujada en el rostro.

McCoy se le acercó, apoyó las palmas de las manos en su escritorio y se inclinó hacia delante.

—¿Tienes algo que decirme?

Rossi se encogió de hombros y extendió las manos abiertas.

—Nada de nada. ¿Por qué me lo preguntas, McCoy?

Las manos de McCoy formaron dos puños apretados.

—No te pases, Rossi. No te pases ni un pelo, joder.

Rossi se puso a teclear de nuevo y McCoy regresó a su escritorio con la sensación de haber fastidiado la operación Possil al completo. A partir de ese momento, no habría manera de que Long o Rossi se mostrasen amistosos. De hecho, estaban a medio camino exacto de una guerra total. Habían planeado que tanto él como Wattie se hicieran amigos de todos, se mostrasen cercanos. Incluso antes del desastre de esa mañana, se encontraban a años luz de que algo así se materializase. Murray estaba convencido de que la reciente racha de robos en las oficinas de correos que estaba teniendo lugar en la zona que cubría la comisaría de Possil respondía a una razón muy concreta: alguien del cuerpo estaba ayudando a los ladrones. Quería que McCoy formase parte de esa comisaría y averiguase quién estaba involucrado. Quería que Wattie se mantuviese al margen de ese asunto, pues temía que, en caso de saber por qué estaban realmente allí, lo desvelase. McCoy discutió con él, le dijo que Wattie no era tan tonto, pero Murray fue inflexible. Tan solo McCoy debía estar al corriente.

McCoy se sentó a su escritorio y encendió un cigarrillo. Intentó calmarse.

Llevaban allí dos semanas y todo el mundo seguía tratándoles como si fuesen un resto de caca de perro pegada a la suela de sus zapatos. Olvidaban avisarlos de las sesiones comunes, olvidaban incluirlos en las reuniones informativas, se olvidaban de decirles que todo el mundo se iba al pub después del trabajo. McCoy luchaba sin descanso contra el impulso de mandarlos a todos a la mierda, porque sabía que no podía hacerlo. Estaba ahí por una razón, y Murray no se alegraría si lo estropeaba todo antes de empezar.

Andaba tan metido en sus pensamientos que no se percató de la presencia de Wattie hasta que lo tuvo frente a su escritorio poniéndose la chaqueta.

—Tenemos que irnos —dijo—. Han encontrado un cadáver.

Siete

McCoy se recostó en la valla frente a los pisos de Keppochhill Road, sintió el sol en la cara, vio pasar los autobuses por la calle Saracen y dio un trago de Irn-Bru de la botella. Contó hasta diez, su intención era contener el mareo. No funcionó. Se enjuagó la boca con la bebida y la escupió en la acera. El olor de la sangre parecía habérsele metido en la garganta, no podía deshacerse de él.

La puerta del edificio de enfrente se abrió y Sammy Rossi y Wattie salieron a la luz del sol. No podrían haber parecido más diferentes aunque se lo hubieran propuesto. Wattie era alto, corpulento y rubio, en tanto que Sammy Rossi era delgado, de tez aceitunada y cabello negro en franco retroceso. Vestía un traje marrón, una camisa marrón y una corbata marrón, manchada, tan ancha como un platillo de té.

—Pensaba que ibas a volver —dijo Wattie caminando hacia él—. ¿Te has perdido?

—Algo así —dijo McCoy.

No tenía intención alguna de entrar de nuevo en aquel apartamento. Con una vez había sido más que suficiente. No le apetecía lo más mínimo volver a ver al viejo tirado en el suelo de la cocina. Su sangre cubría todo el linóleo, incluso había salpicaduras en la nevera y los armarios. Claro que si alguien te hace papilla la cara con medio ladrillo, ese suele ser el resultado. Un ladrillo que habían dejado incrustado en su cara para que resultase evidente.

—Me dijeron que no te gustan la sangre y las vísceras —comentó Rossi—. Que te provocan náuseas, ¿es así?

Luego sonrió. Por fortuna, el deseo de McCoy de propinarle un puñetazo en la cara se había reducido hasta convertirse en un leve resentimiento.

—Lo conoces, ¿verdad? —dijo McCoy.

Rossi asintió.

—Malky McCormack. Delincuente de poca monta. Un poco de esto, un poco de aquello. Vendía artículos robados, pequeños hurtos. Por lo general, en el Saracen o en las casas de apuestas de por allí.

—Entonces, ¿por qué está desparramado por el suelo de su cocina? —preguntó McCoy.

—No solo por el suelo —añadió Wattie—. Antes le dieron una buena paliza. Tiene los dedos de la mano izquierda doblados hacia atrás.

—Asqueroso. —McCoy se alegró de no haberse fijado en ese detalle en particular—. ¿Porque no les dijo lo que querían saber?

—Ni idea —respondió Rossi—. Pero no parece propio de Malky. También era vendedor ambulante. Se mantenía al margen de los asuntos grandes, estaba atento a la información que podía vender. No era reacio a dejar caer a alguien por un par de libras.

—Tal vez no sabía lo que querían de él —dijo Wattie—. Nadie puede pasar por algo así y mantener la boca cerrada. El dolor tuvo que ser demasiado bestia. No pudieron sacarle nada.

—¿Qué dice la vecina? —preguntó McCoy.

—Podrás preguntárselo tú mismo —respondió Rossi—. Dijo que quería hablar con el responsable. Va a salir para hablar contigo.

—Mierda. Gracias.

—De nada —dijo Rossi, y sonrió.

—¿Es él?

Se dieron la vuelta y vieron a una mujer de mediana edad con bata y zapatillas que se dirigía hacia ellos por el sendero.

McCoy se enderezó.

—Soy el inspector McCoy. ¿Y usted?

—Meg Malone —dijo la mujer—. ¿No debería estar ahí dentro buscando pistas o algo?

—Mis colegas ya se encargan de eso —replicó McCoy señalando con la cabeza a Wattie y Rossi—. ¿Puede contarme lo que ha pasado?

Parecía exasperada.

—¿Qué? ¿No se lo han contado?

—Me gustaría oírlo directamente de usted.

Meg Malone negó con la cabeza. Empezó a hablar.

—Me toca cerrar en mi turno —dijo—. Por eso pensé en limpiar antes de irme a trabajar. Así que agarro el cubo, la fregona y la lejía y abro la puerta principal. En primer lugar, veo huellas de barro delante de mi puerta. No me alegró mucho, se lo aseguro. Empiezo a frotar con la fregona y luego la fregona sale toda roja y pienso: ¿será pintura?

—¿Cuándo ocurrió eso?

Recapacitó unos segundos.

—Sobre las nueve menos cuarto. Habitualmente salgo a y media. Trabajo en la panadería cerca de Ashfield. A la hora del almuerzo siempre hay mucho jaleo, necesito tener todo listo de antemano.

—¿Qué pasó entonces? —dijo McCoy.

—Pues que sigo las huellas escaleras arriba y me llevan a casa de Malky, llamo a su puerta para decirle lo que pienso y se abre, y entonces me digo que el muy estúpido ha vuelto a casa borracho y se ha olvidado de cerrarla, y en ese momento veo todas las malditas huellas de pisadas en la alfombra. —Se detuvo un momento, la voz empezó a temblarle—. Luego veo a Malky ahí tirado, todo maltrecho, y me asusto de verdad. Vuelvo a mi casa y llamo a la policía.

Sacó un pañuelo del bolsillo de la bata, se sonó la nariz y se enjugó las lágrimas de las mejillas.

—¿Malky y usted eran amigos?

—La verdad es que no. Algunos viernes por la noche me lo encontraba dormido frente a mi puerta, cuando estaba demasiado borracho para subir las escaleras. Malky nunca salía del maldito pub.

—¿Se le ocurre alguna razón por la que alguien quisiera hacerle daño?

De nuevo, recapacitó durante un momento.

—En realidad, no. No valía la pena molestarse con él, a decir vedad. No era gran cosa. No sé por qué alguien se tomaría siquiera la molestia de maltratarlo. Lo que está claro es que no fue una pelea de amantes, sé a lo que me refiero. Iba hecho un guarro la mayor parte del tiempo, asqueroso. Ninguna mujer en su sano juicio se le habría acercado. Aun así, era una criatura de Dios, no se merece lo que le ha pasado.

Miró a su alrededor y vio a un agente que acordonaba el jardín.

—No quiero volver a entrar ahí, no con toda esa sangre en las escaleras. ¿Alguien puede limpiarla?

McCoy señaló al joven de uniforme.

—Él puede ayudar a limpiar. No tiene por qué volver a verlo.

Ella asintió y echó a andar hacia el agente uniformado.

McCoy la observó alejarse. La entendía a la perfección, él tampoco quería volver a ver toda aquella sangre.

—O sea, ¿alguien le golpeó un par de veces, lo bastante fuerte como para que sangrara en la entrada, y luego lo subió a su apartamento? —preguntó Wattie—. ¿Es eso lo que pensamos?

—Eso parece —dijo McCoy—. ¿Rossi?

Rossi asintió.

—Un tipo viejo como él, borracho, no debió de ser muy complicado. El pobre bastardo estaría aterrorizado. Probablemente, sabía lo que le iba a pasar en cuanto subiera las escaleras.

McCoy se lo imaginó subiendo por las escaleras. El miedo y la certeza de lo que estaba por venir. Fuera quien fuese, Malky no merecía morir así.

Ocho

McCoy suspiró, se sentó en su silla y miró a su alrededor en la comisaría. Le costaba creerlo, pero echaba de menos la Central con todo su destartalado esplendor.

Wattie se sacó un coche de juguete Matchbox del bolsillo. Negó con la cabeza.

—El muy capullo se cree gracioso. Me los esconde. —Lo dejó sobre el escritorio—. Siempre me encuentro estas malditas cosas.

—¿Qué ha pasado con Judith West? —preguntó McCoy—. ¿Te has enterado?

—El médico estuvo curándola, los arañazos no eran tan graves como parecían. Por lo visto, rechazó el tranquilizante. Va en contra de sus creencias religiosas.

—Dios del cielo —dijo McCoy—. Recuérdame que nunca me una a la Iglesia del Sufrimiento de Cristo, son unos desgraciados.

Se lo recordó. Entonces sacó los folletos del bolsillo y los tiró a la papelera. La silueta de Cristo crucificado mirándole. DEBEMOS SUFRIR PARA SANAR.

Dejó caer encima un ejemplar del *Daily Record* del día anterior.

—Tengo que notificar lo de Malky —dijo—. ¿Puedes comprobar los parientes más cercanos, el certificado de defunción, los antecedentes y si Malky ha tenido algún encontronazo con alguien últimamente?

Wattie asintió. Alcanzó el teléfono.

McCoy lanzó un grito.

—¿Rossi?

Rossi dejó de teclear, alzó la mirada, le habría costado horrores parecer menos interesado.

—¿Has empezado a redactar el informe inicial?

Rossi inclinó la cabeza hacia su máquina de escribir.

—¿Bromeas? ¿Acaso crees que estoy aquí sentado tejiendo?

McCoy apretó los dientes. Intentó que su tono de voz fuera cordial.

—Estupendo. Cuando termines, pásate por el Saracen para comprobar si se peleó o se fue del bar con alguien anoche. Habla también con los corredores de apuestas. En caso de haber ganado mucho dinero con algo, tendríamos una razón para que lo mataran.

—De acuerdo —dijo Rossi.

—Entonces no estaría mal que volviésemos al piso y buscásemos bien. Ya habrán retirado el cadáver, el apartamento tiene que estar despejado.

—¿No quieres encargarte de eso? —preguntó Rossi con un deje de inocencia.

—No. Pregúntale a Phyllis cuándo es la autopsia. No sé si nos aclarará algo, pero nunca se sabe.

McCoy se puso en pie y agarró la chaqueta del respaldo de la silla.

—¿Adónde vas? —le preguntó Wattie con la mano sobre el auricular del teléfono.

—A dar un paseo. ¿Te parece bien?

—Tráeme una bolsa de patatas fritas —le pidió Wattie—. Y una barrita Mars. Me muero de hambre.

McCoy se despidió y cruzó la comisaría en dirección a la puerta. Las luces empezaron a parpadear y se apagaron justo cuando se disponía a salir. Todos los allí presentes gimotearon. La electricidad volvía a fallar.

No tenía claro adónde quería ir. Solo sabía que debía alejarse de Rossi y de Long y tomar un poco de aire fresco. Estar en la comisaría de Possil le ponía de los nervios. Un poco más de esa mierda y su úlcera empezaría a dejarse notar, y eso era lo último que necesitaba. Giró en la calle Saracen y echó un vistazo de arriba abajo. No podía pasarse por el Lido. Podría haber alguien de la comisaría. Decidió encaminarse a la cafetería que había junto al cine Vogue, tomar una taza de té, fumarse un cigarrillo y pensar en Malky y en lo que le había ocurrido.

Acababa de pasar por delante del bar Balmore cuando la puerta se abrió de golpe y un chico joven, con el pelo largo, camiseta ajustada y vaqueros, salió corriendo de allí, cruzó la calle y ascendió por Bardowie. Se cubría la cara con las manos mientras corría, tenía los dedos manchados de sangre. Había llegado a la mitad de la calle Bardowie cuando McCoy entendió lo que había ocurrido.

Abrió de un tirón la puerta del pub y se adentró en la penumbra. Sus ojos tardaron unos segundos en adaptarse y, cuando lo hicieron, no pudo creer lo que vio. Stevie Cooper y Jumbo estaban sentados a una de las mesas, Cooper lucía una gran sonrisa y Jumbo estaba guardando algo en la bolsa de deporte Gola que tenía a sus pies. Cooper vestía una camisa azul de manga corta, vaqueros oscuros y el pelo rubio recogido; parecía el mismísimo James Dean de Blackhill. Jumbo, con su metro noventa y cinco de estatura, llevaba sus habituales vaqueros, camisa y zapatillas de deporte. Era la sombra de Cooper. Estaba allí por si en algún momento se necesitaba fuerza bruta.

El pub parecía tranquilo: los que apostaban rellenaban cabizbajos las tarjetas de apuestas con lápices pequeños o miraban fijamente sus copas. Cualquier cosa menos mirar a Stevie y a Jumbo.

—¡McCoy! —exclamó Cooper—. Me alegro de verte por aquí. Ven y siéntate.

McCoy le ignoró, se acercó al camarero, sacó su tarjeta de identificación del bolsillo y se la tendió.

—¿Han rajado a alguien aquí? Un tipo joven. Pelo largo.

El camarero dejó de frotar con un trapo sucio el interior de un vaso de cerveza. Fingió sentirse desconcertado.

—¿Aquí, amigo? ¿Está de broma? Toda la tarde ha sido la mar de tranquila.

McCoy se volvió hacia el resto de los clientes.

—¿Alguien acaba de ver a un tipo salir corriendo de aquí, con la cara cubierta de sangre?

Varias cabezas se movieron de un lado a otro, algunos murmullos negativos, muchas miradas al suelo; nadie quería llamar su atención.

—¿Qué estás diciendo, McCoy? —preguntó Cooper—. Siéntate y tómate algo. Camarero, tráigale una pinta.

McCoy sabía cuándo no tenía nada que hacer. Se sentó a la mesa. Cooper no dejaba de sonreír. Le trajeron una pinta y le dio un trago. Puso el vaso sobre la mesa.

—¿Qué haces aquí, Stevie? Estás muy lejos de tu territorio.

—Me encontraba en el cementerio de Sighthill. La señora Crawley, la vieja vecina de al lado. Fui a darle mi último adiós. Se me ocurrió parar a tomar algo de camino a casa.

—¿Quién era?

—¿Quién era quién? —dijo Cooper, todo inocencia.

—El tipo que acaba de pasar corriendo a mi lado con media cara cayéndosele entre los dedos. El que acabas de acuchillar.

—No tengo ni idea de qué me hablas, McCoy.

—¿En serio? Bueno, llámame Sherlock Holmes, pero tienes una mancha de sangre en la camisa, y supongo que si buscase en la bolsa de Jumbo encontraría la navaja con la que lo hiciste.

Cooper le ignoró.

—Era una buena mujer, la señora Crawley. Me daba de comer cuando no teníamos nada en casa.

—¡Cooper, maldita sea, lo he visto!

Cooper dejó su cerveza y se inclinó hacia McCoy.

—Nadie ha rajado a nadie. No hay ninguna navaja en la bolsa de Jumbo. ¿Entendido?

McCoy se recostó en su silla, supo que era inútil esforzarse. Si Cooper decidía no hablar de lo que había pasado, no tenía nada que hacer. No había posibilidad alguna de que los apostadores allí presentes soltaran prenda. Stevie Cooper les daba más miedo que la policía. Probablemente, con toda la razón del mundo.

—De no ser por la señora Crawley y su sopa casera —prosiguió Cooper—, estaría en el otro barrio.

—Me gusta la sopa —dijo Jumbo, y acto seguido sonrió.

—¿Llevas contigo alguno de tus tebeos, Jumbo? —preguntó Cooper.

Jumbo asintió y sacó un cómic de *Commando* de su bolsa.

—Pues siéntate a esa mesa y léelo. Tengo que hablar con el señor McCoy.

Jumbo se levantó y se dirigió a la otra mesa. El viejo junto al que se sentó le miró con auténtico pavor.

—Vamos. ¿Quién era? —insistió McCoy.

—Ni idea —respondió Cooper—. Un cabrón que trabaja para Archie Andrews y que me preguntó qué hacía en uno de sus bares.

—¿Y le has rajado la cara por eso?

Cooper se encogió de hombros.

—Mensaje enviado.

McCoy le dio otro trago a su cerveza. Conocía a Cooper desde que eran niños, cuando ambos entraban y salían de centros de acogida y Cooper ejercía de su protector, hasta donde podía serlo, así que conocía de sobra ese estado de ánimo. «No me presiones», daba a entender. Cambió de tema.

—¿Qué otra cosa vas a hacer hoy?

—Mierda, qué sé yo. Es posible que vaya a ver a mis boxeadores al gimnasio. Hoy es día de combate.

McCoy sonrió.

—Ya te dije que hacerte rico y tener éxito no iba a sentarte bien.

—Paul se encarga de los pubs y de la protección en Royston, lo último que quiere es a su papá mirándole por encima del hombro. Big John y Mack vigilan Springburn. Me da la impresión de que lo único que hago es reunirme con contables y abogados.

—Bueno, es un trabajo duro conseguir que tus ganancias ilícitas desaparezcan antes de que lleguen a manos del recaudador de impuestos.

—¿Me lo dices o me lo cuentas?

—Necesitas encontrar algo que hacer.

Cooper sonrió.

—Es curioso que digas eso. He estado pensando.

—¿En qué?

—En este sitio.

—¿Possil? ¿Por qué?

—Archie Andrews se está haciendo viejo. No tiene un sucesor evidente. Tal vez sea un buen momento para hacer lo que mejor se me da.

—¿Empezar una guerra?

—Todavía no. Unas pocas escaramuzas primero, probar los límites. De ahí el chico con la cara rajada. Habrá acudido a toda prisa a Andrews. Tengo Royston. Possil es el siguiente paso lógico.

—Cristo bendito, Cooper. ¿Sabes que ahora estoy destinado aquí?

—¿Cómo no iba a saberlo? Llevas dos semanas quejándote. ¿De dónde crees que saqué la idea? Que estés aquí podría resultarme útil.

—Stevie, no quiero verme...

Cooper se llevó el dedo a los labios.

—No depende de ti, amigo. Me lo debes, McCoy.

Tenía razón: se lo debía, le debía mucho. Sin Stevie Cooper, uno de los hombres más ruines con los que McCoy había tratado, no seguiría al pie del cañón.

—¿Te parece bien? —le preguntó Cooper.

Sabía muy bien lo que le estaba preguntando. «¿Estás conmigo o contra mí?» Así funcionaban las cosas con Cooper. McCoy asintió. No podía hacer otra cosa.

—Buen chico. Y ahora tengo que irme.

Cooper se puso en pie y Jumbo se levantó también, colocándose al lado de su jefe.

—Te diré una cosa, Harry, ¿por qué no vienes a verme esta

noche a la piscina? Tendremos una buena charla. Sobre la mierda que es Possil y lo que vamos a hacer al respecto.

McCoy vio cómo Cooper y Jumbo salían del pub. Le dio un último trago a su cerveza y se preguntó qué diablos le tendría preparado Cooper.

Nueve

Se acercaba el solsticio de verano y la comisaría de Possil seguía sumida en la penumbra y las sombras. Había ventanas por todas partes, pero la luz no alcanzaba a penetrar en la amplia sala diáfana. Las luces, al menos, volvían a funcionar. McCoy estaba de vuelta en su escritorio y se esforzaba por no pensar en lo que Cooper le había dicho y en lo que esperaba que hiciera. Lo último que necesitaba eran más problemas.

—¿Cómo te fue esta mañana?

Long estaba de pie junto a su escritorio, detrás de él revoloteaba un joven con un flamante uniforme nuevo.

Ni siquiera un sencillo «Hola». Seguía hablando con McCoy como si este fuese todavía un oficial subalterno. Hora de apretar los dientes de nuevo.

—Bien, señor. Intento poner el tren en marcha. Wattie está haciendo algunas llamadas. En cuanto haya hablado con él, le entregaré un informe preliminar.

—Este es el joven Hood. —Long señaló al uniformado—. Acaba de empezar. Primer destino.

Hood era alto, incluso para un policía, y tenía la constitución de un luchador. El perfecto policía para hacer la ronda. McCoy lo reconoció, era el agente con el que se había cruzado en la escena del crimen de Malky.

—¿Cómo te fue con la señorita Malone?

—La ayudé a limpiar el lugar. Estuvo todo el rato encima de mí diciéndome que lo estaba haciendo mal.

Su acento tenía algo de Glasgow, pero también de otro lugar. ¿Aberdeen? McCoy sonrió.

—Pronto descubrirás que en la policía no todo son atracos y tiroteos. Hay gente como la señorita Malone, que espera que hagas lo que le correspondería hacer a ella.

McCoy observó cómo Long acompañaba a Hood en su recorrido por la comisaría, y se dispuso a elaborar una lista de cosas en las que pensar relativas al caso de Malky McCormack. Diez minutos más tarde, había logrado escribir «¿Amigos?» en su bloc de notas. No podía concentrarse en eso. Hoy no era el día.

—Me arde el oído —dijo Wattie tras colgar el teléfono—. Llevo horas con esto. Y solo he sacado un montón de mierda que no nos conduce a ninguna parte. ¿Qué es eso? —Señaló el esmoquin que había en la bolsa de la tintorería, colgada detrás del escritorio de McCoy.

—Es un traje de etiqueta —dijo McCoy.

Wattie soltó un silbido grave.

—¿Cuánto te ha costado?

McCoy suspiró. No lo iba a dejar correr.

—Nada. Era del padre de Margo. Lo llevé a la tintorería.

Wattie sonrió, no pudo evitarlo.

—Sigue adelante, ¿no? ¿Tú y la estrella de cine progresista?

McCoy asintió.

—¿Algo que decir al respecto?

—No —dijo Wattie con amabilidad—. Me resulta sorprendente. ¿Tienes hambre? Me muero de hambre.

—¿Cómo puedes tener hambre? —preguntó McCoy—. Acabas de comerte una maldita barrita Mars y una bolsa de patatas fritas.

Wattie se encogió de hombros.

—Podemos quedarnos aquí y charlar sobre tu nueva novia o podemos ir al Lido y te cuento cuánto me duele la oreja. Depende de ti...

Una elección fácil.

El café Lido se encontraba justo en el centro de la calle Saracen. Como de costumbre, estaba abarrotado. Tuvieron que esperar a que una pareja de ancianos acabara de tomar el té para que les dieran mesa.

—Toda vuestra, chicos —dijo el viejo cuando se levantaron—. Nos vamos a Arnott's para que vea cosas y no compre nada.

La vieja fingió esposarlo y se dirigieron hacia la puerta. Wattie y McCoy se sentaron y pidieron. La comida no tardó en llegar. El café Lido funcionaba como una máquina bien engrasada. Los clientes entraban y salían durante todo el día.

—Y bien, ¿adónde te ha llevado tu oreja caliente? —preguntó McCoy antes de darle un mordisco a su bocadillo de salchicha. Estuvo a punto de quemarse la lengua, le dio un trago a la Coca-Cola.

Wattie abrió su cuaderno negro. Empezó a leer.

—El tal Malcolm James McCormack nació en 1910 en el hospital de Rottenrow. Su padre era remachador, su madre se dedicaba a la limpieza. Trabajó de camarero la mayor parte de su vida hasta que la bebida se apoderó de él. No llegó a casarse. Sin hijos. Dos arrestos, ambos por ebriedad y desorden público. —Pasó un par de páginas—. Edith Watson es la pariente más cercana. No tiene nada que ver con mi familia. Es su prima, vive en Falkirk. La llamé y le dije que Malcolm había fallecido, y me preguntó si creía que iba a llover esta tarde y dónde estaba su paraguas. Vive en las nubes.

—¿Hablaste con Rossi? —preguntó McCoy mientras observaba a una pandilla de escolares que acababa de entrar y se reunía en torno al mostrador para pedir de la bandeja de dulces a un penique.

Wattie asintió. Dio un mordisco a su tostada y se limpió el queso fundido que le resbalaba por la barbilla.

—Rossi es un puto gilipollas, como los demás, pero no es mal policía. Hace su trabajo. Por lo visto, Malky estuvo anoche en el pub, al igual que todas las noches. Se quedó sin dinero y empezó a dar vueltas pidiendo a otros clientes que le invitaran a una copa. El dueño, que ya le había advertido con anterioridad, le convidó a una pinta y después le dijo que se fuera. No ganaba gran cosa con las apuestas, lo máximo que se jugaba eran diez peniques.

—El último de los grandes derrochadores.

—Nadie se fue a casa con él. Se terminó la pinta, le dio las buenas noches al dueño y se largó.

McCoy apartó su bocadillo y encendió un cigarro.

—¿Por qué querría alguien torturar y matar a un don nadie como Malky McCormack? No lo entiendo.

Wattie se encogió de hombros.

—¿Niños, tal vez? ¿Por diversión? Aunque no parece probable. ¿No quieres eso?

McCoy negó con la cabeza y Wattie se hizo con el bocadillo a medio comer.

—A lo mejor le debía dinero a alguien —aventuró Wattie, masticando.

McCoy negó con la cabeza.

—No tenía suficiente para pedir prestado. Ni coche, ni joyas, nada de eso. Lo máximo que le habría dado un prestamista serían un par de libras. Nadie mata a nadie por esas cantidades.

Wattie sonrió.

—¿Estás seguro? Esto es Possil, no lo olvides. Aquí arriba, las madres se comen a sus hijos.

—¿La puerta y la cerradura estaban intactas? —Wattie asintió—. Así que los dejó subir por las escaleras, fueran quienes fueran, y luego los dejó entrar. Es posible que los conociera.

—O tal vez estaba demasiado asustado para decir que no.

—Cierto. Le golpearon. Todavía llevaba el abrigo puesto, ¿no?

—Lo recordarías si no hubieras huido del escenario del crimen en cuanto pudiste. Creía que llevabas mejor el tema de la sangre.

McCoy lo ignoró.

—Eso quiere decir que lo estaban esperando, lo vieron aproximarse. Es decir, no cabe duda de que andaban buscándolo... No fue cosa de chavales con ganas de golpear a un viejo en busca de emociones fuertes.

—Malky debía de ocultar más de lo que parece —dijo Wattie.

McCoy enderezó la espalda en su asiento. Quería darle una vuelta más al asunto. Observó a los muchachos eligiendo dulces.

Wattie se tapó la boca con la servilleta. Eructó suavemente.

—¿Qué estás pensando?

—Creo que en realidad no importa si Malky sabía algo o no. La gente que lo mató estaba convencida de que sí.

—¿Y qué podía saber un don nadie como Malky McCormack que hiciera que mereciese la pena matarlo a golpes?

Diez

La jornada de McCoy y Wattie tocaba a su fin, estaban de pie delante de la comisaría; no tenían claro si irse a casa o dirigirse al pub. El sol empezaba a ocultarse, acababa otro perfecto día de verano. McCoy estaba a punto de sugerir que fueran al Viking, para variar, cuando oyó un grito.

—¡No puede ser! ¿Eres tú, McCoy?

Sabía de quién se trataba antes de darse la vuelta; la misma voz sibilante de siempre. Efectivamente, era Cuthbert Moss. Caminaba hacia ellos con su sempiterno pitillo en la comisura de los labios, responsable sin duda de su resuello. Cuthbert era un hombre diminuto, metro cincuenta con suerte. A pesar del tiempo, llevaba puestos una gorra de lana y un anorak, además de unas gafas con cristales de culo de botella posadas en su bulbosa nariz roja.

—¿Cómo estás, Cuthbert? —le preguntó McCoy.

—¿Yo? Como nuevo. ¿Qué haces tú por aquí?

McCoy señaló hacia la comisaría.

—Voy a trabajar aquí durante un tiempo.

—Como en los viejos tiempos, ¿eh?

Durante el par de años que McCoy estuvo patrullando por las calles, Cuthbert se encariñó con él, le ayudó en varias ocasiones, le habló de los personajillos de la zona, de dónde estaban los garitos ilegales, quién los dirigía, de qué villano se había librado de acabar en Barlinnie, de quién estaba a punto de entrar otra vez. Incluso le vendió información por un par de pintas. Toda una serie de cosas útiles para un policía novato que intentaba salir adelante.

Cuthbert le miró a los ojos. A la espera.

McCoy dejó escapar un suspiro y señaló con la cabeza hacia la calle Saracen.

—¿Te apetece una pinta?

Cuthbert sonrió, mostrando los dientes que le faltaban y sus negras encías.

—Bueno, si insistes, no voy a decirte que no.

Wattie apartó a McCoy.

—Esto es cosa tuya, Harry. De ninguna manera voy a ir a tomar una copa con ese bicho raro. Puedo olerlo desde aquí. Nos vemos mañana.

Echó a correr hacia su coche antes de que McCoy pudiera detenerlo. Lo entendía a la perfección, podría decirse que Cuthbert no era un plato de gusto. Aun así, como mínimo le debía una pinta.

Caminaron por la acera en dirección al pub. Cuthbert se desplazaba más despacio de lo que acostumbraba. McCoy tuvo que esperar varias veces a que lo alcanzara. La vejez había empezado a hacer mella en él. Las mangas de su anorak estaban deshilachadas, los pantalones del traje brillaban debido al desgaste, las manos le temblaban cuando quiso encenderse otro cigarrillo. Ya parecía viejo cuando McCoy entró en el Cuerpo. A saber qué edad tendría en ese momento. Unos ochenta años, tal vez.

El Saracen era el tipo de local en el que una cara maltrecha o una camisa manchada de sangre no suscitaban demasiados comentarios, pues el portero junto a la puerta hacía gala de ambas cosas. Saludó con la cabeza cuando entraron y se limpió la sangre de la barbilla con la manga de la camisa.

—El sobrino de Sean McKenna —dijo Cuthbert—. No es un mal chico. Aunque un poco salvaje.

Cuthbert se arrastró hasta una mesa del fondo del pub y se dejó caer con un gruñido. McCoy fue a la barra, le pidió dos pintas a la camarera y las llevó a la mesa. Cuthbert le dio un trago a la suya, lo saboreó en la boca como un buen Château Latour, se lo tragó y encendió otro pitillo.

—¿Has oído hablar de Malky McCormack?

McCoy asintió.

—Es mi caso.

—¿Lo llevas tú?

—¿Sabes algo al respecto?

Cuthbert se encogió de hombros.

—Es posible.

McCoy se metió la mano en el bolsillo.

—¿Cuánto?

—¿Para un viejo amigo como tú? Cinco libras. Y otra pinta.

McCoy le entregó el dinero y se dirigió de nuevo a la barra. Era una cantidad excesiva por la información que Cuthbert pudiese ofrecerle, pero no le supo mal darle ese dinero. Cuthbert se había portado bien con él y era obvio que parecía necesitar esas libras.

La camarera era ahora un camarero. Un tipo gordo con un parche en el ojo y una sucia camiseta en la que podía leerse: «Navega por el Caribe». McCoy supuso que con toda probabilidad habría oído todo tipo de chistes sobre piratas y se limitó a pedir otra pinta. El camarero fue a servirla, pero el chorro de cerveza que salía del grifo chisporroteó y se detuvo.

—Mierda —exclamó—. Voy a tener que cambiar el barril, no tardaré.

McCoy asintió, se dio la vuelta y miró a su alrededor. La mayoría de los clientes se parecían a Cuthbert o a Malky McCormack: viejos con demasiada ropa para el tiempo que hacía, la mirada perdida o contando montoncitos de calderilla sobre las mesas, deseando con todas sus fuerzas disponer de dinero suficiente para otra copa.

Cuthbert miraba el televisor que colgaba de la pared. Carreras de caballos con interferencias. Estando ahí, en el local que frecuentaba Malky, resultaba incluso más extraño pensar que lo hubieran asesinado de la forma en que lo habían hecho. Malky era un hombre que se había pasado la vida en lugares como ese, midiendo la tarde según el número de pintas, con lentos tragos y pánico creciente a medida que disminuía el dinero: ¿qué secreto podía ocultar un hombre como él para que alguien hubiese decidido matarlo? McCoy no esperaba que Cuthbert supiera nada de valor. Pero resultaba menos embarazoso para ambos que le contase un cuento chino que pedirle directamente algo de dinero.

Long John Silver regresó. Igual que la cerveza. McCoy le pagó la pinta, volvió junto a Cuthbert y se sentó.

—Suéltalo, Cuthbert —dijo—. ¿Qué voy a obtener por mi gran inversión?

Cuthbert se acomodó en su silla, preparado para su gran momento.

—Bueno. ¿A que no sabes a quién vi merodeando por la calle del apartamento de Malky cuando volvía a casa anoche?

McCoy suspiró.

—No lo sé. ¿A quién viste? ¿A Miss Mundo? ¿A Sean Connery?

—Deja de hacerte el listo. Nada menos que a Joseph Monaghan.

McCoy se enderezó en el asiento. No esperaba algo así.

—¿Estás diciendo que fue él quien mató a Malky?

Cuthbert se encogió de hombros.

—¿Qué otra cosa podría estar haciendo por allí un bastardo como él? Esto está muy lejos de su zona.

McCoy pensó en lo que acababa de decirle.

—Está un poco por debajo de su nivel, ¿no te parece? Golpear a un viejo borracho hasta matarlo. Si quisiera hacer algo así, Monaghan se lo pediría a alguien por debajo de su posición en la cadena alimenticia. Además, me da que se ha retirado de esos asuntos. Tiene un par de pubs en Govan, ¿no?

Cuthbert permaneció inmóvil, con una sonrisa beatífica en la cara.

—¿Qué más sabes, Cuthbert? Escúpelo.

Cuthbert miró a un lado y a otro, comprobó que nadie le escuchaba, y se inclinó hacia McCoy para mantener la intriga hasta el último momento.

—Monaghan se ha retirado, tienes razón, y ahora es feliz sirviendo pintas a la buena gente de Govan. Pero en los últimos tiempos, cierta persona le ha sacado de su retiro para que se ocupe de unos asuntos, digamos, urgentes.

Volvió a repantigarse, con un gesto de triunfo en el rostro.

Aunque se resistía a darle a Cuthbert más munición para su gran momento, McCoy no pudo evitarlo.

—De acuerdo, sé que te mueres de ganas por contármelo. ¿De quién estamos hablando?

Cuthbert se dio un golpecito en la nariz.

—Vamos, Harry. Siempre has sido un chico listo. Resuélvelo tú mismo. Cadena de mando.

McCoy se tensó de nuevo, concentrado. Entonces cayó en la cuenta y sonrió.

—Y una mierda, Cuthbert. ¿No estarás refiriéndote a Duncan Kent?

Cuthbert descompuso el gesto. Su bombazo no había causado el efecto deseado.

—Es imposible que Duncan Kent tenga algo que ver con esto —dijo McCoy—. Lleva años cubriendo sus huellas y cortando los hilos que conducían a él. La esposa dirige una veintena de organizaciones benéficas, aparece constantemente en los malditos periódicos. No tendría ningún sentido que volviera a involucrarse con alguien como Monaghan. —Sonrió—. Ahí la has cagado.

Cuthbert se encogió de hombros.

—Yo no he dicho nada de Duncan Kent. Has sido tú. Lo único que he hecho es decirte que vi a Monaghan. —Se bebió la cerveza y golpeó con el vaso vacío sobre la mesa.

McCoy había olvidado lo pesado que podía llegar a ser Cuthbert.

—Vamos, Cuthbert, no te enfades conmigo. Piénsalo un momento. Por supuesto que Monaghan es un bastardo lo bastante malvado como para hacer algo así, pero ¿por qué Malky McCormack? Era un don nadie. Dos condenas por ebriedad y desorden público, eso es todo. No era Al Capone. ¿Por qué se arriesgaría Monaghan a salir de su retiro para esparcirle los sesos por el suelo de su cocina?

Cuthbert se encasquetó la gorra de lana, se puso en pie y se dirigió a la puerta. McCoy tuvo la tentación de permitir que aquel bastardo gruñón se largase, pero aunque estuviese equivocado con Monaghan, seguía sabiendo más sobre Malky McCormack que cualquier otra persona con la que pudiera hablar.

—Vamos, Cuthbert, no seas así —le gritó.

Cuthbert siguió caminando.

—Te pediré otra pinta.

Cuthbert aminoró la marcha. Hora de sacar la artillería pesada.

—¡Y un whisky!

Cuthbert se detuvo y se dio la vuelta.

—¿Uno doble?

—¡Dios! Vale, uno doble. ¿Vas a volver y dejar de comportarte como un niño grande?

Así lo hizo, y estuvieron sentados durante una hora, más o menos, recordando los viejos tiempos, a la gente que habían tratado en el pasado, Cuthbert cada vez más impreciso a medida que daba cuenta de la bebida. Le estaba contando a McCoy una larga e incoherente historia sobre un amigo suyo que había robado un coche, para descubrir después que pertenecía a Jock Stein y sentirse tan avergonzado que lo había aparcado delante de su casa en mitad de la noche. McCoy asintió con la cabeza, dispuesto ya a marcharse, cuando Cuthbert volvió a concentrarse como por ensalmo.

—¿Has hablado con la hermana?

Esa pregunta confundió a McCoy.

—¿La hermana de Jock Stein?

Cuthbert frunció el ceño.

—No seas estúpido. La hermana de Malky. ¿Qué ha contado?

Ahora se sentía realmente confuso.

—Malky no tiene ninguna hermana. El pariente más cercano es una vieja prima que vive en Falkirk y que está como una cabra.

—Bueno, he dicho que es su hermana, pero en realidad no lo es. Es su hermanastra, exhermanastra, o como quieras llamarla. Norma McGregor. La vi el otro día.

Cuthbert se estaba llevando la pinta a la boca cuando McCoy le agarró del brazo y se lo impidió.

—¿Qué haces, graciosillo? —preguntó Cuthbert.

McCoy habló muy despacio y con extrema claridad.

—Tienes que hablarme de la hermana, Cuthbert. La hermana.

—Paga otra ronda de cerveza.

—Lo haré —dijo McCoy—, en cuanto me hables de la hermana.

Cuthbert asintió.

—Lo que es justo es justo. Malky siempre la llamaba su hermana, aunque no eran parientes. Es la hija de una de las mujeres con las que estuvo su padre antes de que Malky naciera. Era un pedazo de cabrón. Trabajaba en la Fundición Saracen, como soldador. Un zoquete. Pasaba de una mujer a otra, viviendo en sus casas, sin pagar alquiler, comiéndose la comida que les correspondía a sus hijos. No se casó con ninguna hasta que dejó embarazada a la madre de Malky. Acabó en la cárcel por golpear...

—¡Cuthbert! El que te va a golpear soy yo. ¡La maldita hermana!

Cuthbert alzó las manos en señal de rendición.

—Lo siento, hijo, me voy por las ramas. Ella cuidó de él durante un tiempo, cuando era un niño. Mientras el padre estuvo en la cárcel. Estaban muy unidos.

—¿Y?

—Y la vi el otro día. Aquí, en el apartamento de Malky. Toda arreglada, y llevaba consigo dos bolsas de comida de Marks and Spencer. Llegó en un taxi negro e hizo que la esperase mientras entraba y se las entregaba. ¿De dónde sacó el maldito dinero para algo así? Ella trabaja en la limpieza, es lo que ha hecho toda su vida, no tiene ni un penique.

—¡Buen chico! —le dijo McCoy, dándole una palmada en la espalda—. Ahora te escucho. Te traeré otra pinta.

Cuthbert se echó a reír, risa que no tardó en convertirse en un ataque de tos. McCoy le dio otra palmada en la espalda y se dirigió a la barra. Cuando volvió, Cuthbert se había calmado tanto que estaba apoyado contra la pared medio dormido.

McCoy lo sacudió.

—Aquí tienes tu pinta. ¿Estás bien para volver a casa?

—Sí, hijo, bien —respondió, haciéndole un gesto a McCoy para que se fuera, con los ojos aún cerrados.

McCoy lo sacudió. Con fuerza.

Abrió los ojos.

—¿Qué coño quieres ahora?

—La hermana. ¿Cómo puedo encontrarla?

Cuthbert bostezó.

—En la misa de vigilia de los sábados en Santa Teresa. No sé dónde vive, pero acude allí cada semana, llueva o nieve. Ven a buscarme y te la presentaré.

McCoy esperó un poco, metió otro par de libras en el bolsillo del anorak de Cuthbert, que ya roncaba, y se acercó a la barra. Long John Silver estaba leyendo el *Evening Times,* siguiendo con el dedo cada línea.

—Hazme un favor —dijo McCoy—. Encárgate de que vuelva a casa, ¿de acuerdo?

No hubo respuesta.

Uno de los viejos del bar habló.

—No se lo pidas a ese cabrón —dijo—. Él no te haría un favor ni aunque te debiese la vida. Yo vivo de camino, me encargaré de que vuelva a casa.

McCoy invitó al viejo a una copa y se dirigió a la puerta, pasó junto al sobrino de Sean McKenna y su camisa ensangrentada y salió al sol de la tarde. Para variar, Glasgow parecía un lugar alegre. Pero entre los niños con pantalones cortos, los autobuses llenos, los taxis vacíos y la cola para la furgoneta de los helados, había alguien que realmente sabía lo que le había ocurrido a Malky McCormack y por qué. Lo único que tenía que hacer era encontrar a esa persona. Por lo visto, una visita a la iglesia de Santa Teresa en busca de Norma McGregor podría ser un buen punto de partida.

Once

Acudir allí era el modo más fácil de encontrarlo. Todas las tardes, Cooper iba a nadar al club de natación privado de la calle Arlington. Fuera lo que fuese lo que en un principio hubiesen pensado de él los viejos profesionales y los profesores de universidad que también acudían allí, ahora era uno de ellos. Uno de los habituales. Un hombre de Arlington.

McCoy abrió la puerta del club y se vio sumido en aquella cálida bruma que olía a cloro. Saludó con la cabeza al hombre del mostrador y pasó a la zona de la piscina principal. Era una sala alargada con arcos de madera en el techo, una piscina inmaculada y sillas de mimbre junto a las paredes. Cooper era el único dentro del agua, apareciendo y desapareciendo. Jumbo estaba sentado en una de las sillas de mimbre, vigilando como siempre.

—¿Cuántos le faltan? —preguntó McCoy.

Jumbo contó con los dedos.

—Cinco.

Jumbo tenía dos aficiones en la vida: la jardinería y los cómics de *Commando*. Le había pedido a Cooper que le dejase ir a trabajar al Departamento de Parques, pero Cooper le había doblado el suelo y le había dicho que no, que el jardín de su casa era lo bastante grande para satisfacer esa clase de necesidades. Así que Jumbo retomó su trabajo de guardaespaldas ataviado con unos vaqueros nuevos, zapatillas de deporte nuevas y un jersey nuevo. Si tienes un jefe que es capaz de cortarte un dedo cuando no está satisfecho con tu manera de actuar, lo normal es obedecerle en todo.

McCoy se sentó y observó cómo Cooper terminaba sus largos. Bostezó varias veces. El aire caliente de la piscina, así como las vicisitudes de su jornada laboral, le estaban provocando sueño. Tenía la impresión de que hacía una semana que había dado por bueno que Michael West había desaparecido, que no había sucedido esa misma mañana. Después estaba el tema del pobre Malky, y ahora tenía que lidiar con Cooper. Eso era demasiado para cualquiera. Se preguntó cómo se encontraría Judith West en ese momento. En lo que a él respectaba, lo que ella necesitaba eran tranquilizantes y una buena noche de sueño, nada de rezos ni de esperar a que Dios lo mejorara todo.

Cooper no tardó en salir del agua, agarró una toalla que le tendió Jumbo y empezó a secarse. McCoy lo observó de arriba abajo. No había cicatrices ni moratones nuevos; es decir, algo había cambiado.

—Dame cinco minutos —dijo Cooper camino de los vestuarios.

McCoy sacó sus cigarrillos, pero se lo pensó mejor. No parecía lo más adecuado en un lugar donde la gente acudía a cuidar de su salud. No le apetecía mucho charlar con Cooper. La idea de ayudarle a librarse del trabajo sucio le provocaba un nudo en la boca del estómago. Si Murray se enteraba, era hombre muerto. Murray le había dejado claro en más de una ocasión que debía apartarse definitivamente de Cooper.

Cuando por fin apareció Cooper, con el pelo mojado y su sempiterno tupé, a McCoy le dio la impresión de que también había invertido en ropa nueva. Llevaba vaqueros y una camisa de manga corta, pero parecían nuevos, de mejor calidad. También lucía un reloj nuevo, grande y brillante, con una banda metálica roja y azul alrededor de la esfera. Cooper era ahora un hombre rico y empezaba a parecerlo.

—Y bien —dijo mientras se sentaba—, ¿qué tenéis sobre Archie Andrews?

—¿Nosotros? Nada. Es muy probable que sepas tanto de él como nosotros.

—Putos polis, malditos inútiles. Sé que tiene cuatro pubs,

negocios de préstamo de dinero por todo Possil, una taberna en la calle Stonyhurst y otra en la calle Allander, y tres o cuatro chicas en cada una. ¿Algo que añadir?

McCoy recapacitó durante unos segundos.

—He oído decir que tiene un garaje en la calle Fruin. Roba coches de alta gama, Rover, Jaguar, los repinta, les coloca matrículas nuevas y luego los vende en el sur. No sé si ha vendido muchos.

—¿En serio? —preguntó Cooper—. Tal vez no seas del todo inútil. ¿Algo más?

McCoy negó con la cabeza.

—Lo que realmente necesito —dijo Cooper— es algo de información sobre su número dos.

—¿Rab Jamieson? —preguntó McCoy.

Cooper asintió.

—Es el único que tiene posibilidades de llegar al poder una vez que Andrews se retire, así que necesito que se ocupen de él.

—Preguntaré por ahí —dijo McCoy—. Veré si hay algo que valga la pena saber.

—Buen chico. Y yo averiguaré lo del garaje. —Cooper se reclinó en su silla y encendió un cigarrillo. Él no tenía ningún reparo—. ¿Te lo he contado? Llamé a mi padre a Belfast y le conté lo de la señora Crawley. Pensé que querría venir al funeral. —Sonrió—. Ni siquiera recordaba quién era.

—Muy propio de tu padre. ¿Te acuerdas de cómo tenía su viejo piso?

—Difícil de olvidar —dijo Cooper—. No creo haber visto un lugar tan sucio en mi vida. A mi padre no le interesaba mucho encargarse de la casa, ¿verdad?

—No. Recuerdo haber ido allí una vez cuando me escapé de... ¿Dónde estaba entonces? —preguntó McCoy, tratando de recordar.

—Barnardo's —dijo Cooper.

—Barnardo's —repitió McCoy—. En cuanto vi el estado del piso de tu padre, quise regresar.

Cooper se echó a reír.

—La señora Crawley me pillaba a veces en la calle, me arrastraba a su piso, me lavaba en el lavabo y me hacía sentarme en una toalla hasta que lavaba mi ropa y la secaba. Yo debía de tener unos cinco o seis años. La señora Crawley me cuidaba lo mejor que podía. Me quedaba en su casa más a menudo que en la de mi padre. Allí se estaba caliente y me daban de comer. Era una buena mujer.

Cooper se puso en pie. Asintió en dirección a Jumbo.

—¿Te vas? —le preguntó McCoy.

—Tengo una cita.

—Oh, vaya —dijo McCoy—. ¿Alguien a quien conozca?

—Es posible. Está en la parte de atrás de las latas de cerveza. Gail. Ex Miss Escocia.

McCoy dejó escapar un silbido grave.

—¿La del pelo largo y rubio?

—Y todo lo demás. No solo tú eres capaz de pelear en una categoría superior.

—¿Por qué todo el mundo me dice eso?

—Porque pareces un maldito vagabundo —exclamó Cooper, ya en dirección a la puerta—. Por eso. Recuerda lo de Jamieson. —Se detuvo. Volvió a mirar a McCoy—. Por cierto, Gail quiere conocer a tu novia, la estrella de cine. Tenemos que acordar un encuentro.

McCoy asintió, esperaba que Cooper y Gail olvidaran esa idea. Observó su propio traje. Cooper podía tener razón.

La cuesta que conducía a su piso, en lo alto de la calle Gardner, siempre parecía más empinada cuando cargaba con algo. Poco importaban las escaleras después de ese ascenso. Para cuando McCoy dejó la bolsa del restaurante indio y la bolsa de Agnews llena de latas junto a la puerta y rebuscó las llaves en el bolsillo, estaba sudando y notaba que la camisa se le pegaba a la espalda. Cooper estaba en lo cierto. No recordaba la última vez que se había comprado un traje nuevo. O unos zapatos. O unas camisas.

Se sentó a la mesa para comerse el *dhansak* de cordero mientras hojeaba el periódico y veía la televisión. Más cosas sobre el Mercado Común, era lo único de lo que hablaban en esos días. Se preguntó qué estarían comiendo Cooper y su novia la de las latas de cerveza. Sin lugar a dudas, no sería curry para llevar, eso lo tenía claro. Dio la vuelta a la lata y le echó un vistazo a la parte de atrás. Shona. Pelirroja y en bañador. Sacó las otras latas de la bolsa y encontró una en la que aparecía Gail. Miraba a la cámara, con el pelo alborotado, unas bragas que le cubrían la mitad del culo y una diminuta parte de arriba del bikini. No parecía el tipo de persona cuya idea de una noche de fiesta fuera comer *dhansak* de cordero en la mesa de la cocina. Esperaba que Cooper se hubiera acordado de su cartera.

Abrió la lata de Gail y retomó la lectura del periódico. Pasó la página y se topó con un gran anuncio de las rebajas de verano de Jackson el Sastre. Un augurio. Quizás debería arreglarse más, esforzarse por Margo, como mínimo. Podría ir de compras el sábado. Estaría ocupado antes de la misa de vigilia con Cuthbert.

Se despertó a las cuatro y media, los pájaros cantaban, la luz entraba por las cortinas del salón, tenía las latas y los restos del curry frente a él, sobre la mesa. Estaba tan cansado que se había quedado dormido allí.

Bostezó, estiró la espalda y se dirigió al dormitorio. Cooper tenía razón: debía adecentarse un poco. No solo parecía un vagabundo, sino que empezaba a actuar como tal. Un par de años más y se convertiría en otro parroquiano del Saracen pidiendo dinero para una última pinta.

Viernes
13 de junio de 1975

Doce

En cuanto McCoy abrió la puerta del coche le llegó el olor: a madera quemada y a algo químico semejante al quitaesmalte. Se bajó del Vauxhall Viva y vio a Wattie sentado en el escalón trasero de la comisaría, con las gafas de sol puestas, un bocadillo de beicon en una mano y un envase de leche en la otra. Mientras masticaba, leía la última página del *Daily Record*.

—¿Qué es este maldito olor? —preguntó McCoy.

—Mmm... —respondió Wattie. Engulló el bocado y volvió a intentarlo—. Un garaje se incendió en mitad de la noche. Al parecer, había mucha pintura, de ahí el hedor.

No era posible, no tan pronto.

—¿Qué garaje?

Wattie mantuvo la vista fija en las noticias sobre los problemas del centro del campo del Celtic y se encogió de hombros.

—He olvidado el nombre. Está en la calle Fruin, más o menos hacia la mitad.

Tenía que haber sido Cooper. No imaginó que actuase tan rápido; le había hablado del garaje la noche anterior. Debía de ir en serio cuando le dijo que intentaría hacerse con el control. La guerra estaba a punto de estallar.

Wattie hizo una bola con la bolsa de papel en la que iba el bocadillo y la tiró a uno de los grandes contenedores alineados en el patio.

—¿Quieres que vayamos a echar un vistazo? —le preguntó—. Estar ahí dentro es una mierda. Esos cabrones ni nos miran, por no hablar de que no nos dirigen la palabra.

Se fueron por detrás, recorriendo las calles que pasaban junto a naves industriales y almacenes, notando con más intensidad el olor a pintura quemada a medida que avanzaban. Pasaron junto a un par de remolques donde vendían bocadillos y té a los chicos que trabajaban por allí.

—¿Crees que parezco un vagabundo? —preguntó McCoy al doblar por la calle Fruin.

Wattie se detuvo.

—¿Cómo dices?

—Ya lo has oído. Sé sincero.

Wattie lo miró de arriba abajo. Compuso una mueca.

—Un vagabundo tal vez no, pero...

—Gracias —dijo McCoy—. Gracias por tus palabras. Gracias por tu voto de confianza.

—¿Por qué? Tú me has preguntado. ¿A qué viene esto?

—Nada. Creo que necesito ropa nueva, eso es todo —respondió McCoy.

—No estaría mal, pero por lo que más quieras no vayas a John Collier o al maldito Jackson el Sastre. Ve a Forsyth.

—Ese sitio no es barato —dijo McCoy.

—No, pero tienes dinero suficiente y es material de calidad. —Sonrió—. No querrás hacer el ridículo cuando estés con el elegante grupo de Margo Lindsay.

—Ojalá no te hubiese preguntado —replicó McCoy.

—¿Quieres que vaya contigo? Puedo darte algunos consejos.

—No, maldita sea.

Wattie se encogió de hombros.

—Solo era una propuesta. Está bien ser amable.

McCoy continuó caminando. No le interesaba seguir con el tema en ese momento.

McCoy esperaba un garaje normal con surtidores de gasolina y una explanada delante, pero no era más que un almacén parecido a los otros que había en esa misma calle. Es decir, lo había sido, ahora no era gran cosa. La mayor parte de las paredes habían desaparecido, solo quedaban los pilares de hormigón que sostenían los restos del tejado. Algunos de los montones de madera que rodeaban el garaje aún humeaban, soltando hacia el cielo soleado volutas de humo. Dentro había algunos coches calcinados. Las ventanillas, la pintura y los neumáticos habían desaparecido, tan solo quedaban los chasis metálicos deformados y teñidos de negro por el fuego. La ceniza gris lo cubría todo.

McCoy se tapó la boca con el antebrazo para intentar librarse del olor químico. No le sirvió de gran cosa.

—Por lo visto, querían cobrar el dinero del seguro —dijo Wattie—. El dueño ya no ganaba dinero con él y decidió conseguir algo de pasta.

—¿Quién te ha dicho eso? —le preguntó McCoy, intentando no toser.

—Rossi —respondió Wattie.

—¿Y él cómo lo sabía?

Wattie se encogió de hombros.

—Según él, Archie Andrews es el dueño. Pero su nombre no aparece en ninguna parte. En la escritura firmó algún imbécil.

—Es una fuente de conocimiento, nuestro Rossi —dijo McCoy.

—Es su territorio, lo ha sido desde hace años. Es un capullo, pero parece estar al corriente de lo que pasa por aquí.

«O le han dicho qué tiene decir», pensó McCoy. Andrews quedaba mejor parado si todo el mundo creía que él mismo lo había hecho por el dinero del seguro. Pero Andrews lo sabía, sabía que alguien iba a por él. Era cuestión de tiempo que Cooper se lo dejase claro. Aunque podría haberlo adivinado ya perfectamente, porque enviar a uno de sus chicos con la cara rajada resultaba bastante clarificador. Tal vez Rossi, después de todo, fuese algo más que un simple mensajero de Archie Andrews.

Una parte del techo se resquebrajó y cayó sobre los coches. Se levantó más polvo y se arremolinó a su alrededor. McCoy se llevó las manos a la cara, pero no fue lo bastante rápido. La garganta y la nariz se le llenaron de polvo. Tosió un par de veces, estornudó, golpeó a Wattie en el hombro.

—Este olor me está revolviendo las tripas. Vámonos.

—Hoy le hacen la autopsia a Malky —dijo Wattie mientras cruzaban la calle—. Deberíamos ir a ver qué dice.

—Voy a hacer una conjetura: la causa de la muerte fue que le golpearon la cara en repetidas ocasiones con medio ladrillo.

—Podría tratarse de otra cosa. Nunca se sabe.

—Podría ser, pero no lo será. —McCoy se inclinó y escupió en la cuneta—. Todavía tengo el mal sabor en la garganta. Necesito un trago, una Coca-Cola o algo así.

Giraron a la derecha en Balmore Road, se dirigieron a la cafetería que se encontraba entre la hilera de tiendas junto al cine Vogue, pero se detuvieron. Había un furgón de la policía parado hacia la mitad de la cuesta, en medio de la calzada, y los vehículos empezaban a amontonarse detrás de él. También había un coche patrulla aparcado al lado y un policía de tráfico hacía señas a los coches y autobuses para que los bordearan.

—Se habrá averiado —dijo Wattie—. Mal lugar para que pase algo así.

Un agente se dirigió hacia ellos cuando llegaron a la altura de la furgoneta, su intención era alejarlos hasta que sacaron sus tarjetas.

—¿Qué ha pasado? —preguntó Wattie.

—Alguien se ha tirado desde el maldito puente a las vías del tren —dijo—. Qué macabro.

Trece

El puente de Balmore Road cruzaba unas vías del ferrocarril en desuso que discurrían unos quince metros por debajo. Era un corte profundo cubierto en parte por la maleza, las vías oxidadas apenas se veían entre los hierbajos. Era lo que quedaba de la antigua línea entre Lanarkshire y Dunbartonshire, desaparecida tiempo atrás.

McCoy rodeó el furgón policial en dirección al puente. Temía llegar allí porque sabía que tendría que mirar. Avanzó paso a paso. Se armó de valor y echó un vistazo por encima del muro. Abajo, una mujer yacía sobre las vías. Su cabeza estaba en un ángulo imposible, lo cual indicaba que se le había partido el cuello. Estaba rodeada por un creciente charco de sangre oscura. Retrocedió al instante, la cabeza ya le daba vueltas.

—¿Por qué has hecho eso? —le preguntó Wattie.

—No lo sé —respondió McCoy—. Ojalá no lo hubiera hecho.

—Iré a comprobar si la han identificado. Tú quédate aquí.

—No te preocupes, lo haré.

McCoy ya había iniciado la retirada colina arriba.

Vio cómo Wattie se escabullía entre los coches patrulla y saltaba por encima del muro al arcén cubierto de hierba y descendía por la ladera hacia los tres agentes que estaban junto al cadáver. No le quedaba más remedio que esperar, así que se acercó al otro lado de la carretera, asegurándose de que no veía nada desde su ángulo de visión, luego se plantó frente a la tienda de pinturas de la antigua estación de tren y encendió un cigarrillo.

Después de lo que había visto el día anterior en casa de Malky, lo último que necesitaba era más sangre y vísceras.

Se estaba congregando una pequeña multitud: compradores que se habían detenido de camino a la ciudad, gente que se había bajado de los autobuses. Una agente de policía se esforzaba por alejar de allí a un grupo de chavales que intentaban asomarse por el lateral del puente. Los pasajeros de un autobús que se acercaba lentamente al furgón se alinearon en las ventanillas del piso superior. McCoy oyó una sirena y vio cómo una ambulancia ascendía por la colina y se detenía junto al furgón policial.

Acababa de dar cuenta de su cigarrillo cuando Wattie, con la cara blanca, trepó por el muro y se le acercó. La cosa debía de ser grave si incluso Wattie estaba afectado, pues por lo general no tenía problemas con el tipo de cosas que McCoy no podía soportar.

—Ha sido brutal —dijo—. Es como tu peor pesadilla. El cuello se le debe de haber roto debido al impacto, la cabeza golpeó contra la vía...

—¡Muy bien! ¡Muy bien! —exclamó McCoy—. Ahórrame los detalles. ¿Sabemos quién es?

Wattie asintió.

—Llevaba un documento en su bolso. No te lo vas a creer.

—¿Quién es?

—Es la mujer de ayer —respondió Wattie—. Judith West, la que fue a la comisaría.

—Cristo bendito —dijo McCoy.

Wattie le mostró una Biblia muy gastada.

—La dejó en el murete cuando saltó.

McCoy la abrió por la primera página. Tenía un exlibris, florecitas azules y manos orantes rodeando un nombre: «Judith West».

—Para ella no era un juego —dijo Wattie—. Según los testigos, dejó la Biblia y el bolso junto a la pared, se subió y saltó. De cabeza. Debía de estar harta de todo, de la idea del niño, de todo eso.

McCoy se acordó de ella en la sala de interrogatorios, arañándose la cara, gritando. Deberían haber sabido que podría intentar algo así, deberían haber prestado más atención. Deberían haberse preocupado más.

McCoy oyó un grito, miró hacia la calle y maldijo en voz baja.

—¿Qué? ¿Qué pasa? —Wattie se volvió para ver—. ¡Mierda!

El reverendo West corría colina abajo hacia ellos.

Catorce

Wattie arrancó a buen ritmo, corrió colina arriba hacia el pastor y consiguió colocarse delante de él. Pero West se dio cuenta de que le estaban bloqueando el paso, se zafó de Wattie y echó a correr de nuevo. Wattie maldijo y salió tras él, lo alcanzó y le realizó un placaje, ambos cayeron al suelo. West intentó liberarse, pero Wattie le rodeó con los brazos, sujetándolo con fuerza.

McCoy corrió hacia ellos.

—No puede acercarse, reverendo. Haga el favor, es por su propio bien.

—¿Es ella? —preguntó West—. ¿Es Judith?

McCoy asintió.

—Creemos que sí.

Y al oír eso, cualquier impulso de lucha abandonó al reverendo. Su cuerpo se desplomó, dejó de hacer fuerza y se quedó tendido en el suelo. McCoy asintió a Wattie y este lo soltó, se puso en pie y ayudó a West a hacer lo mismo.

—La tienda —dijo McCoy—. Llévalo allí.

Wattie le pasó el brazo por encima de los hombros a West y lo acompañó hacia el almacén de pintura. Tenía la cabeza gacha y le corrían las lágrimas por las mejillas. McCoy abrió la puerta y entraron. Los clientes de la tienda se quedaron boquiabiertos, tenían latas de pintura y rollos de papel pintado en las manos; no sabían qué estaba pasando.

—Dennos un minuto —dijo Wattie—. Salgan, por favor.

Mostró su placa de policía y los clientes se dirigieron hacia la puerta en silencio, con la mirada clavada en el hombre que lloraba. West se desplomó en el suelo, se limpió los mocos y las lágrimas de la cara con la manga de la camisa. Wattie se acercó al dueño, que estaba detrás del mostrador, le explicó lo ocurrido y le pidió un vaso de agua.

McCoy se sentó en el suelo junto a West y le tendió la Biblia.

—¿Es suya?

West asintió. Empezó a llorar de nuevo. Tenía la camisa rota, la corbata torcida, parecía haberse metido en una pelea más que cualquier otra cosa. Wattie tomó el vaso de agua que le acercó el dueño de la tienda y se lo pasó a West. Este dio un par de sorbos y pareció calmarse un poco.

—Lo siento —dijo—. Lo siento. Me aseguró que se sentía mejor, que ya se le había pasado, que iba a dar un paseo, a tomar el aire. Yo quise acompañarla, pero me dijo que necesitaba tiempo para sí misma, para hablar con Dios. Le dije que... —Los miró. Había caído en la cuenta de algo—. ¿Sufrió?

—En absoluto —respondió Wattie—. Todo acabó en un segundo.

La cara de West se contrajo de nuevo.

—Debería haber tenido más cuidado. No debería haber dejado que se marchara.

McCoy recordó la cicatriz que había visto en la muñeca de Judith West cuando se metió el pañuelo en la manga de la chaqueta en la sala de interrogatorios.

—¿Lo había intentado antes?

—Hace años. La encontré en el baño. Se había cortado las muñecas con una cuchilla de afeitar. Intenté...

West empezó a sollozar de nuevo, y McCoy le rodeó los hombros con el brazo y le dejó llorar. Le dijo a Wattie que fuera a buscar a un agente para que lo llevara a casa.

—¿Hay alguien que pueda quedarse con usted? ¿Alguien a quien podamos llamar?

West se enjugó los ojos.

—James. James Booth. Pertenece a nuestra congregación. Fue mi padrino de boda. Trabaja en el garaje de Chryston.

—Bien, puede pasar a buscarlo de camino a casa.

Wattie apareció en la puerta.

—El coche está fuera. ¿Listo para irse, señor West?

West no parecía listo para nada, desplomado en el suelo, con los ojos enrojecidos por el llanto. Asintió con la cabeza.

—Le ayudaré —dijo McCoy—. Vamos.

McCoy levantó a West, lo acompañó fuera de la tienda y le ayudó a subirse a la parte trasera del coche que lo estaba esperando. Intentó que entrara antes de que viera la ambulancia y el furgón de la funeraria aparcados en el puente. Aunque no tenía de qué preocuparse: West permaneció sentado en el asiento trasero, con la cabeza gacha, parecía rezar.

El coche se alejó muy despacio, abriéndose paso entre la multitud y los coches patrulla y descendió por la colina en dirección a la ciudad. McCoy lo vio alejarse. La imagen de la cara de West al enterarse de que su mujer había muerto no se le iba a olvidar jamás. Se planteó la posibilidad de rezar él también una oración.

Volvió a entrar en la tienda para darle las gracias al dueño y vio que la Biblia seguía en el suelo. El reverendo la había olvidado. La recogió y empezó a hojearla. Judith West había subrayado mucho, también había escrito notas junto a ciertos pasajes. Con bolígrafos diferentes, tinta diferente. Parecía que llevaba mucho tiempo estudiándola. Los bordes de la cubierta estaban deshilachados. Se detuvo en un pasaje que había sido tachado. «NO», había escrito al lado en grandes letras negras. Gracias a los pasajes circundantes, McCoy dedujo que se trataba de 1 Pedro 4:1. Miró la página a trasluz y distinguió lo que estaba escrito bajo el rotulador.

Por lo tanto, ya que Cristo sufrió en su cuerpo, armaos también vosotros con la misma actitud, porque quien sufre en el cuerpo acaba con el pecado.

Cerró la Biblia. ¿Quién podía saber lo que le pasaba por la mente a Judith West? Tal vez aquella pobre mujer entendía que ya había sufrido lo suficiente, tal vez ahora estaba mejor. Eso es lo que la gente acostumbraba a decirse, ¿no? Les hacía sentirse más tranquilos. Salió de la tienda a la luz del sol, rodeó la ambulancia, los coches patrulla y a un nutrido grupo de niños y empezó a descender por la colina camino de la comisaría. No estaba seguro de sentirse más tranquilo.

Quince

McCoy se sentó y dejó sobre el escritorio la botella de Irn-Bru y el bocadillo de ensalada de queso que había comprado por el camino. Hacía tiempo que su estómago se estaba comportando. La úlcera seguía dándole la lata de vez en cuando si comía lo que no debía o bebía demasiado, pero pensó que el bocadillo de queso no le causaría problemas.

Dio un mordisco de prueba y masticó. La alarma no sonó de inmediato. Las lámparas del techo empezaron a parpadear. Un gemido en el despacho. Otra vez la electricidad. McCoy esperó a ver si se apagaban o se restablecía la luz definitivamente. Dejaron de parpadear al cabo de unos segundos, al parecer la cosa iba bien. Rebuscó en su escritorio algo para leer, no encontró nada. Se inclinó hacia la papelera que tenía a sus pies en busca del periódico del día anterior, pero la habían vaciado. Solo quedaba la Biblia de Judith West. Dejó escapar un suspiro. La abrió.

Fue pasando las páginas, leyó algunos capítulos del Deuteronomio. Cuestiones un tanto tétricas. Estaba a punto de cerrarla cuando se fijó en un sobre escondido en la parte de atrás. Lo extrajo. El sobre era de buena calidad, más o menos nuevo. Sostuvo el bocadillo de queso entre los dientes, abrió el sobre y sacó de él una fotografía.

Era la foto de un niño, muy pálido, de unos siete u ocho años. Estaba de pie en un jardín, sonriéndole a la cámara, con un camión de juguete en la mano. McCoy se dispuso a guardarla de nuevo cuando apreció algo en ella. Observó más detenidamente. A la derecha de la fotografía, la rama de una araucaria se entreveía en el encuadre.

Abrió su Irn-Bru y le dio un trago. No apartó los ojos de la foto. Se trataba de un niño de aproximadamente la misma edad que el que Judith West había dado como desaparecido, de pie en el jardín trasero de su casa. El niño que el reverendo West afirmaba que no existía. Podía ser cualquiera, supuso, un sobrino, el hijo de un vecino. Aun así...

Se puso en pie y se dirigió al fondo de la comisaría, donde había una mujer joven sentada tras un escritorio en un rincón. El pelo largo, las gafas redondas de fina montura metálica y el vestido de Laura Ashley la hacían parecer salida de un retrato eduardiano. Se la habían presentado cuando le enseñaron la comisaría el primer día, pero ahora no era capaz de acordarse de su nombre. Lo que sí recordaba era que ella era el enlace con las familias. Hacía de puente entre estas y la policía.

Alzó la mirada cuando él se acercó. Daba la impresión de ser bastante amable.

—Hola —dijo McCoy—. Me pregunto si podrías ayudarme con un asunto.

Sonrió.

—No recuerdas mi nombre, ¿verdad?

—Lo siento. No soy bueno con los nombres.

—Helen. —Sonó resignada. McCoy, obviamente, no era el primero en olvidar cómo se llamaba—. ¿Qué sucede?

—Necesito comprobar con los médicos de la zona si hay un niño llamado Jeremiah Michael West registrado en algún sitio. También con las escuelas, acreditar si está inscrito en alguna de ellas. Revisar incluso los certificados de nacimiento.

—¿Tienes una dirección?

—Calle Hillend 50.

Ella tomó nota en el cuaderno que tenía ante sí.

—¿Fecha de nacimiento?

McCoy revisó lo que había apuntado durante la entrevista con Judith.

—El veintidós de junio de 1966.

Ella le miró a los ojos.

—¿Eso es todo?

—Me temo que sí.

—Los certificados de nacimiento son una pesadilla, a menos que estés seguro de que nació en Glasgow.

—No lo estoy —aclaró McCoy.

—Estupendo. —Apartó el bloc de notas—. ¿Y cuál es la razón concreta por la que no puedes hacer todo esto tú mismo?

—Bueno, creía que era tu especialidad.

—Más bien será porque no te da la gana. Dame un par de días. Conozco a alguien en el Registro. —Agachó la cabeza y empezó a teclear.

Eso fue lo que le dijo. McCoy volvió a su escritorio. Se dispuso a redactar su informe preliminar sobre el asesinato de Malky para entregárselo a Long. Transcurrida una hora, más o menos, había terminado. Lo metió en una carpeta de cartón, se recostó en su silla y encendió un cigarrillo.

Hood, el chico nuevo, salió de la cocina con una taza de café en la mano y se le acercó.

—¿Qué tal te ha ido con los testigos del puente?

—Bien. Tomé las declaraciones y se las entregué al señor Watson. Sus testimonios parecían todos muy similares. La mujer se subió al muro y saltó. Sin dudarlo.

McCoy seguía sin localizar su acento.

—¿De dónde eres, Hood?

—Nací aquí, pero pasé muchos años en Elgin.

Esa era la explicación. Era medio *teuchter,* un pueblerino.

—¿Qué te llevó a querer ser policía?

Hood se lo pensó durante un momento.

—Porque es algo bueno. Nos situamos entre el bien y el mal en este mundo.

—Tiene sentido —admitió McCoy.

—El hombre que no se valora a sí mismo no puede valorar ninguna otra cosa. Tenemos el deber de hacer lo que creemos correcto para mantener el orden.

—¿En serio?

El joven asintió.

McCoy le tendió la carpeta y le dijo:

—¿Me puedes hacer el favor de ponerla sobre la mesa de Long?

Hood asintió de nuevo, la tomó y se alejó de su escritorio. McCoy lo observó. Un muchacho extraño, no cabía duda. Comprobó la hora en su reloj de pulsera. Maldijo. Ya se le estaba haciendo tarde.

Dieciséis

Wattie estaba esperando delante del depósito de cadáveres cuando llegó McCoy. Se había quitado la chaqueta y se había arremangado la camisa. Estaba leyendo algo garabateado en un papel. Alzó la vista cuando McCoy salió del taxi.

—¿Qué es eso? —preguntó McCoy.

—Una lista de cosas que tengo que comprar para la fiesta del pequeño. —La dobló y se la metió en el bolsillo—. Me cuesta creer que vengas aquí de manera voluntaria. Creía que este sitio te daba repelús.

—Así es, y no estoy aquí voluntariamente —repuso McCoy—. Ve a buscar a Phyllis, dile que la veré en las escaleras.

McCoy se sentó y encendió un cigarrillo. Saltmarket estaba tan concurrida como siempre: abogados trajeados con expedientes bajo el brazo entrando y saliendo de los juzgados, clientes que iban de aquí para allá entre las tiendas, niños dirigiéndose a los columpios de Glasgow Green. No pasó mucho tiempo hasta que Wattie salió del depósito de cadáveres acompañado por Phyllis Gilroy, la forense. Ella se sentó al lado de McCoy en la escalinata del Tribunal Supremo y se quitó las gafas de sol.

—Yo no hice la autopsia de Malcolm McCormack. La hizo el doctor Lawson. —Le tendió una carpeta—. Pero es muy meticuloso.

—¿Te importaría resumírnosla? —preguntó McCoy.

—Como era de esperar, la causa de la muerte fue un traumatismo masivo en la zona frontal del cerebro. El ladrillo partido por la mitad. —Siguió hojeando, los ojos le iban de un lado a otro—.

98

No estaba en buena forma, ni siquiera para un hombre de su edad: pulmones destrozados por el exceso de tabaco, hígado dilatado... —Siguió hojeando hasta que cerró el expediente—. Eso es todo, salvo los detalles espeluznantes. ¿Es lo que esperabas?

—Más o menos —respondió McCoy—. ¿Cómo te fue con las otras cosas?

—Oh, sí... ¿A qué otras cosas te refieres? —dijo Wattie, repentinamente interesado.

McCoy lo ignoró y Phyllis hurgó en su bolso, sacó otro par de carpetas y las dejó sobre su regazo.

—¿Qué es eso? —preguntó Wattie.

—Gente —respondió McCoy.

Wattie murmuró algo en voz baja sobre la imbecilidad de alguien.

—En respuesta a tu pregunta original, no se trata de una práctica habitual —dijo Phyllis—. A los ancianos alcohólicos que mueren en la calle no se les hace la autopsia de manera rutinaria, a menos que hayan muerto en circunstancias sospechosas, y en el caso de Jamie MacLeod o Charles Moody no fue así.

—¿Qué les pasó? —preguntó McCoy.

—Charles Moody murió en el hospital. El Royal. Su certificado de defunción lo firmó el doctor Ahmed Ali. La causa de la muerte fue un fallo orgánico provocado por el consumo agudo de alcohol. Lo normal.

—¿Y Jamie MacLeod? —insistió McCoy.

Phyllis cerró el expediente.

—¿Ese fue el caso del que se encargó el interino, hace unas semanas, en el que estuviste presente?

McCoy asintió.

—Jamie de Govan.

—Coincido con lo que Nichol ha expuesto aquí. La vejez y la vida en las calles, bebiendo todos los días... Me sorprende que viviera tanto tiempo. Su piel y el blanco de sus ojos habían adquirido una tonalidad amarillenta. Tenía edema...

—¿Eh? —exclamó Wattie.

—Los pies y tobillos hinchados. Causados por las primeras

muestras de una insuficiencia hepática. En casos como este, importa más bien poco lo que indique el certificado. Antes o después, su corazón se habría detenido por cualquier motivo. En general, indicamos insuficiencia cardiaca.

—¿No hay autopsia? —preguntó McCoy.

Phyllis negó con la cabeza.

—No hubo necesidad de hacerla. ¿Me vas a decir por qué he tenido que sacar estos informes?

—Es un caso extraño —respondió McCoy—. Hay un chico, Gerry, que llevó a Charles Moody al Royal cuando se estaba muriendo y se enteró de que Jamie de Govan murió del mismo modo: los dos se pusieron malos después de beber un poco de aguardiente. Mucho dolor, espuma por la boca... Está convencido de que los dos fueron envenenados, asesinados de manera deliberada. Pero Gerry es un chaval muy extravagante. Para ser sinceros, creo que le falta un tornillo.

Wattie resopló.

—¿Te refieres al tipo que estaba con Liam el otro día, el que llevaba un traje enorme?

—¿Qué pasó con los cuerpos? —preguntó McCoy, ignorando a Wattie.

—Los enterraron en la zona de beneficencia del ayuntamiento. Tumbas sin marcar, ataúdes de cartón. Ya sabes lo que ocurre en casos como estos.

McCoy asintió. Lo sabía. Demasiado bien.

—¿Podrías hacerme un favor? Si mueren más tipos en la calle por intoxicación etílica, ¿podrías avisarme y hacerles la autopsia?

Phyllis suspiró.

—Porque me lo pides tú, McCoy. Solo por ser tú. —Volvió a ponerse las gafas de sol—. ¿Cómo te va la vida con la estrella de cine? —le preguntó con una sonrisa—. Tendrías que haber visto la cara de Murray cuando se lo conté.

—Bien. Se ha ido al campo un par de días.

—Tienes que traerla a cenar a casa. Creo que fui a la escuela con su primo.

McCoy dijo que lo haría.

—Y bien —dijo Wattie en cuanto Phyllis volvió a entrar en el depósito de cadáveres—, ¿vas a contarme qué estamos haciendo aquí en realidad? Y, por favor, asegúrame que ese chiflado trajeado, el tal Gerry, tiene alguna prueba.

McCoy rebuscó en su bolsillo y sacó la carta de Gerry. Se encendió otro cigarrillo cuando Wattie empezó a leer.

—¿Quién es Titch? —preguntó a mitad de la lectura.

—Es Charles Moody —aclaró.

Wattie frunció el ceño y siguió leyendo. Cuando McCoy iba por la mitad de su Embassy Regal, suspiró, dobló la carta y se la devolvió.

—Esto no cuenta como prueba. Esto no lleva a ninguna parte. Y no es lo que se supone que tenemos que hacer. Deberíamos concentrarnos en el asesinato de Malky McCormack. —Se puso en pie. Bostezó y se desperezó—. Gerry es un chiflado, de acuerdo, pero no podría haberlo ideado mejor, ¿no te parece? El asunto tiene tu nombre escrito por todas partes.

—¿Qué se supone que significa eso?

—Gente a la que nadie le importa que asesinen. Siempre según la versión de un tipo que está tarado. McCoy al rescate. Y para ofrecerle un poco más de atractivo, no se trata del caso que Long quiere que investiguemos.

McCoy no pudo contenerse. Sonrió.

—Se cree usted muy inteligente, ¿verdad, señor Watson?

—Inteligente no, tan solo soy alguien que ha tenido la desgracia de trabajar para ti durante años. —Señaló al otro lado de la calle, hacia la furgoneta de helados aparcada frente a las puertas del parque—. Venga, invítame a un cucurucho y cuéntame cómo vamos a atrapar al gran envenenador de Glasgow de 1975 antes de que me vaya a comprar un montón de malditos globos.

McCoy se levantó y vio a alguien al otro lado de la calle, en la puerta del pub Whistlin' Kirk. Era Gerry. Traje negro y zapatos negros, cabellera alborotada. Los observaba con atención. McCoy le dijo a Wattie que esperara un minuto. Al volverse de nuevo, Gerry ya no estaba.

Diecisiete

McCoy salió de la comisaría y encendió un cigarrillo. El sol empezaba a ocultarse. El cielo había adquirido una tonalidad naranja vibrante. No se decidía entre ir a la Cooperativa y tomarse un té o pillar un taxi hasta el Shish Mahal. Era bastante probable que acabara allí, con su periódico, una pinta y un plato de curry. Estaba a punto de marcharse cuando sintió un golpecito en el hombro. Era Rossi.

—¿Quieres algo? —le preguntó, apretando los dientes.

Rossi sonrió, parecía tan sincero como un vendedor de coches usados.

—¿Qué tal si tú y yo vamos a tomar una copa?

Era lo último que McCoy esperaba.

—¿Cómo dices?

—Creo que hemos empezado con mal pie. Así que, para enmendar las cosas, te invito a una copa. Es viernes noche, ha sido una semana larga. No tienes nada entre manos, ¿verdad?

No lo tenía. Margo había ido a ver a su familia unos días, debía reunirse con el administrador de la finca que había heredado después de la muerte de su hermano. Margo no tenía nada claro qué hacer con ella. Esa era la clase de problemas de las herederas.

A la mierda. El curry tendría que esperar. Para eso estaba ahí, para relacionarse con la policía de Possil.

—De acuerdo. Vamos.

McCoy se sentó en el asiento del copiloto, escuchó lo que Rossi le contó sobre los turnos. Algo pasaba. La invitación de

Rossi sin duda tenía un motivo oculto; no iba a tardar en descubrirlo. Sus pensamientos volvieron al niño de la foto que había encontrado en la Biblia de Judith West. Quizás Helen Nosequé descubriera algo. Debía esperar. Sin embargo, el asunto no tenía mucho sentido. Si hubiese habido un hijo de por medio, ¿por qué lo habría ocultado el reverendo West?

McCoy miró por la ventanilla y vio que estaban llegando a Great Western Road.

—¿Adónde vamos? ¿Al Wintersgills?

Rossi negó con la cabeza.

—Al hotel Mayfield. Tiene un salón muy bonito. Me gusta.

Menuda sorpresa. Era posible que el hotel Mayfield tuviera un bonito salón, pero por lo que McCoy recordaba, también tenía habitaciones que se alquilaban por horas. Rossi detuvo el coche en la calle West Princes. Era una zona curiosa de la ciudad. El hotel estaba enfrente de Queen's Crescent, una calle tranquila que se curvaba alrededor de un jardín vallado y albergaba un extraño surtido de clubes de las Fuerzas Aéreas, la sede de la Asociación Estrella de Birmania y cosas por el estilo. El Mayfield se asemejaba a cualquier otro hotel pequeño: un cartel en la ventana que decía HABITACIONES DISPONIBLES, otro que anunciaba una sala con televisor para residentes. Cuando se acercaron, un hombre bajó las escaleras con la cabeza gacha y caminando deprisa.

—¿Vienes por aquí a menudo? —preguntó McCoy mientras subían los escalones.

Rossi asintió y abrió la puerta.

—Desde hace unos cuantos años.

El vestíbulo del hotel era acogedor, con una tupida alfombra, un mostrador de recepción sin nadie que atendiera detrás y un ligero aroma a ambientador. Sonaba música de Cliff Richard and the Shadows.

—Por aquí —dijo Rossi.

McCoy le siguió por un pasillo, dejaron atrás la sala del televisor, donde no había nadie y el aparato emitía las noticias en silencio, y entró en el famoso salón. Al parecer, y sin motivo aparente, habían querido darle un tono náutico a la decoración. Cuadros de barcos en las paredes, timones en miniatura y yates de juguete tras la barra de la esquina. Había cuatro o cinco mesas redondas y una red colgaba del techo, con peces de plástico atrapados en ella.

Rossi tocó el timbre de la barra y un hombre apareció a los pocos segundos. Era alto, ancho de hombros, peinado con fijador. No podría haberse parecido más a un expolicía por mucho que lo hubiera intentado.

—¿Todo bien, Sammy? —preguntó con amabilidad.

—Todo bien, Tom —respondió Rossi—. Este es McCoy, el nuevo chico de la comisaría. Creí adecuado mostrarle los placeres del Driftwood.

Tom se inclinó sobre la barra, con la mano extendida. McCoy lo saludó. No se sorprendió cuando el pulgar de Tom se deslizó por sus dedos. No iba a tener suerte.

—Encantado de conocerte —dijo Tom—. ¿Qué os sirvo?

McCoy no vio surtidor alguno, así que pidió un whisky. Rossi pidió una ginebra con tónica y se sentaron.

—Tom era del Departamento de Investigación Criminal —dijo Rossi—. Es un buen tipo. Mantendrá abierto el bar si nos ponemos a ello.

—Es bueno saberlo.

Rossi miró a su alrededor, como si pretendiese inspeccionar sus dominios, y le dio un trago a su copa.

—¿Qué tal la vida en Possil?

—Nada que señalar.

Rossi sonrió.

—Las cosas mejorarán, ya lo verás. Nos lleva un tiempo entrar en calor.

—Ese garaje en la calle. Wattie dijo que sabías algo de él.

Rossi asintió, satisfecho de sí mismo. El hombre que sabía.

—Es uno de los locales de Archie Andrews. No estaba ganando suficiente dinero con él, así que lo quemó para cobrar el seguro.

—Inteligente —dijo McCoy.

—Uno no llega hasta donde ha llegado Archie Andrews siendo un zoquete.

McCoy estaba a punto de preguntar cómo sabía Rossi lo del garaje cuando oyó risas en el pasillo. Aparecieron Long y otro par de oficiales veteranos. Trajeados, con las corbatas aflojadas y empujándose unos a otros. Exaltados. A McCoy se le revolvió el estómago; esa debía de ser la verdadera razón por la que Rossi le había invitado a una copa. Era más que probable que no saliera del Driftwood sin haber recibido alguna patada.

Long y sus amigos parecían ser clientes habituales. El camarero conocía sus gustos sin tener que preguntar y acercó las copas a la mesa mientras se sentaban. Uno de los oficiales, cuyo nombre no recordaba, alzó su bebida.

—Otra semana más —dijo, y todos entrechocaron los vasos.

McCoy le dio un sorbo al whisky y se dio cuenta de que todos le estaban mirando. Tal vez había llegado el momento. Una charla agradable y luego unas cuantas patadas en la parte trasera del hotel.

—No eres masón, ¿verdad, McCoy? —le preguntó Long.

—Me temo que no —respondió McCoy—. No les gustan mucho los de mi clase.

Uno de los oficiales rio, dijo algo sobre cómo los currantes no eran lo bastante buenos para entrar.

Long encendió un Dunhill y le lanzó a McCoy una bocanada de humo en la cara.

—Aun así, tienes buena reputación, eres un buen poli.

—¿Estás intentando ligar conmigo, Long? —preguntó McCoy—. ¿Un bailecito antes de que me jodas?

Long sonrió. No dijo nada.

McCoy decidió seguir por esa línea. Si le iban a dar una paliza, prefería que fuese rápido.

—Dime una cosa, Long. Si soy un tipo tan bueno, ¿por qué tú y tus amigotes me habéis estado tratando como a una mierda?

Pudo oír a uno de los oficiales contener la respiración. Long no se inmutó. Se limitó a darle otra calada a su cigarrillo y expulsó el humo hacia el techo.

—Somos gente desconfiada, nos gusta valorar a un hombre antes de decidir si es o no uno de los nuestros.

Tom, el camarero, reapareció de pie detrás de la barra sacando brillo a un vaso. No quería quedarse fuera de la conversación. Parecía el tipo de expolicía que echaba de menos darle una paliza a la gente de vez en cuando y salirse de rositas.

—Ya te lo he dicho, Long. No soy masón y nunca voy a serlo.

—No estoy hablando de eso.

Long se inclinó hacia delante y miró a McCoy a los ojos. McCoy podía oler la ginebra en su aliento. También el rastro de algún tipo de loción para después del afeitado. Y el olor de sus cigarrillos Dunhill.

—¿Se puede confiar en ti? ¿Confiar de verdad, Harry?

McCoy se encogió de hombros. Se estaba hartando de la actuación estilo gran hombre de Long.

—Supongo que tendrás que averiguarlo por tu cuenta.

Se miraron a los ojos. De ninguna manera McCoy pensaba ceder el primero. No tenía por qué hacerlo.

Una gran sonrisa se dibujó en la cara de Long.

—¡Virgen santa, McCoy, no pongas esa cara! —Metió la mano en el bolsillo interior de su chaqueta y sacó cinco sobres—. Todos los viernes, los chicos y yo venimos aquí a tomar algo, a relajarnos después de la semana y nos repartimos el dinero de los viernes.

—¿Qué es eso?

—Pequeñas muestras de aprecio de hombres como Tom. Muestras para asegurarnos de que no preguntamos sobre lo que pasa arriba. Propietarios agradecidos que saben que sus pubs no van a tener ningún problema, antros ilegales que evitamos asaltar, tiendas con material para adultos a las que se les permite permanecer abiertas, ese tipo de cosas. ¿Entendido?

McCoy asintió.

—Y, de vez en cuando, freímos a algún pez gordo. Nos implicamos un poco más; no sé si me entiendes. Lo cual hace que el dinero de los viernes parezca calderilla. Así que lo que realmente te estoy preguntando, Harry, es si estás de acuerdo con esto o no. Con ayudar de vez en cuando, asegurándote de que todo va como la seda. Con ensuciarte las manos si es necesario.

McCoy respondió de inmediato, sin vacilar.

—Puedes contar conmigo. No tienes que preocuparte por eso. A veces se necesita una recompensa por este maldito trabajo.

Long le entregó un sobre a McCoy, alzó su copa y se volvió hacia los demás.

—¡Caballeros, un brindis! ¡Por el nuevo miembro del Club de los Viernes!

Sábado
14 de mayo d. 1975

Dieciocho

—¿Cuánto dinero había en el sobre? —le preguntó el inspector jefe Murray, dando un sorbo a su té.

—Cuarenta libras —dijo McCoy.

—No te las habrás gastado, ¿verdad?

—¡Por supuesto que sí! Tuve que invitarlos a copas toda la noche, fingir que estaba celebrando mi ingreso en su estúpido club. No iba a gastar mi propio dinero en algo así.

Estaban sentados alrededor de la gran mesa de la cocina de Phyllis, con las ventanas francesas abiertas al soleado jardín trasero. Al fondo del jardín, a unos veinte metros, había una mesa y sillas bajo un árbol. Phyllis estaba sentada allí, con una taza de té en la mano y el *Glasgow Herald* extendido delante de ella. Para completar la sensación de felicidad doméstica, Murray estaba vestido con su ropa de domingo. Pantalones de pana, zapatos de salón marrones y una camisa de cuello abierto. McCoy le dio un sorbo a su té, que sintió un tanto áspero después de la borrachera de la noche anterior. De repente se le ocurrió algo.

—¿Phyllis? —gritó.

Ella alzó la vista.

—¿Necesitas ayuda con el jardín?

Ella asintió de inmediato.

—Dios, sí, es demasiado grande para una sola persona. No sabía que te interesaba la jardinería.

—¿A mí? No, no hablo de mí. Tengo un amigo al que le encantaría ayudarte. No es necesario que le pagues, le encanta trabajar con plantas. Además, se le dan bien.

—Eso suena ideal —dijo Phyllis—. Pero tendría que pagarle algo. ¿Cómo se llama?

—Jumbo.

Murray lo miró a los ojos.

—¿Te refieres al guardaespaldas de Cooper? ¿Aquí? ¿Estás loco?

—Es inofensivo. Como un niño pequeño. No sabe nada de los negocios de Cooper.

Murray no parecía muy contento.

—Más le vale no saber nada. —Se rascó la incipiente barba rojiza de la barbilla—. Resulta difícil de creer que Long, de entre todos los posibles, esté metido en esto. Siempre he creído que era un buen hombre. Estaba convencido de que tenía que ser uno de los chicos de Glasgow el que lo organizaba.

—Oh, está metido hasta el cuello —dijo McCoy—. Dicho esto, no es exactamente el mayor caso de corrupción con el que me he encontrado.

Murray gruñó. Se dispuso a cebar su pipa.

—La corrupción es corrupción. Siempre comienza poco a poco. Y un pez empieza a pudrirse siempre desde la cabeza hacia abajo. Si les parece bien aceptar el dinero de la gente de poca monta, acabarán con algo peor.

—Creo que eso era lo que estaba dando a entender, que van a ir más allá de sacarles dinero por protección a los chicos malos de Possil. Y que a él le parecía bien.

—No me sorprendería.

—¿Qué hago ahora?

—Quédate cerca de ellos. Asegúrate de que confían en ti. Mantén los ojos y los oídos abiertos. Necesitamos saber quién está detrás de los robos en las oficinas de correos. Cada vez son más brutales. Estás al corriente de lo que pasó en Balmore Road, ¿verdad?

McCoy asintió.

—Dispararon al jefe de correos y murió en el hospital. Un asunto feo.

—¿Sigue convencido de que alguien de la comisaría los está ayudando?

Murray asintió. Encendió su pipa, desapareció momentáneamente tras una nube de humo de tabaco, que apartó con la mano.

—El patrón es el mismo en todos los robos: alguien se asegura de que la policía llegue demasiado tarde y alguien se asegura de que el coche escape.

—¿Long?

—Eso creo. Es el jefe de la comisaría. ¿Quiénes son los otros candidatos?

McCoy se encogió de hombros.

—Rossi es un aprendiz. Un baboso. No me lo imagino preparando nada. Los otros dos parecían seguirle la corriente.

La voz de Phyllis llegó desde el jardín.

—Hector...

—Mierda —murmuró Murray—, tiene el olfato de un maldito sabueso. —Gritó—: La apago ahora mismo, cariño. —Dio una calada a su pipa antes de hacerlo—. Y Long tiene una exmujer y dos hijos que mantener en Newcastle, así como una nueva esposa aquí con un bebé en camino. Cuarenta libras a la semana no van a aliviar en exceso todos los gastos.

Se incorporó, se acercó a los fogones y volvió a poner la tetera.

—¿Cómo va la reestructuración? —preguntó McCoy—. ¿Ahora somos todos chicos de Strathclyde?

—Por desgracia, sí —dijo Murray—. La cantidad de basura que genera es alucinante. Todo lo que lleva la inscripción Policía de Glasgow, aunque sea nuevo, se tira a la basura. Ya no se puede utilizar. La factura de papelería que entraña cambiar todo con el nuevo logotipo te haría llorar.

—Todo por un bien mayor —comentó McCoy.

—Ya lo veremos. De todos modos, lo más importante es que Phyllis me ha dicho que la cosa va viento en popa con tu querida Margo Lindsay. Es una mujer guapa, eso ya lo sabes.

—Sí, me di cuenta.

—¿Cómo fue la cosa? Según el periódico, es muy de izquierdas, no del tipo que se enrolla con un opresor del pueblo como tú.

—La conocí el año pasado, por el caso de su hermano. ¿Se acuerda?

Murray asintió.

—Difícil de olvidar. Maldito cabrón. ¿Qué tiene ella que decir al respecto?

—No gran cosa. Hacía años que no se veían. Discutió con él sobre el reclutamiento de jóvenes para su ejército privado y desde entonces no volvieron a hablarse.

—Y ¿cómo habéis acabado juntos?

—La semana pasada me encontraba yo por George Square y allí estaba ella, en un mitin para los trabajadores de los astilleros. Impedí que la detuvieran. Me invitó a cenar para darme las gracias. Eso fue todo. Cosas del destino.

—Está muy por encima de tu categoría.

McCoy suspiró.

—Es lo que me dice todo el mundo.

Murray colocó tazas de té nuevas sobre la mesa y se sentó.

—¿Cómo le va a Watson?

—Bien. Tiene que dejar de preocuparse por él, se está convirtiendo en un buen policía. Deberíamos decirle por qué estamos realmente en Possil.

Murray no parecía tenerlo claro.

—Primero vamos a meterte en el maldito Club de los Viernes. Esperemos que no esté repitiendo tus malos hábitos.

—No tengo ninguno.

—Sí, claro que los tienes y el tema de los niños abandonados es uno de ellos. Lo que me recuerda que Phyllis me contó lo de tu búsqueda inútil.

—Tal vez no lo sea —dijo McCoy—. Podría tratarse de un par de asesinatos.

—¡No, no lo son! Los borrachos que viven en la calle no gozan de una larga esperanza de vida. Beben demasiado. Además, ¿quién querría asesinar a un vagabundo cualquiera?

McCoy se encogió de hombros. No iba a meterse en ese tema si podía evitarlo. Solo enojaría más a Murray. Y de ninguna manera iba a mencionar al misterioso Michael West y la fotografía del niño en el jardín trasero.

—¿Me has oído, McCoy? —gruñó Murray.

McCoy asintió. Se puso en pie.

—Alto y claro.

—Estás ahí para vigilar lo que pasa en esa comisaría. Ese es tu trabajo, así que nada de perseguir a borrachines.

McCoy asintió de nuevo.

—Recuerda, Phyllis ya tiene bastante trabajo como para hacerte favores extra.

—Sí, Herr Murray.

—No seas tan estúpido. Acércate a Long, haceos amigos. Averigua qué están tramando esos bastardos.

Diecinueve

En un arrebato de generosidad, McCoy había accedido a llevar a Cuthbert a la iglesia de Santa Teresa para la misa de vigilia; un arrebato del que se estaba arrepintiendo. La combinación del sol que entraba por las ventanillas y la falta de higiene personal de Cuthbert resultaba muy desagradable. McCoy bajó la ventanilla e intentó respirar por la boca.

Santa Teresa estaba ubicada sobre un gran terreno verde que dominaba la parte baja de la calle Saracen. Un serpenteante camino de entrada conducía colina arriba hasta la gran iglesia de ladrillo. McCoy aparcó junto a un Ford Capri y salió del coche lo más rápido que pudo. Se encendió un cigarrillo para intentar oler otra cosa, aunque solo fuera humo de tabaco. Cuthbert se había acercado al extremo del aparcamiento y tosía como si fuese a expulsar los pulmones.

McCoy lo llamó.

—¿Estás bien?

Cuthbert alzó una mano, escupió prodigiosamente y regresó.

—Ahora hay demasiados coches en esta maldita ciudad, los gases de los tubos de escape se te meten en los pulmones.

«Por no hablar de los cuarenta cigarrillos Capstan al día», pensó McCoy.

—¿Estás bien para entrar?

Cuthbert asintió.

—Nunca he estado mejor.

Santa Teresa había sido construida en los años cincuenta, cuando la asistencia a la iglesia era todavía multitudinaria. Estaba diseñada para dar cabida a un par de cientos de feligreses, y el imponente tamaño de la iglesia provocaba que la pequeña cantidad de asistentes del sábado, esparcidos por los bancos, pareciese patética. Cuthbert tomó dos hojas de himnos de la mano de la sonriente mujer que estaba en la puerta, le entregó una de ellas a McCoy y se sentaron en uno de los bancos del fondo.

—¿Está aquí? —preguntó McCoy.

Cuthbert señaló hacia la parte delantera.

—En la segunda fila, abrigo azul.

Norma McGregor estaba sentada sola, con la cabeza inclinada, orando. Justo cuando McCoy se levantó para ir a hablar con ella, el sacerdote se colocó junto al altar y comenzó el servicio. McCoy volvió a sentarse.

—Genial —le siseó a Cuthbert—. Ahora vamos a tener que quedarnos sentados durante toda la maldita ceremonia.

Cuthbert se quitó la gorra de lana y examinó la hoja de himnos.

—Estoy convencido de que expiar parte de tus pecados no te hará ningún daño, Harry McCoy.

Y tras esa afirmación, se puso de pie y acometió, con una voz sorprendentemente fuerte y afinada, la primera línea de «Todos mis ríos fluyen hacia ti».

McCoy había asistido a suficientes servicios en suficientes capillas como para saber exactamente lo que le esperaba. Tres himnos, dos lecturas, un sermón, la comunión y una oración. A menos que el sacerdote fuera de los lentos, iba a tener que pasar cuarenta minutos mirándole la nuca a Norma McGregor antes de poder hablar con ella sobre quién habría querido matar a Malky.

Dejó que sus pensamientos vagaran mientras el cura seguía a lo suyo. Si Cuthbert estaba en lo cierto y Norma había ganado dinero en los últimos tiempos, ¿qué relación podría llegar a existir entre ese detalle y el asesinato de su hermano? Quienquiera que hubiera matado a Malky, sin duda pensaba que sabía algo, pero ¿y si pensaba que su hermana también lo sabía?

Se estaba formando una fila para comulgar. Norma permaneció inmóvil, no se puso en pie para unirse a los demás.

Cuthbert le dio un codazo a McCoy.

—Conciencia culpable. Por lo general, comulga. Algo debe de rondarle por la cabeza, algo que no ha confesado.

McCoy siguió divagando, con la vista clavada en la vidriera que había detrás del altar, porque el sol bajo del verano provocaba que el color rojo de la vidriera luciera más intenso y los cristales morados resplandeciesen. Cristo sentado en un trono rodeado de sus discípulos.

Sintió un pinchazo en las costillas. Cuthbert mostraba ahora una sonrisa de triunfo en el rostro.

—¿Te has fijado en quién acaba de entrar? —le preguntó—. No vuelvas a dudar de mí, maldito Harry McCoy.

McCoy se volvió.

Duncan Kent y su esposa se estaban acomodando en un banco junto a la puerta trasera. Duncan Kent vestía traje oscuro, camisa blanca y una sobria corbata azul marino. Su mujer parecía haber hecho buen uso de su talonario de cheques. Traje sastre beis, zapatos de tacón beis, peinado y maquillaje inmaculados. Tenían aspecto de haberse arreglado para salir a cenar al Rogano más que pensando en acudir a la misa de vigilia en un barrio de mierda de Glasgow. Por otra parte, pensó McCoy, Kent era tan protestante como ellos: un masón seguidor de los Rangers. Debía de tratarse de algo importante para que se dignase a poner un pie en una iglesia católica.

El servicio tocó a su fin. El sacerdote rezó la última oración y los bendijo a todos. McCoy se volvió, pero Kent y su esposa ya estaban saliendo por la puerta. Los feligreses se pusieron en pie y se dirigieron todos hacia la salida. Norma no se había movido. McCoy quiso acercarse a ella, pero Cuthbert le sujetó del brazo.

—Dale un minuto. Todavía está rezando. Su hermano acaba de morir, no lo olvides.

Estar en una iglesia parecía haber transformado a Cuthbert en el epítome de la consideración y la formalidad. Permanecieron sentados unos cinco minutos más, esperando a que terminara, solo entonces Cuthbert se levantó.

—Vamos, necesito un cigarrillo.

Lo último que McCoy esperaba ver cuando salieron de la iglesia era a Kent y a su mujer en el aparcamiento.

—¿Qué están esperando?

—No qué —dijo Cuthbert—, sino a quién.

McCoy se encendió un cigarrillo y le tendió el paquete a Cuthbert. Se dio cuenta entonces de que Norma ya había pasado a su lado y que estaba cruzando a toda prisa el aparcamiento.

—Mierda —exclamó McCoy—. ¿Cómo se nos ha podido escapar?

Echó a andar tras ella.

Duncan Kent salió de repente de detrás de su coche, con las manos en alto. Norma se detuvo en seco, parecía haber visto un fantasma. Kent la agarró del brazo, se inclinó hacia ella y le dijo algo al oído.

Ella trató de apartarlo, pero Kent la sujetó con fuerza y sin dejar de hablar. Intentó agarrarle el otro brazo y Norma aprovechó la oportunidad y le pisó el pie a Kent con sus tacones de aguja. Con fuerza. El rostro de Kent se contrajo de dolor y Norma se zafó.

—¡Déjame en paz! ¡Se lo contaré! ¡Lo contaré todo si no me dejas tranquila!

Parecía querer decir algo más, pero no salió ningún sonido de su boca, tan solo movió los labios. Se detuvo, abrió mucho los ojos, aterrorizada, intentó alejarse, pero fue como si las piernas no le respondieran. Tropezó. Kent alargó la mano para agarrarla, pero fue demasiado tarde. Cayó de cabeza sobre el hormigón con un crujido repugnante. La peluca que llevaba puesta se le resbaló y una mancha oscura empezó a extenderse por el hormigón bajo su cuerpo.

Durante unos segundos nadie se movió. McCoy sintió un empujón cuando el cura pasó a su lado y corrió hasta donde yacía Norma. La tomó de la mano y alzó la vista.

—Llamad a una ambulancia. ¡Rápido!

McCoy se apresuró a su coche, sería más rápido llamar por

radio. Tuvo que apartarse de un salto cuando el Jaguar de Kent pasó a su lado, salió por la puerta del aparcamiento y aceleró en dirección a la ciudad. Kent parecía ofuscado, agarraba fuertemente con ambas manos el volante. Su mujer se llevó un pañuelo a la cara para enjugarse las lágrimas.

Veinte

Wattie y McCoy observaron cómo el personal médico empujaba la camilla que transportaba a Norma McGregor hacia la ambulancia y la cargaban en la parte trasera.

Wattie se apartó del vehículo. Parecía enfadado.

—Deberías haberme dicho que venías con Cuthbert —dijo—. Era un asunto de trabajo. No tendría que haberte oído por la maldita radio. Se supone que tienes que mantenerme informado sobre el caso Malky.

—Lo sé —dijo McCoy—. Estoy demasiado acostumbrado a ir por mi cuenta. Lo siento.

Wattie no parecía convencido.

—No te enrolles. Hace años que no vas por libre. Solo me cuentas las cosas cuando te conviene. ¿Ocultas algo más?

McCoy pensó en Murray, en el Club de los Viernes, en el sobre que Long le había entregado y en el hecho de que pensase ir al día siguiente a la iglesia del reverendo West.

—No —contestó, encendiéndose un cigarrillo—. Nada de nada.

—¿Crees que estará bien? —preguntó Wattie.

McCoy se encogió de hombros.

—No tenía muy buen aspecto, parecía como si hubiera sufrido un derrame cerebral o algo así.

—¿Dijiste que Kent habló con ella? ¿Qué le dijo?

—No lo sé, no pude oírlo. Fuera lo que fuese, estaba asustada. Gritó que si no la dejaba en paz se lo contaría a todo el mundo.

—¿Contar el qué? —preguntó Wattie.

—Sabrá Dios... Kent debe de haber venido aquí solo para verla. No se me ocurre ningún otro motivo para que un mojigato como él vaya a misa. Cuthbert está convencido de que tuvo algo que ver con la muerte de Malky.

—¿Duncan Kent? —preguntó Wattie—. De ninguna manera. Que yo sepa, está retirado, demasiado ocupado construyendo malditos centros comerciales y saliendo en las fotos del periódico. ¿Y su esposa no es una especie de Lady Bountiful? «La elegante Kathy Kent abre otro centro de acogida para niños...»

McCoy asintió.

—Yo tampoco creo que tenga nada que ver, pero podemos hacer que vaya el lunes a la comisaría y le presionamos un poco. Aunque no saquemos gran cosa. A Kent lo han interrogado más veces de las que tú has cenado caliente, las posibilidades de que se le escape algo son nulas.

Wattie comprobó la hora en su reloj.

—Son las ocho. Estoy fuera de mi horario. Es sábado noche, después de todo. —Empezó a descender por la colina en dirección a su coche—. Vamos. Te permito que me invites a una copa para compensarme por haber sido un capullo.

Veintiuno

Decidieron irse a casa y, de camino, parar en algún pub; si por McCoy fuera, se quedarían en el Victoria. Así podría emborracharse un poco, cenar pescado y volver andando a casa después. No llegaron tan lejos. Se detuvieron en el semáforo de la calle Union, McCoy fingía escuchar a Wattie mientras este le contaba que el pequeño Duggie había mordido a otro niño en la guardería, cuando McCoy subió el volumen de la radio de la policía:

—«Unidad atendiendo a una víctima mortal a orillas del Clyde, entre Carlton Place y el puente colgante».

McCoy asintió hacia su izquierda. Estaban a escasos minutos de distancia.

—¿Quieres ir a echar un vistazo?

—No. He acabado de trabajar... y tú también.

Era verdad, pero la curiosidad acuciaba a McCoy.

—¿Solo una miradita?

Wattie suspiró, puso el intermitente y giró hacia la calle Jamaica.

Mientras cruzaban el puente Wellington, McCoy pudo ver un par de coches patrulla, con las luces encendidas, aparcados en Carlton Place, junto al río. La furgoneta del depósito de cadáveres avanzaba marcha atrás en el espacio que habían dejado los coches patrulla.

—Con toda probabilidad, algún pobre desgraciado se habrá tirado —dijo Wattie.

—Es probable —repuso McCoy—. Pronto lo sabremos.

Carlton Place corría paralela al río, una valla de hierro forjado la separaba de los enmarañados arbustos que crecían en la orilla, y de las lentas aguas marrones del propio Clyde. Allí todo eran oficinas, abogados y contables, así que por la noche estaba tranquilo, pues las oficinas permanecían cerradas. No había mucha gente. Aparcaron junto al furgón del depósito y bajaron del coche.

Hood estaba de pie al lado del puente colgante, deteniendo a la gente que se acercaba hasta allí para echar un vistazo, pidiéndoles que no se pararan.

McCoy se acercó y le saludó con la cabeza.

—¿Qué sucede?

Hood se enderezó y señaló la orilla del río por encima de la valla.

—Hay un cuerpo ahí abajo. Uno de los tipos del Ejército de Salvación dio el aviso. Al parecer, es un vagabundo.

—¿En serio? —preguntó McCoy.

—Mierda —dijo Wattie—. Ahora vamos a tener que echar un vistazo. ¿Por qué no se tratará de un elegante hombre de negocios? De ser así, no te importaría lo más mínimo y podríamos largarnos a tomar una pinta.

—Vamos, serán cinco minutos —dijo McCoy—. Solo quiero ver si lo conozco.

Wattie maldijo en voz baja, le siguió a través de un hueco en la valla y se adentró entre los altos hierbajos. Cuanto más se acercaban al río, más sucia y aceitosa se hacía la maleza. A mitad de camino, al abrigo de unos arbustos, había restos de una fogata, latas vacías, cartones aplastados para sentarse. Podía tratarse de un escondite para chavales o de cualquier otra cosa.

—Más vale que a ese cabrón lo hayan estrangulado o apuñalado —dijo Wattie mientras avanzaba por la orilla intentando no resbalar—. Si lo han envenenado, me voy a cabrear de verdad.

McCoy saludó con la cabeza a los dos agentes de uniforme que estaban junto al cadáver, les mostró su tarjeta de identificación y se acuclilló junto al hombre.

No le habían disparado ni apuñalado. Estaba tendido sobre la hierba, llevaba puesto un anorak, vaqueros y zapatos de plataforma. Tenía la cabeza vuelta hacia atrás, la boca abierta y un hilillo de bilis verdoso secándosele en la barbilla. Parecía haber sufrido alguna clase de síncope. Tenía las manos cerradas y los brazos estirados. Debía de rondar los cincuenta, pelo y barba castaño rojizos, gafas junto a la cabeza.

—¿Lo conoces? —preguntó Wattie.

—No. —McCoy no se levantó.

—Yo sí.

Un joven con un uniforme gris del Ejército de Salvación se abrió paso hasta la orilla. Su físico era más propio de un jugador de rugby que de un hombre de Dios. Barba poblada, pelo castaño, hombros anchos.

—Es Callum Munroe. Acudía a nuestro comedor a finales de semana, cuando se le acababa el dinero. Tenía un problema con la bebida, a eso le dedicaba todo su dinero.

Le tendió la mano para estrechársela.

—Kenny Lowell.

McCoy correspondió al gesto, se presentó.

—Lo encontraste tú, ¿verdad?

Lowell asintió.

—Aquí suelen acudir algunos de los vagabundos que atendemos. Les gusta. Está bastante escondido, es difícil verlos desde el puente. Aquí los dejan tranquilos. Bajé para decirles que el comedor estaba a punto de abrir, pero no había nadie. Solo Callum, tumbado. Al principio pensé que estaba dormido, pero... —Bajó la vista hacia el hombre—. Que Dios lo tenga en su gloria.

McCoy echó un vistazo a la escena. Todas las latas tiradas en el suelo estaban oxidadas, y las imágenes de las etiquetas de Lager Lovelies se habían desvanecido. Callum no se las había bebido.

—Debería haber una botella en alguna parte —dijo—. ¿Qué estaba bebiendo?

—No vi ninguna botella —respondió Lowell—. Tal vez estaba con otros y se la llevaron.

—Tal vez —dijo McCoy.

Volvió a mirar a Lowell. Algo le resultó familiar en su rostro.

—¿Nos conocemos?

—No lo creo —respondió Lowell—. Como es lógico, de vez en cuando nos relacionamos con la policía, pero no creo que nos hayamos visto antes.

—Tu cara me resulta familiar —dijo McCoy.

—Vaya. —Lowell parecía un tanto avergonzado—. Creo que conozco el motivo. Aparezco en un cartel de reclutamiento. Fui el único oficial menor de veinticinco años que encontraron. Intentan que se aliste gente más joven. Tal vez sea de eso.

—Seguramente.

Lowell desvió su atención para mirar hacia la carretera.

—Si aquí ya no tengo nada más que hacer, debería volver y ayudar. Nuestro local está en la calle South Portland, justo ahí arriba. Ya se ha formado una fila considerable. Esta noche hay sopa de lentejas. Se corre la voz, gusta mucho.

—Está bien —dijo McCoy—. Uno de los agentes irá a tomarte declaración.

Lowell acababa de desaparecer por la carretera cuando sonó una voz femenina.

—Voy a matarte, Harry McCoy. —Phyllis caminaba por la orilla hacia ellos. Bata marrón sobre un vestido multicolor y unas botas de agua blancas completaban su vestuario—. Estaba disfrutando de una agradable cena en casa de mi antiguo vecino, en Park Circus, a punto de dar cuenta de un solomillo Wellington, cuando recibí la llamada. He dejado a Murray allí. No le gusta tener que hablar con gente que no conoce, sobre todo con gente que no quiere hablar de la policía. Me pidió que te dijera que él también va a matarte.

—Ya somos tres —añadió Wattie—. Lo único que quería era tomarme una maldita pinta y ahora estoy aquí de pie, tratando de no respirar el maldito tufo del río.

Phyllis olfateó. Hizo una mueca de desagrado.

—Sí, huele a aguas residuales. El pintoresco arroyo con truchas que era antaño, por desgracia, ya no existe. —Miró a McCoy—. Pero hice una promesa, así que aquí estoy.

Se agachó junto al cuerpo de Callum Munroe, extrajo una linterna de su bolso e iluminó con ella la cara del muerto. Los ojos vidriosos clavados en el cielo. Sacó un depresor lingual y lo utilizó para abrirle un poco más la boca. Miró dentro.

Se puso en pie, partió el depresor lingual en dos y lo introdujo en una bolsa de plástico.

—No me obligues a...

—Provisional.

—Provisional —repitió ella—. Estoy bastante segura de que murió debido a la asfixia pulmonar.

—¿Y eso qué es? —preguntó McCoy.

—Creo que se ahogó con su propio vómito. Cuando la cantidad de alcohol en sangre es muy elevada, suprime el reflejo nauseoso. Vomitas y el vómito vuelve a los pulmones.

—Encantador —dijo Wattie—. Has conseguido que ya no quiera tomarme una pinta.

—¿Serás capaz de descifrar si fue envenenado deliberadamente? —preguntó McCoy.

—Es muy posible —respondió Phyllis—. Depende de con qué lo hayan envenenado, si es que lo envenenaron. Te lo haré saber en cuanto lo sepa yo.

—Gracias —dijo McCoy—. Podría ser importante.

—Si le preguntas al señor Murray, te dirá que esa es una búsqueda inútil. —Sonrió y ascendió por la orilla hasta llegar a su coche para ayudar a su asistente con el resto del equipo.

—Callum Munroe debe de ser el único vagabundo de Glasgow que no conoces —le dijo Wattie—. Estás perdiendo el tiempo. ¿Podemos irnos ya a tomar una maldita copa?

McCoy asintió, pero en realidad no le estaba escuchando. Reflexionaba. Era el tercer muerto con el que se topaban que tenía la misma edad que su padre. Si alguien estaba envenenando de forma deliberada a ese tipo de hombres, no tardaría en llegar a su padre. Debía advertirle. El problema era que no tenía ni la más remota idea de dónde encontrarlo.

Caminaron hasta la carretera y se toparon con Hood, que todavía estaba allí.

—¿Te quedas esta noche? —le preguntó Wattie.

Hood asintió.

—Todo por unos borrachos inútiles.

McCoy se enfadó.

—Este borracho inútil es el hijo de alguien, el hermano de alguien, el padre de alguien. No lo olvides.

Se alejó antes de añadir algo de lo que acabase arrepintiéndose.

—¿A qué ha venido eso? —oyó preguntar a Hood.

—Harry McCoy, a eso ha venido —dijo Wattie—. Ya lo entenderás.

Domingo
15 de junio de 1975

Veintidós

La Iglesia del Sufrimiento de Cristo resultó ser una pequeña sala de madera con techo de metal verde en el extremo equivocado de la calle Auckland. A McCoy se le encogió el corazón cuando la vio. No había modo de entrar y salir de allí sin ser visto. Iba a tener que asistir a otro maldito servicio religioso. Comprobó la hora en su reloj. Las seis menos diez. Tenía tiempo para un pitillo.

Los feligreses fueron llegando con cuentagotas. Una pequeña mujer con un bastón y soportes ortopédicos en las piernas. Una pareja con grandes Biblias en las manos. Una familia, hombre, mujer y dos niños, todos vestidos con sus mejores galas. No podían ser más de veinte personas. De repente, se le ocurrió pensar que, sin haberse afeitado, con una camisa de cuadros que no se había molestado en planchar y una Biblia usada en la mano, sin duda encajaba allí a la perfección. Empezó a sonar un himno; supo que ya no podría evitarlo. McCoy lanzó el cigarrillo a la acera, lo pisoteó y se dirigió a la puerta.

Al entrar sintió que todos lo miraban: un nuevo feligrés. La sala estaba dispuesta como lo estaban la mayoría de las iglesias: filas de bancos frente a un sencillo altar. También hacía mucho calor. El sol había estado pegando duro todo el día. Solo tenía dos ventanas y daba la impresión de que no las habían abierto desde hacía años. En cuanto McCoy se sentó en la última fila, empezó a sudar. Encima del altar colgaba una pancarta con unas palabras negras escritas sobre fondo rojo.

TODOS DEBEMOS SUFRIR PARA QUE TODOS SANEN

Qué mensaje tan alegre.

Estaba desabrochándose los botones superiores de la camisa cuando West apareció en el altar. Traje negro, las manos juntas en señal de oración. Dirigió a los feligreses mientras cantaban algunos himnos para empezar; himnos que McCoy no conocía. No estaba seguro de si se debía a que eran protestantes o a que eran específicos de la iglesia de West. Una vez que acabaron, West esperó a que todo el mundo se calmase, miró fijamente a cada uno de los congregados, por turno, y empezó a hablar.

—Amigos míos, debemos entender que el mal no es una noción abstracta. Está aquí, vive entre nosotros, en esta iglesia, incluso en mi propia casa. —Se detuvo y los miró—. Y ese mal se alzó hace dos días y se apoderó de mi amada esposa, Judith. Le dijo que sería mejor quitarse la vida que rezar y pedir perdón. La tomó de la mano, la sacó de nuestra casa y la llevó a Balmore Road, donde le susurró al oído, con la lengua bífida, y le dijo que debía saltar de un puente y acabar con su vida.

McCoy vio que la mujercita de los soportes ortopédicos estaba llorando, y luego se dio cuenta de que la mayoría de los allí presentes lloraban también. Fuera lo que fuese, West era un predicador a la antigua usanza, del tipo que uno podía encontrar en las tiendas de campaña junto al mar o en las reuniones de reavivamiento. El tipo que sabe cómo conmover a una multitud. Y aún no había terminado.

—Me rompe el corazón decir esto, pero todos sabemos adónde ha ido Judith. —Un gemido de la pareja con las Biblias, un grito de «¡No!» por parte del hombre con su familia—. Se ha ido al lugar sin amor, el lugar de la condenación eterna que es el infierno. No os equivoquéis, Dios es muy claro, muy claro en este aspecto. El suicidio es un pecado. Un pecado venal. Anteponer tu voluntad a la de Dios es imperdonable.

West se detuvo de nuevo y, durante unos segundos, pareció que iba a derrumbarse, pero se armó de valor, se secó el sudor de la frente con un pañuelo y se agarró con ambas manos a los costados del atril.

Habló en voz baja, de manera muy calculada.

—Mi mujer está en el lugar sin amor porque el mal logró encontrar el modo de atraparla. Todos vosotros conocisteis a Judith, todos amasteis a Judith como yo lo hice. Era una sierva amable y fiel del Señor y de esta congregación. Preguntaos esto, amigos míos: si una mujer como ella pudo caer, ser engañada por un espíritu maligno, ¿acaso no podéis caer vosotros?

Volvió a observar a la congregación. Algunos lo miraron fijamente a los ojos; otros, con la cabeza gacha, parecían demasiado atemorizados para mirarlo. McCoy dirigió sus ojos hacia el estandarte detrás del altar. Esperaba que terminara pronto.

—Y cuando pregunto esto, sé la respuesta: todos y cada uno de nosotros podríamos caer. Así que lo que debemos hacer es esforzarnos más para mostrarle a Dios nuestro compromiso, nuestra determinación y nuestro sufrimiento. Al igual que Cristo sufrió en la cruz, al igual que sufrió los latigazos y las patadas de los soldados romanos, la corona de espinas clavada en su cabeza, la lanza que penetró en su costado, así también debemos sufrir nosotros para poder conocer su sanación.

Volvió a enjugarse la frente con el pañuelo; el calor en el interior de la sala empeoraba.

—Volved a casa esta noche, amigos míos. Retomad vuestro trabajo. Sufrid para que todos sanemos juntos. Solo entonces podréis conocer el verdadero camino de Cristo, el verdadero dolor del camino a la cruz, y solo entonces sentiréis la gloria de su amor.

Se dirigió al altar, tropezó y estuvo a punto de caerse. La camisa blanca que llevaba bajo el traje estaba empapada de sudor. Alzó la mano.

—Os pido perdón, amigos. Estoy muy cansado. El fallecimiento de Judith me ha hecho examinar de nuevo mi fe. He recorrido ese difícil camino en estos dos últimos días y lo seguiré recorriendo durante muchos más. Me encuentro en un desierto tratando de encontrar el camino adecuado. Asumo el peso del destino de Judith. ¿Podría haber hecho otra cosa? ¿Podría haber rezado más? ¿Podría haberla salvado de la serpiente que le susurraba al oído? Amigos míos, no lo sé. El único camino es implorar el consuelo de Cristo, su amor y su perdón.

La iglesia se sumió en el silencio, todos los ojos puestos en West.

—Os doy las buenas noches y os pido que volváis a casa con el Señor y el recuerdo de la pobre Judith en vuestro corazón. —Una sonrisa cansada—. Tal vez una ceremonia más breve nos haga bien a todos de vez en cuando. Finalicemos con una lectura de la Primera Epístola de Pedro...

McCoy no se quedó a la lectura. Recorrió el vestíbulo y se adentró en la cálida tarde de junio. Se sentó en el murete de enfrente, se abanicó con la camisa abierta para intentar refrescarse y observó cómo se marchaban los feligreses. Algunos seguían llorando, otros evidenciaban la luz de una fe renovada brillando en sus ojos. Cinco minutos después apareció West, cerró la puerta tras de sí. Vio a McCoy y se aproximó a él con una pesada bolsa al hombro. Parecía agotado, como si le hubieran abandonado las fuerzas.

—Me dio la impresión de verle dentro, señor McCoy. ¿Le ha gustado el sermón? ¿Ha obtenido algo de él?

—Siento decepcionarle. No estaba ahí por el bien de mi alma. He venido para devolverle esto. —Le tendió la Biblia de Judith.

La cara de West se arrugó al verla.

—Gracias. Significa mucho para mí.

Tomó el libro y se lo acercó al pecho.

—Esto estaba dentro.

McCoy le mostró el sobre y sacó la foto. West la examinó detenidamente.

—¿Lo reconoce?

West negó con la cabeza.

—Me temo que no.

—Es el jardín trasero de su casa, ¿verdad? La araucaria. Un niño de unos ocho años. ¿Por qué cree que Judith guardaba esta fotografía?

—No tengo ni idea —dijo West—. Podría ser el hijo de un vecino cualquiera. El grado de perturbación de su mente era enorme. Como ya le dije, a veces creía que nuestro hijo no naci-

134

do había sobrevivido y crecido en otro lugar. Tal vez esto sea una simple manifestación de su desesperación.

—¿Así que no se trata de Michael?

West suspiró.

—No hay ningún Michael, señor McCoy —dijo—. Nunca lo hubo.

—En ese caso, no le importará que me quede con la foto.

—En absoluto —dijo West—. No significa nada para mí.

McCoy se dio la vuelta para marcharse.

—No se deje arrastrar por esto, señor McCoy —dijo West—. No busque cosas que nunca existieron. Mi mujer no estaba bien y tuvo un destino que no le desearía a nadie. Yo me he quedado aquí solo para llorarla. Tenga piedad de nosotros. Rece por nosotros si puede.

Veintitrés

McCoy caminaba por Auckland Road intentando averiguar lo que realmente creía que estaba pasando. La explicación más plausible era la más obvia: Judith West era una perturbada mental, con la mente destrozada debido a su aborto, tan trastornada que no pudo soportarlo más y se suicidó. Tenía sentido, resolvía el problema perfectamente. Entonces, ¿por qué seguía llevando consigo la foto del niño en el jardín?

Giró en Balmore Road, justo a la altura del pub Glen Douglas, y se detuvo. Gerry estaba de pie junto a la puerta, con la gorra en la mano, pidiendo dinero a los clientes cuando entraban o salían. Por lo que McCoy pudo apreciar, no parecía estar teniendo mucha suerte. La mayoría de los tipos que pasaban a toda prisa a su lado no le dedicaban una segunda mirada. Gerry se la estaba jugando, porque si el dueño del local se enteraba de que estaba allí, iría a por él. Debía de estar desesperado.

—¡Gerry! ¿Qué haces por aquí?

Gerry señaló colina abajo.

—Recogí flores en Springburn Park para dejarlas donde saltó la señora.

—¿La conocías?

—La verdad es que no mucho. Su iglesia a veces tenía comedor de beneficencia, en invierno. Iba de vez en cuando. Era amable. —Gerry asintió. Miró al suelo—. Con un sermón tuve suficiente. Demasiado interés en el sufrimiento, no el suficiente en ayudar. —Sacó las dos o tres monedas de la gorra y se la puso

136

en la cabeza—. No me va muy bien aquí. Podría intentarlo en el Saracen.

Bajaron la colina hacia la calle Saracen y la comisaría de policía. Pasaron por el puente desde el que Judith West había saltado. Gerry no era el único que había dejado flores, había unos cuantos ramos junto a la pared, todos marchitos debido al calor. McCoy lo vio detenerse, arreglar su ramo; parecía estar mascullando algún tipo de oración. Cuando terminó, miró al cielo.

—¿Has acabado? —preguntó McCoy.

Gerry asintió y reanudaron la marcha.

—Hay otro cadáver —dijo McCoy—. Lo encontraron junto al Clyde anoche. Callum Munroe. ¿Lo conoces?

—Un poco. Cuando me ponía a beber. No debería decir esto de él ahora que está muerto, pero no me gustaba mucho.

—¿Por qué no?

—Era un matón. Se metía con la gente, a veces les quitaba dinero, les quitaba la botella y no se la devolvía.

—¿Se metía contigo?

—A veces.

A Gerry le costaba seguirle el paso, y eso que McCoy no caminaba rápido precisamente. Su manera de andar era inestable, como si le costara mover las piernas. McCoy se dio cuenta de que se debía a que uno de sus zapatos casi había desaparecido: arrastraba todo el rato uno de los pies.

—Vamos a hacerle la autopsia. Para ver si lo envenenaron —dijo McCoy.

—Eso está bien.

McCoy se detuvo.

—¿Eso es todo? Pensé que estarías encantado.

Gerry intentó sonreír.

—¿Estás bien?

Gerry parecía cualquier cosa menos estar bien. Había adelgazado desde la última vez que McCoy lo había visto, y tenía manchas oscuras bajo los ojos.

—Estaré bien —dijo—. A veces las cosas son difíciles. Ten-

137

go miedo la mayor parte del tiempo, estoy cansado todo el rato, me asusta que si muero nadie se dé cuenta.

—¿Dónde te quedas esta noche?

—No estoy seguro. Hace bueno. Tal vez vuelva a Springburn Park.

McCoy hurgó en su bolsillo. Le dio unos billetes.

—Quédate en el Great Northern esta noche. Da la impresión de que necesitas dormir bien, muchacho.

Gerry tomó el dinero y se lo guardó en el bolsillo del traje.

—Tendremos los resultados de la autopsia en un par de días —dijo McCoy—. Ven a verme a la comisaría, ¿eh? Te contaré la historia.

Gerry parecía demasiado cansado para discutir o darle las gracias. McCoy lo vio renquear torpemente por la calle Saracen. ¿Cuánto sobreviviría alguien como Gerry cuando llegara el invierno? Miró el reloj. Eran casi las siete. Tal vez fuera por Gerry, pero esa noche le apetecía tener compañía, no quería estar solo. Decidió ir a ver a Cooper. Sentarse en su jardín trasero y beber hasta sentirse mejor o que ya no le importase. Cualquiera de las dos opciones le valdría.

Veinticuatro

—¿Ah, sí? —dijo McCoy antes de darle un trago a la lata que Cooper había sacado para él del armario de la cocina.

Jumbo asintió.

—Tomé el esqueje de una de las plantas del parque. Ahora están creciendo bien.

McCoy observó una hilera de plantitas al borde del parterre del jardín de Cooper. Cooper había entrado en la casa para llamar por teléfono y Jumbo había aprovechado para contarle a McCoy todo lo que había estado haciendo en el jardín aquella semana.

Jumbo le explicó que tal vez se había excedido con el abono de los rosales y que le preocupaba haber regado demasiado las cortaderas. McCoy se alejó. No podía quitarse de la cabeza la imagen de Gerry cojeando por la calle, cabizbajo y arrastrando los pies. Tal vez debería hablar con Liam, a ver si podía echarle un ojo. Gerry tenía razón con respecto a West: demasiado sufrimiento. El objetivo de su iglesia parecía consistir en decirle a la gente que a menos que sufrieran mucho no se salvarían. Eso era llevar el mensaje del cristianismo demasiado lejos, pensó McCoy. Le dio otro trago a su lata. No iba a pensar más en ello esa noche, iba a sentarse en el jardín, disfrutar del tiempo y emborracharse poco a poco.

Iris apareció en la puerta, con cara de haber tropezado con ella, como siempre. Parecía ser la única mujer que quedaba en Glasgow que imitaba a Joan Crawford en su apogeo. Pintalabios rojo, turbante satinado, cejas pintadas. McCoy la conocía desde hacía años, desde que regentaba uno de los garitos ilegales de Cooper. Ahora se había convertido en algo parecido al ama de llaves de la casa grande. Ese cambio, por lo que McCoy podía apreciar, no parecía haberla hecho más feliz.

—¿Jumbo? —Le tendió un billete de una libra—. Hazme el favor de ir a la farmacia y tráeme unos polvos Askit.

—¿Te duele la cabeza? —preguntó McCoy.

—Sí. Empecé a notarlo en cuanto apareciste. Qué raro.

—Ve, Jumbo. Puedes seguir hablándome de plantas cuando vuelvas —dijo McCoy.

—Las dalias de ahí atrás...

—¿Quieres dejar de hablar de tus malditas plantas? —dijo Iris—. A McCoy no le interesan. Pilla el dinero y vete. Me estalla la cabeza.

A Jumbo le cambió el gesto.

—En eso te equivocas, Iris. Me interesa —dijo McCoy—. El modo en que has cambiado este jardín es increíble, Jumbo. Tan increíble que te he conseguido otro trabajo de jardinería.

—¿Qué has dicho? —preguntó Cooper al aparecer por la puerta trasera y sentarse en una tumbona.

Jumbo miró a McCoy como si le hubiera dicho que había ganado la quiniela: Cooper lo miró como si quisiera estrangularlo.

—Trabajo para una señora muy simpática que necesita ayuda con su jardín. Le da demasiado trabajo para encargarse ella sola —comentó McCoy—. Le dije que tú eras la persona ideal.

—¿De quién se trata? —preguntó Cooper.

—No te preocupes —repuso McCoy—. Eso es entre Jumbo y yo.

Jumbo sonrió.

—Vete a buscar la medicina de Iris —dijo Cooper—. Tengo que hablar con el señor McCoy.

Jumbo agarró el billete de una libra de Iris y entró en la casa sonriendo de oreja a oreja.

—¿Pretendes molestarme? —le preguntó Cooper.

—No —respondió McCoy—. Le vendrá bien. Le dará un poco de independencia.

—Te diré lo que le vendrá bien: que yo no le patee el culo y... —Cooper no llegó a terminar la frase. Jumbo apareció de nuevo en la puerta, con cara de pánico.

—¡Señor Cooper! Venga aquí. Ahora mismo.

Hasta ese día, McCoy nunca había visto un coche en llamas, esa fue la primera vez. Se apartaron de la ventana delantera y observaron cómo ardía. El fuego había engullido por completo el Jaguar de Cooper, solo se veían algunas partes de la carrocería entre las llamas. El olor a goma quemada y gasolina se extendía por todas partes, y un espeso humo negro se elevaba en espiral, ya por encima de la casa, hacia un cielo cada vez más oscuro.

—¿Qué ha pasado? —preguntó Cooper.

—Iba a por el encargo de Iris, me paré a mirar el césped, se veía un poco seco...

—¡Jumbo, joder!

—Lo siento. Entonces apareció un coche, iba muy despacio, se detuvo justo ahí. —Jumbo señaló el punto donde se juntaban la calle y el camino de acceso a la casa de Cooper—. Un hombre salió de la parte de atrás, lanzó algo ¡y entonces el coche explotó! Llamas por todas partes.

—¿Viste qué tipo de coche era? —preguntó McCoy.

Jumbo asintió.

—Un Ford Cortina azul.

—Genial —dijo McCoy—, como la mitad de los malditos coches de Glasgow. ¿Viste al hombre que lo tiró?

—Llevaba una bufanda y un anorak con la capucha puesta. No le vi la cara. No le vi la cara. Lo siento.

—Está bien, Jumbo, no es culpa tuya.

Las llamas se apagaron. Todo lo que podía arder ya lo había hecho, solo quedó el metal retorcido y desnudo. Cooper los hizo salir afuera, iba apretando los puños. Algunos vecinos también habían salido de sus casas y se habían agrupado. Un niño con una cámara intentó acercarse, la madre lo agarró por el cuello y tiró de él hacia atrás.

El calor había sido tan intenso que se habían formado ampollas en la pintura de la puerta principal de la casa y también en los marcos de las ventanas. La calzada de hormigón estaba ahora negra, chamuscada. El metal de la carrocería del coche brillaba al rojo vivo, retorcido y distorsionado. McCoy le dijo a Jumbo que trajese la manguera del jardín y rociara agua sobre los restos del coche. Jumbo asintió y corrió hacia la parte trasera de la casa.

Cooper miraba fijamente los restos calcinados del coche, con la mirada perdida.

—¿Estás bien? —dijo McCoy.

—¿Yo? Como nuevo. —Sonrió—. Pues parece que por fin ha empezado la guerra.

Veinticinco

Cooper no tardó mucho en reunir a sus tropas. Al cabo de una hora o dos, la casa estaba llena de jóvenes en vaqueros que bebían latas de cerveza, bromeaban entre ellos y se contaban batallitas. Alguien había puesto el nuevo disco de Bowie; el tema «Win» sonaba una y otra vez. No había ninguna razón para que McCoy se quedara allí, pero lo hizo. Había algo en aquel ambiente presidido por el buen humor y el entusiasmo que resultaba contagioso, a pesar de lo que pudiera pasar después.

Se sentó a la mesa de la cocina junto a Paul Cooper. Solo tenía diecisiete años y ya era casi tan grande y ancho como su padre, el mismo cabello rubio, la misma sonrisa. El heredero, a todos los efectos. Había puesto tres cuchillos Stanley sobre la mesa, un montón de cuchillas de repuesto y un puñado de cerillas. Tomó una de las cerillas y la cortó a lo largo con uno de los cuchillos. Desenroscó el lado del cuchillo y colocó una hoja de repuesto encima de la que ya había. Introdujo con cuidado la media cerilla entre las hojas y volvió a enroscar el cuchillo.

—¿Para qué es eso? —preguntó McCoy.

Paul sonrió y alzó el cuchillo, con las dos hojas separadas medio centímetro entre ellas.

—¿Has cortado a alguien con esto? El corte es demasiado ancho para coserlo bien y deja la cara hecha un desastre. Como raíles de tranvía.

—Ah —dijo McCoy, deseando no haber preguntado—. ¿No te preocupa que te pase algo así?

—No —respondió Paul con una sonrisa—. Ningún cabrón se acercará lo bastante como para hacerle nada a esta cara bonita.

McCoy esperaba que tuviera razón. Nadie necesitaba que le destrozaran la cara a los diecisiete años. Jumbo se paseaba de un lado para otro repartiendo latas de cerveza de una caja de cartón. Algunos de los chicos eran amables con él, lo saludaban, le daban las gracias, otros simplemente lo trataban como a un camarero, agarraban una lata sin mirarlo siquiera.

—¿Me harías un favor, muchacho? —preguntó McCoy.

—Claro.

—Cuida de Jumbo, ¿de acuerdo?

—Lo intentaré —dijo Paul—. Pero estará con mi padre y ya sabes cómo es. No se va a quedar atrás mirando lo que pasa.

Paul dejó listo otro cuchillo Stanley. McCoy encendió un cigarrillo. Paul tenía razón. Básicamente, Jumbo era leal. Se pegaría a Cooper como una lapa. Había que cruzar los dedos para que no se metiera en líos. Lo observó hacer su ronda con la caja, un niño pequeño atrapado en el cuerpo de un luchador.

McCoy tomó una de las latas y salió al jardín, donde Cooper hablaba con un tipo al que no conocía. Tampoco quería conocerlo. Tenía una larga cicatriz en el cuello, manos como jamones, chaqueta de cuero y vaqueros, y una mirada que McCoy ya había visto antes; por lo general, en gente que llevaba mucho mucho tiempo en la cárcel de Barlinnie.

El tipo asintió. Le dijo a Cooper: «Ya está hecho», y volvió a entrar en la casa.

—¿Quién es ese? —preguntó McCoy viendo cómo se alejaba.

—Mejor que no lo sepas —respondió Cooper—. Estaba en Peterhead el tiempo que pasé allí. Alquilaba sus servicios. No se casa con nadie. Dice que le gusta variar.

—Qué simpático.

—De eso no tiene nada. Lo encerraron por usar un tenedor para sacarle el ojo a alguien.

McCoy volvió a mirar hacia la casa. Una veintena de muchachos se arremolinaban, esperando instrucciones de Cooper. Fuera lo que fuese lo que iba a pedirles que hicieran, a algunos de ellos no les iría bien. Esa noche, en las Urgencias del Royal habría mucho movimiento.

—¿Estás seguro de esto, Stevie?

—¿Esto? —exclamó Cooper, agarró la lata de McCoy y le dio un trago—. Son cosas de chicos. Mis chicos peleando contra los chicos de Archie Andrews. No me llevará a ninguna parte, pero tengo que hacerlo.

—¿En serio? ¿Tienes que hacerlo? Alguno de estos chicos va a salir malparado.

Cooper lo miro como si estuviera loco.

—Pongamos que no lo hago. Me queman el coche delante de mi casa y no hago nada. También puedo darme la vuelta y dejar que Archie Andrews me la meta. Se trata de mi reputación, ya lo sabes.

—Supongo.

—Desde que éramos niños, siempre hacías todo lo posible para evitar tener problemas. No está en tu naturaleza, McCoy, y nunca lo estará. —Señaló el interior de la casa—. Estos chicos son como yo cuando tenía su edad. Estaba ansioso por ponerme a dar tortas. Está en su naturaleza. No te preocupes por ellos.

—Una vez le di un puñetazo a Rab Thomas —dijo McCoy—. Cuando estábamos en Barnardo's.

—Sí, ¿y quién te libró de tener problemas con su hermano mayor? Fui yo el que le cascó a Davey Thomas, no tú.

—Cierto.

—Además, es bueno para Paul. Si algún día va a hacerse cargo de esto, tiene que ver cómo funcionan las cosas. Para saber cómo organizarlo.

—Tenía entendido que los padres enseñaban a sus hijos a nadar o a montar en bici, no a organizar una maldita guerra de bandas.

—Sí, bueno, a cada uno lo suyo. ¿Qué te enseñó tu padre? ¿A emborracharte?

—Eso y cómo manipular un contador eléctrico —dijo McCoy—. Por cierto, ¿lo has visto?

Cooper negó con la cabeza.

—Lo veía de vez en cuando delante de la tienda de Maryhill Road, pidiendo dinero a la gente, pero no lo he visto desde hace un par de meses.

Alguien en la casa había puesto *Beggars Banquet* y había subido el volumen del tocadiscos. Los chicos saltaban y cantaban abrazados.

—Esto es solo el principio —dijo Cooper—. La verdadera batalla aún no ha empezado. Archie Andrews es viejo y vulnerable y eso lo vuelve peligroso. A mí me da que sabe que esta es su última lucha. Va a costar algo más que unos pocos de sus muchachos lograr que se haga a un lado.

—¿Y cómo vas a hacerlo?

—Como vamos a hacerlo... nosotros —puntualizó Cooper.

—Nosotros. —A McCoy se le revolvió el estómago.

—Vas a ayudarme. Investiga a su lugarteniente, Rab Jamieson. Después descubre algo que me ayude a pillar a Archie Andrews a solas.

—Stevie, no estoy seguro de...

Se detuvo. Conocía demasiado bien a Cooper y esa expresión suya de: «No te lo estoy pidiendo». No valía la pena protestar, nada iba a hacerle cambiar de opinión. McCoy tendría que hacerlo, le gustase o no.

—Lo haré —dijo.

—Buen chico.

Cooper le devolvió la lata vacía y se dirigió a la casa con los brazos en alto, cantando a voz en grito «Street Fighting Man». Los chicos de la casa se volvieron hacia él y se unieron a los cánticos. Caras brillantes, listos para la batalla, listos para cualquier cosa que Cooper les pidiera. Entró en la casa y le rodearon, vitoreando y cantando.

McCoy los observó durante un rato. Cooper tenía razón: nunca le había gustado pelear. Vio a Paul sosteniendo un cuchillo Stanley en una mano, un hacha en la otra, oyó el gran rugido de los chicos. El líder en ciernes.

Esperaba que Jumbo saliese bien parado. Era lo único que podía hacer. Mantener la esperanza.

Veintiséis

McCoy volvía a su casa desde la de Cooper, estaba descendiendo la colina hacia su domicilio, cuando un coche aparcado al otro lado de la calle encendió las luces. McCoy se aproximó.

Long bajó la ventanilla.

—Sube —le dijo—. Es hora de que empieces a ganarte el dinero.

McCoy entró en el auto. Sabía que algo así tenía que pasar, pero no esperaba que fuera tan pronto. Una prueba: «¿Eres realmente uno de los nuestros?». Encendió un cigarrillo en el momento en que Long dio media vuelta y encaró el coche para bajar a Dumbarton Road.

—¿Adónde vamos? —preguntó McCoy.

—Anderston —dijo Long—. Vamos a ayudar a alguien a que se acuerde bien de las cosas.

McCoy no estaba seguro de qué había querido decir, pero fuera lo que fuese no sonaba bien. «No hagas nada ilegal», le había indicado Murray. Fácil de decir para él, no tan fácil de hacer para McCoy. Tendría que seguirle la corriente, implicándose lo menos posible.

—¿Por qué yo?

—¿Por qué no? —preguntó Long—. Ahora eres uno de los nuestros.

—Entiendo.

Diez minutos más tarde, se detuvieron frente a uno de los pocos callejones sin salida que quedaban en la calle Houldsworth y salieron del coche. Anderston ya no se parecía en nada a lo que fue, la autopista había arrasado el barrio. Solo algunas calles vacías y el ruido de los coches al cruzar el puente de Kingston.

—Sígueme la corriente. Haz lo que yo diga —le indicó Long mientras subían las escaleras.

McCoy asintió, con un mal presentimiento cerrándole la boca del estómago.

Long llamó a una puerta. Al cabo de un minuto, abrió un anciano con chaqueta, zapatillas y el pelo alborotado.

—¿Puedo ayudaros en algo, chicos? Me he quedado traspuesto en la silla. La maldita televisión duerme a cualquiera. Todo el rato es lo mismo.

Long mostró su tarjeta de identificación.

—Tengo que hablar con usted, señor Shaw.

—No hay problema, hijo, entra.

Shaw los condujo a una pequeña sala de estar con un sillón, una mesa y una cajonera con un televisor en blanco y negro encima. La habitación olía a cerrado, a sábanas sin cambiar desde hacía meses y a ropa sin lavar.

Shaw se sentó en el sillón, se alisó el pelo.

—Levántese un momento —dijo Long.

Shaw parecía desconcertado, pero se puso en pie, frente al fuego eléctrico, y Long le propinó un puñetazo en el estómago. Con fuerza. Shaw se desplomó de inmediato y lanzó un grito. Long le ayudó a volver a sentarse en el sillón.

—Solo quería que entendieses que esta no es una visita habitual. Esta es diferente.

Long se agachó hasta que su cara quedó a la altura de la de Shaw. A Shaw le caían lágrimas por las mejillas, parecía aterrorizado.

—Les dijiste a los otros policías que viste a alguien salir corriendo de la oficina de correos de Woodlands con una pistola en una mano y una bolsa de correo marrón en la otra. Después señalaste a alguien llamado Joseph Barrie en una rueda de reconocimiento y dijiste que había sido él. ¿Cierto?

Shaw asintió, con la mirada buscó los ojos de McCoy, como

si este fuera a ayudarle. McCoy apartó la mirada, no podía hacer nada.

—Bueno, te equivocaste. No era Joseph Barrie.

Shaw se disponía a protestar, pero Long tiró el brazo hacia atrás y le dio un puñetazo en la cara. Otro grito.

—¿Entiendes lo que te estoy diciendo, Brendan?

Shaw asintió. Le corrían lágrimas y mocos por la cara.

—Por favor, hijo, déjame...

—Estás un poco mayor y aquel día no llevabas tus gafas, así que no puedes estar seguro de que fuera Barrie a quien viste. Dilo.

—No llevaba mis gafas, no puedo estar seguro.

—Eso es. Buen chico.

Shaw los miró a ambos, tratando de entender qué estaba pasando. Cinco minutos antes dormía tranquilo en su silla, y ahora temía por su vida.

Long se puso en pie. Se paseó por la habitación.

—Por si acaso eres tan estúpido como para pensar que puedes contarle a alguien lo que ha pasado aquí, permíteme que te lo deje bien claro. Túmbate en el suelo.

Shaw lo miró aterrorizado.

—Por favor, hijo, haré lo que me digas. Te lo prometo. Ya basta. Yo...

Long lo levantó del sillón y lo lanzó contra la desgastada alfombra. Se acuclilló y le habló al oído.

—Si se lo cuentas a alguien, esto te parecerá un paseo por el parque. Sabemos dónde vives y volveremos. ¿Crees que soy malo? Mi amigo es una puta pesadilla. No usa sus puños. Usa cuchillos. ¿Me entiendes?

Shaw lloraba desconsolado, tan solo fue capaz de balbucear algo incomprensible.

—Dilo otra vez —le ordenó Long.

Shaw consiguió decirlo con claridad.

—No llevaba puestas mis gafas, no puedo estar seguro de quién era.

Long le hizo una seña a McCoy con la cabeza y salieron del

apartamento, dejando a Shaw en el suelo sumido en sus sollozos. Bajaron las escaleras en silencio. La imagen de Long golpeando al anciano en la cara se le quedó grabada a McCoy.

Salieron al callejón y Long encendió un pitillo. Miró hacia las nubes rosadas del cielo y exhaló una nubecilla de humo. Se volvió hacia McCoy.

—La próxima vez, tú serás la fuerza bruta.

Veintisiete

McCoy caminaba arriba y abajo por Saltmarket esperando a Phyllis. Delante de las pescaderías se había formado una cola; los pescados del día se anunciaban con tiza en los escaparates. Abadejo, arenque, caballa. Rodeó el mercado, cruzó la calle y echó un vistazo a la tienda de cámaras de Golumb. No tenía ningún interés en comprar una cámara, pero le gustó el escaparate. Lleno de cámaras, cientos de ellas, pequeños carteles con los nombres de los modelos y el precio escritos a tinta junto a cada una.

Se volvió hacia el depósito de cadáveres. Phyllis caminaba a su encuentro. No sabía si era por su altura o por su excéntrica forma de vestir, pero ella siempre destacaba entre la multitud, sobre todo en Saltmarket. Daba la impresión de haber salido de un elegante salón de té de Edimburgo, no que estuviese abriéndose paso entre los borrachines que ocupaban la esquina de la calle Steel.

—Hace un día estupendo —le dijo al llegar a su lado—. ¿Seguro que no te importa?

McCoy negó con la cabeza. Había mucha actividad en el depósito de cadáveres, y Phyllis solo podía verse con él durante su descanso, que tenía que aprovechar para hacer algunos recados en la ciudad. En lo que a McCoy se refería, cualquier cosa era mejor que quedarse sentado en el despacho de Phyllis, aunque implicara tener que ir de compras. El lugar le producía escalofríos. Olía a formaldehído y de la puerta de al lado llegaban unos ruidos horribles.

—Será mejor que nos pongamos en marcha —dijo Phyllis mientras caminaban hacia Glasgow Cross—. Callum Munroe murió envenenado con metanol. Los niveles eran muy altos en la sangre, en los tejidos y en el contenido estomacal.

—¿Metanol en lugar de etanol? ¿Así que fue asesinado?

—No es tan sencillo. Bebió el metanol, de eso no hay duda, pero es posible que quien preparase la mezcla no supiese que era venenosa. A lo mejor pretendía hacer un aguardiente muy fuerte o comoquiera que lo llamen ahora. Incluso el alcohol metílico contiene un poco de metanol, y mucha gente desesperada se lo bebe.

—Hablas como Wattie —dijo McCoy cuando entraron en Trongate.

Phyllis suspiró.

—Con toda probabilidad, esa es la explicación más lógica, Harry. Un accidente. No sería la primera vez que ocurre algo así. Hubo un caso en Govan hace unos años. Alguien hizo una mezcla y la repartió en una fiesta. Un muerto, otro quedó ciego, tres en el hospital.

Se detuvieron frente a una farmacia.

—No tardaré ni un minuto —dijo Phyllis.

McCoy se encendió un cigarrillo. Se sentó en la parada del autobús para protegerse del sol. Si se tratase de envenenamiento por metanol, la historia de Gerry empezaría a parecer un poco más convincente.

—¿Ha pasado el veintitrés? —le preguntó una mujer con dos grandes bolsas de C&A al tiempo que se sentaba a su lado.

—No desde que yo estoy aquí.

—Gracias a Dios —dijo, y señaló las bolsas con la cabeza—. Los malditos niños crecen tan rápido que me van a llevar a la ruina.

McCoy miró hacia la farmacia y deseó que Phyllis se diera prisa.

—¿Tienes hijos? —preguntó la mujer.

McCoy negó con la cabeza.

—Un hombre sensato —comentó ella, desabrochándose la

154

rebeca—. Se te comen por los pies. Mi hijo menor, Terry... No te lo creerías...

—¿Harry? —Phyllis estaba frente a él, con una bolsa de papel en la mano—. ¿Estás listo?

La expresión de la mujer mostraba bien a las claras lo que pensaba de la gente que interrumpía sus conversaciones.

—Hasta luego —le dijo McCoy a la señora después de ponerse de pie.

—Me temo que la siguiente parada es Marks —anunció Phyllis.

—Si no se trata de algo deliberado, ¿por qué todos son hombres de cincuenta y tantos años? ¿Cómo lo explicas? —preguntó McCoy.

Phyllis se lo pensó un momento.

—No estoy segura de que ese detalle sea tan significativo como tú crees. Es probable que los hombres de cincuenta y tantos años que llevan años bebiendo tengan poco dinero y sean más propensos a tomar bebidas mezcladas, cualquier cosa que puedan conseguir. También tienen una mayor tolerancia al alcohol, por lo que la idea del aguardiente extrafuerte es muy posible que les resulte atractiva. Es más probable que mueran por ese motivo.

—Tal vez. —McCoy no quería admitir que presumiblemente tenía razón.

—¿Estás preocupado por tu padre?

Asintió.

—El muy idiota es el candidato ideal. Vive en la calle, tiene la edad adecuada, y bien sabe Dios que se bebería cualquier cosa que le pusieras delante.

Phyllis señaló uno de los bancos delante de Marks. Se sentaron.

—No quiero entrometerme —dijo—, pero Murray me ha contado que no fue contigo el mejor de los padres posible.

McCoy sonrió.

—Podríamos decirlo así.

—No tienes por qué hablar de esto, Harry. No debería haber sacado el tema.

—No pasa nada. ¿Sabes qué es lo más gracioso? Nadie habla nunca de él; todo lo que hacen es maldecirlo. Fue un padre de mierda, pero de vez en cuando, si no estaba demasiado borracho, tan solo un poco alegre, podía ser genial. Jugaba al fútbol conmigo en la calle, me compraba caramelos, incluso una vez me llevó a Parkhead.

Observaron a una joven que depositaba en el suelo a un niño pequeño que no dejaba de retorcerse. En cuanto lo hizo, el niño comenzó a correr hacia un perro que llevaba un hombre. El niño le gritó «¡Perrito!» y se echó a reír. El perro no parecía muy impresionado.

—El problema con él fue que esas cosas empezaron a escasear cada vez más. Para cuando yo tenía cinco o seis años, pasaba más tiempo en los centros de acogida que con él. A esas alturas, estaba muy enganchado. La borrachera se le podía pasar durante un par de días, pero no le duraba gran cosa. Luego decía que se iba a comprar el periódico y no lo veías en días. La bebida era lo único que le importaba. Que yo tuviera comida, ropa o algo que ponerme para ir a la escuela estaba muy abajo en su lista de prioridades.

—¿Y ahí es donde entró Murray? —preguntó Phyllis.

McCoy asintió.

—Su mujer y él me acogieron durante tres semanas y, de algún modo, nunca volví a marcharme. Seguí sus pasos hasta el cuerpo de policía. Ha sido más padre para mí que mi verdadero padre.

—Pero ¿aún te importa tu padre?

McCoy se encogió de hombros.

—No lo sé. Esa es la pura verdad.

—Murray me dijo que le alegraría ver muerto a tu padre por las cosas que te hizo.

—Creo que Murray le pegó un par de veces. No me lo contó, pero siempre tuve esa impresión. —McCoy sonrió—. Digamos que no es su mayor fan.

—Imagino que no querrás acompañarme en mi búsqueda infructuosa por el departamento de ropa femenina —dijo Phyllis, poniéndose de pie.

—Voy a tener que dejarte —repuso McCoy—. Debo volver a la comisaría, tengo una entrevista.

Phyllis se dirigía hacia la entrada de la tienda cuando McCoy, tras reflexionar unos segundos, la llamó.

—No podemos exhumar a los otros dos, ¿verdad?

—No tiene sentido. Los tejidos blandos se habrán descompuesto demasiado y no serviría de nada. Además, no podrías llegar a saber si alguien les dio el licor de manera deliberada o si lo bebieron voluntariamente.

—Lo entiendo —dijo McCoy—. Buena suerte.

Phyllis alzó los dedos cruzados.

—A lo mejor, el bendito san Miguel me consigue hoy la falda roja de mis sueños.

McCoy echó a andar por la calle Argyle. Tuvo que admitir que Phyllis estaba en lo cierto. Tanto la muerte de Munroe como las demás respondían, con toda probabilidad, a la mala suerte, a un alcohol demasiado potente. Como dijo Murray, ¿por qué querría alguien asesinar a un grupo de vagabundos? No tendría sentido. El problema era que, en algunas ocasiones, ese tipo de cosas sí tenían sentido para la persona que cometía el delito. Y siempre existía un motivo, por loco que fuese. «El hombre de la radio me dijo que lo hiciera.» «Los alcohólicos son pecadores y tienen que ser erradicados.» «Dios me dijo que lo hiciera.» Se detuvo y recordó lo que había dicho aquel muchacho, Hood, cuando descubrieron el cadáver a orillas del Clyde.

«Un borracho inútil.»

Tal vez alguien, aparte de Hood, pensara del mismo modo.

Veintiocho

McCoy abrió la puerta de la comisaría de Possil justo cuando Helen se disponía a salir. Llevaba una pila de expedientes bajo el brazo y una bolsa de la compra llena de más expedientes en la otra mano.

—Acabo de dejarte una nota en tu mesa —le dijo.

—¿Ah, sí? —exclamó McCoy—. ¿Y qué dice esa nota?

Dejó la bolsa en el suelo y colocó con cuidado las otras carpetas encima.

—No hay rastro del misterioso Jeremiah Michael West en ninguna parte. Ni historial médico, ni escolar, ni certificado de nacimiento en Glasgow. Revisé un par de años antes y después de la fecha que me diste.

—Muy bien —dijo McCoy—. Entonces, ¿es posible que exista pero que no quede registro alguno de él en el sistema?

—Hoy en día, los niños no registrados son una auténtica rareza, sobre todo en un lugar como Glasgow. Es posible que en el campo todavía se den casos, tal vez también en las islas, y no es del todo infrecuente en las familias gitanas, pero creo que incluso en esos ámbitos ahora apenas hay.

McCoy se situó a la sombra de la puerta de la comisaría, hacía demasiado calor para estar al sol.

—¿Y qué pasa con los cultos religiosos?

Ella se rio.

—¿En Glasgow? No creo que haya muchos.

—Digamos que alguno hay —dijo McCoy—. ¿Qué pasa con ellos?

Helen aspiró el aire entre los dientes, no daba la impresión de tenerlo claro, dudaba.

—Es posible, pero muy poco probable. Tendría que haber nacido en casa, no haber visto nunca a un médico y no haber ido nunca a la escuela. —Negó con la cabeza—. No lo veo claro. —Volvió a guardarse las carpetas bajo el brazo y agarró el bolso—. Servicio de Protección de Menores, allá voy. Justo donde a una le gusta estar en un día como hoy.

Wattie se encontraba tras su escritorio leyendo algo. No parecía muy contento. McCoy se sentó y Wattie alzó la nota de Helen.

—De acuerdo. De acuerdo —dijo McCoy—. Se acabaron los desaparecidos. Se acabó. Centrémonos en Malky y en el ladrillo partido por la mitad. Vámonos. ¿Tienes el bolso de la hermana?

Wattie abrió un cajón de su escritorio, sacó un bolso negro de aspecto normal y se lo entregó. McCoy le dio la vuelta y vació el contenido sobre el escritorio. Un revoltijo de papeles, bolígrafos, maquillaje, pañuelos y monedas. Tomó los recibos y empezó a revisarlos. Se detuvo. Alzó uno de ellos.

—La atrevida Norma no se andaba con chiquitas. Esto es por una cena en el hotel Central.

—También hay un par de facturas de Ferrari —señaló Wattie, revisándolas—. Carne, botella de vino tinto. Tampoco es de los baratos.

McCoy se sentó en su silla y trató de concentrarse.

—Supongamos que le robó el dinero a Duncan Kent y se lo gastó a toda velocidad. Incluso le compró a su hermano algunas cosas pijas en Marks and Spencer. Ella ha tenido dinero toda su vida, cabe suponer que guardaría algo para los malos tiempos, ¿no?

Volvió a verla allí tumbada. Con la boca abierta y sin decir palabra, con la peluca medio puesta. Le resultó obvio.

—Mierda —dijo. Se sentó a su escritorio, marcó el número

de teléfono. Esperó—. Necesito hablar con el médico a cargo del cuidado de Norma McGregor. Glasgow... Perdón, policía de Strathclyde.

Sujetó el auricular con el cuello mientras esperaba a que el hospital encontrara al médico en cuestión.

—Debería haberme dado cuenta antes —le dijo a Wattie—. Estaba vestida... —Volvió a acercarse el teléfono a la oreja—. Hola, doctor, soy el inspector McCoy. Su paciente Norma McGregor, ¿tenía alguna dolencia, algo anterior al ataque que sufrió en la capilla? —Escuchó. Sonrió—. Estupendo, gracias. —McCoy colgó el teléfono—. Padecía cáncer —le dijo a Wattie—. Tratamiento de quimioterapia, por eso se le caía el pelo. Cáncer de pulmón. Fumadora empedernida. El médico cree que la quimioterapia le provocó una embolia pulmonar.

—¿Qué?

—Un coágulo de sangre en el cerebro.

—¿Así que decidió irse a lo grande?

—Eso parece. Aprovechó su última oportunidad para darse a la buena vida antes de que el cáncer acabase con ella. Le sorprendió ver a Kent tanto como a mí. No se esperaría que él se preocupase por ella hasta el punto de ir en su busca. La asustó y ella echó a correr. —McCoy se puso de pie—. Revisa el resto de las cosas y después iremos a charlar con Kent. Voy a mear. Nos vemos en el aparcamiento.

McCoy estaba lavándose las manos en el lavabo cuando entró Rossi. Se desabrochó la bragueta y se acercó al urinario.

—He oído que anoche saliste con Long.

—Sí —dijo McCoy—. Nada demasiado difícil. Así que eso es lo que hacemos, ¿no? ¿Arreglar los problemas de Archie Andrews?

—A veces —respondió Rossi—. A veces él nos arregla las cosas a nosotros. Ya aprenderás.

Se apartó del urinario y se abrochó la bragueta.

—Un pajarito me ha dicho que Stevie Cooper es amigo tuyo. ¿Es cierto?

No tenía sentido negarlo. McCoy asintió.

—Bueno, tal vez puedas darle un mensaje. Cualquier otra mierda como lo del garaje o los pubs de anoche y se arrepentirá. Andrews caerá sobre él como una tonelada de ladrillos, y no acostumbra a jugar limpio. Si es amigo tuyo, hazle un favor y dile que se retire antes de que lo que ha hecho no pueda deshacerse.

McCoy lo observó mientras caminaba hacia el lavamanos, se peinó frente al espejo. Tenía unas ganas enormes de borrarle de un puñetazo la sonrisa de suficiencia que lucía en su cara.

—Tiene gracia. Según tú, el propio Andrews le prendió fuego a su garaje.

Rossi le sonrió en el espejo.

—No te hagas el gracioso, McCoy. Te arrepentirás y tu amigo también. Así que ve a decírselo como el chico de los recados que eres.

Veintinueve

—¿Qué hizo tu amigo anoche? —preguntó Wattie cuando Mc-Coy se montó en el coche frente a la puerta de la comisaría.

—¿Eh? —McCoy seguía pensando en Rossi y en lo que le había dicho.

—El sargento de guardia acaba de contarme que Stevie Cooper y su tropa se pusieron muy farrucos anoche. —Señaló el salpicadero con el mentón—. Al parecer, la radio no paraba. El Royal está abarrotado de chicos de Archie Andrews, la mayoría de ellos hechos pedazos, y destrozaron dos de sus pubs.

—¿Qué pubs?

—El Possil y el Round Toll. —Wattie arrancó el motor.

McCoy sabía que el Possil era de Andrews; que el Round Toll también fuera suyo lo descubrió en ese momento.

—¿En serio? No tenía ni idea.

Wattie suspiró. Mantuvo la calma.

—Si no quieres decírmelo, me parece bien, pero no me trates como si fuese estúpido. No lo soy.

Wattie puso en marcha el coche. McCoy bajó la ventanilla, dejó entrar un poco de aire. Lo mejor sería que Wattie se calmara. Le gustaba no tener que conducir, le gustaba ver pasar el mundo al otro lado de la ventanilla. Siempre había algo que ver en Glasgow. Ese día no era una excepción. Un trapero iba subiendo por la calle Saracen, con el caballo caminando a su lado, tomándose su tiempo. Hacía siglos que no veía uno. Cuando era niño había montones de ellos. Carretas de carbón, de leche, de todo tipo.

Se detuvieron en el semáforo al final de Craighall Road, y el Round Toll quedó a la vista. Había una furgoneta y un par de tipos fuera, estaban cortando tableros de aglomerado para cubrir las ventanas rotas, haciendo crujir con los pies los cristales rotos que cubrían la acera. En la fachada de adoquines del pub habían escrito un mensaje con espray.

SE ACABÓ TU TIEMPO, ANDREWS

El coche volvió a arrancar y McCoy vio cómo el pub desaparecía por el retrovisor.

Casi habían llegado a St. George's Cross —o a lo que quedaba de él, ya que la nueva autopista ocupaba la mayor parte—, cuando Wattie habló de nuevo.

—Royal Terrace, ¿verdad?

McCoy asintió. Sabía que tenían que hacer las paces.

—Se trata de Possil. Cooper quiere arrebatárselo a Archie Andrews. Anoche fue el inicio de la guerra. Y lo que es peor, quiere que lo ayude a ganarla.

—Joder —exclamó Wattie—. ¿Cómo?

McCoy se encogió de hombros.

—Quiere que le dé cualquier clase de información sobre Rab Jamieson y Archie Andrews, cualquier cosa que pueda usar.

—¿Se la vas a dar?

—No tengo nada que darle.

—Si lo tuvieras, ¿lo harías?

Estaban entrando en Royal Terrace. McCoy señaló a través del parabrisas.

—Número cuarenta y dos, detente ahí.

Duncan Kent había recorrido un largo camino desde que dirigía garitos de mala muerte en los pisos de protección oficial en Bridgeton. Ahora una elegante placa plateada brillaba junto a la entrada de su oficina. EMPRESAS KENT. Según tenía entendido Mc-

Coy, hacía un poco de todo. Sector inmobiliario, propiedades comerciales, acababa de entrar en el sector de la construcción, tenía un gran terreno cerca de Riddrie. Todo *kosher,* todo muy correcto, todo muy Rotary Club.

Wattie tocó el timbre.

Apareció una joven elegantemente vestida.

—¿En qué puedo ayudarles? —preguntó.

Le mostró su tarjeta de identificación.

—Agente Watson e inspector McCoy. Queremos ver al señor Kent.

Cinco minutos después, estaban sentados en una sala de juntas tomando té en tazas Royal Doulton. Paredes de un azul pálido, persianas venecianas blancas. Sobre la mesa de caoba, blocs de notas, bolígrafos y agua. En una mesa auxiliar había una maqueta de lo que parecía ser un gran centro comercial. McCoy se acercó para estudiarla con detenimiento. Quienquiera que la hubiese hecho sabía lo que se llevaba entre manos: cada pequeño detalle estaba en su sitio, incluso había pequeños muñequitos y coches aparcados en la calle que discurría por uno de los costados. En el lateral de la maqueta había una pequeña placa.

CENTRO COMERCIAL ROYSTON
GILLESPIE KIDD & COIA ARQUITECTOS, 1975

McCoy estaba a punto de preguntarle a Wattie si había oído algo sobre un nuevo centro comercial, cuando se abrió la puerta y apareció Kent. Llevaba pantalones de traje, camisa y la corbata sobre el hombro.

—Caballeros. —Se sentó—. Disculpen la espera. Esperamos noticias de un gran negocio en cualquier momento. —Señaló con la cabeza hacia la maqueta—. Relacionado con eso, para más señas.

—No se preocupe —dijo Wattie—. Se trata de una visita informal. Estamos aquí para ver si puede arrojar alguna luz sobre lo que le ocurrió a Norma McGregor.

Kent parecía afectado.

164

—Me temo que no es una historia muy agradable. Norma trabajó para nosotros durante años, tanto aquí como desde casa.

—¿Y eso? —preguntó Wattie.

—Empezó como limpiadora —aclaró Kent—. Pero con el paso de los años se convirtió en algo más que eso. Hacía de canguro de los niños, acabó formando parte de la familia. Hará cosa de una semana, desapareció una considerable suma de dinero de una de las cajas fuertes de casa.

—¿Ella conocía la combinación?

Kent negó con la cabeza.

—O mi mujer o yo debimos dejarla abierta. Supongo que vio la oportunidad y la aprovechó.

—¿De cuánto dinero estamos hablando? —preguntó McCoy, sentándose de nuevo a la mesa.

—Cuatrocientas libras —respondió Kent—. No queríamos denunciarla, tan solo queríamos recuperar el dinero. No apareció por casa en toda la semana, así que la iglesia me pareció el lugar más adecuado para verla. Mi mujer sabía que siempre acudía allí. —Se acercó a la jarra de agua, se sirvió un vaso, le dio un trago y prosiguió—. Intenté hablar con ella, pero por desgracia...

—La agarró usted del brazo —dijo McCoy—. Con fuerza. —Kent se volvió para mirarle—. Yo estaba allí. Le vi. Y usted le dijo algo. ¿Qué le dijo, señor Kent?

Kent no se inmutó.

—Le pedí que fuera sensata y devolviese el dinero.

—¿En serio? No dio esa impresión desde donde yo me encontraba —dijo McCoy—. Pareció que la estaba amenazando. Se apartó de usted y echó a correr. Estaba aterrorizada.

—¡Vaya! —dijo Kent—. ¿Y dónde estaba usted?

—En la puerta de la iglesia.

—Entonces, a decir verdad, no tiene ni idea de lo que dije. Demasiado lejos para oírlo, ¿no?

McCoy se encogió de hombros. Le habían pillado.

—¿Puedo preguntarle por qué estaba usted allí? —le preguntó Kent.

—No —respondió él. Sonó tan mezquino como pretendía.

Y eso fue suficiente para Kent.

—¿Hemos terminado? —espetó.

—Una cosa más —dijo Wattie—. Su bolso estaba lleno de recibos del Albany, del Central, del Grosvenor. Se alojaba en los mejores hoteles de la ciudad en vez de en su apartamento. ¿Por qué cree que lo hacía?

Kent se encogió de hombros.

—Se estaba gastando sus ganancias ilícitas, imagino.

Se volvió cuando se abrió la puerta del despacho. Un joven trajeado asomó la cabeza por la puerta. Sonrió y alzó el pulgar.

—¡Sí! —gritó Kent, y lanzó un puñetazo al aire—. Genial, Robbie. ¡Qué puta maravilla!

Se volvió hacia McCoy y Wattie, con una enorme sonrisa en la cara.

—Han concedido el permiso de obras para el centro comercial. Ha estado en el aire durante un tiempo.

—Quizás Norma McGregor se alojaba en hoteles porque se escondía de usted —dijo McCoy—. ¿Por qué iba a hacer eso, si no?

Kent era demasiado listo para morder el anzuelo o revelar algo.

—Tiene usted mucha imaginación, señor McCoy. Oye cosas que en realidad no ha oído, infiere motivos de los que no tiene ni la más remota idea. —Se volvió hacia Wattie—. Porque me había robado ese dinero, supongo.

McCoy se estiró sobre la mesa, se sirvió un poco de agua. Bebió un sorbo. No había terminado con Kent.

—Así que una querida sirvienta de la familia de repente le roba unos cientos de libras sin razón aparente y decide darse la gran vida durante una semana. ¿Eso tiene sentido para usted, señor Kent?

Kent no dijo nada durante un minuto. Observaba la maqueta. Sonrió.

—Lo siento, estoy un poco distraído. Es una gran noticia para la empresa. ¿Qué me ha preguntado?

—Nada importante, señor Kent —dijo Wattie, poniéndose de pie—. Gracias por su tiempo. Enhorabuena.

Se marcharon y dejaron a Kent bebiendo agua y garabateando algo en uno de los blocs de notas. Salieron al vestíbulo, se oyeron más gritos de celebración por parte del personal.

McCoy casi había llegado al coche cuando se puso a hablar. No pudo resistir por más tiempo.

—¿Qué ha sido eso, Wattie? Podrías haberle dado un besito en el culo... ¿Y eso de los hoteles? ¿Por qué no me lo habías dicho?

Wattie se detuvo y lo miró a los ojos.

—No me preguntaste, ¿verdad? Me dejaste que me ocupara de todo mientras tú pensabas en cómo atrapar al maldito reverendo West y fingías dedicarte a otra cosa. Bueno, ahora ya sabes lo que es trabajar a oscuras la mitad del tiempo, esperando a que el gran Harry McCoy se digne a contarte lo que pasa. No es muy divertido, ¿verdad?

McCoy no podía oponer ningún argumento sólido a eso. Le habían pillado por sorpresa.

—Me lo he ganado, ¿no? —dijo mientras entraban en el coche.

—Sí.

—Intentaré no ser tan imbécil. ¿Qué te parece?

Wattie aspiró el aire entre los dientes.

—Va a ser difícil. Llevas siendo un imbécil desde hace demasiado tiempo.

—Lo intentaré.

Wattie asintió, arrancó el coche y se adentró en el tráfico. McCoy sacó su paquete de cigarrillos y encendió uno.

—Digamos que eres Duncan Kent, un maldito millonario, a punto de construir un maldito centro comercial. ¿Vas a ponerte a perseguir a alguien por toda la ciudad para intentar que te devuelva cuatrocientas libras?

—Ni loco. O llamas a la policía o las das por perdidas.

—Exacto. Entonces, si Kent no quería recuperar el dinero, ¿qué quería de Norma McGregor?

—¿Y si le robó algo más?

—Es lo que parece —dijo McCoy—. Ahora lo que tú y yo tenemos que hacer es averiguar de qué se trata y dónde está.

Treinta

A quienquiera que le hubiesen encomendado el piso de Norma McGregor había hecho un buen trabajo. McCoy y Wattie se detuvieron en medio del caos y miraron a su alrededor. Era un apartamento para solteros en Govan, una única habitación con una cama plegable empotrada en la pared. Todo lo que pudieron recoger, examinar y luego echar a un lado, lo habían hecho. Todo lo que pudieron poner patas arriba o romper, también lo habían hecho.

—Incluso han levantado las tablas del suelo —dijo Wattie, asintiendo—. No estaban para bromas. Deben de haber...

—¿Así que finalmente os habéis presentado?

Había una mujer joven con un bebé en la cadera junto a la puerta. No tendría más de diecisiete o dieciocho años. Cabello rubio, blusa de satén verde y pantalones vaqueros anchos.

—Solo habéis tardado tres putos días —dijo—. Avisé el viernes.

Los miraba como si esperase una disculpa, así que McCoy se la dio.

—Lo siento. ¿Cómo te llamas?

—Lindsay Ross. Vivo al lado. —Se colocó el bebé en la otra cadera—. ¿Sabéis dónde está Norma?

No había forma de evitarlo.

—Siéntate, haz el favor —le pidió McCoy.

—Oh, Dios —dijo ella, apartando una pila de discos sin fundas y sentándose en el sofá—. Lo sabía.

El bebé, al notar el cambio de humor de su madre, empezó a lloriquear.

—Dame —le indicó Wattie—, yo me hago cargo de él.

Le quitó el bebé de las manos, se paseó por la habitación haciéndolo rebotar en sus brazos, sacó un pañuelo del bolsillo y le limpió los mocos.

—¿Qué le ha pasado? —preguntó ella.

—Fue un accidente —dijo McCoy—. Está en coma. Me temo que las perspectivas no son buenas.

Lindsay echó un vistazo alrededor.

—¿Por qué todo esto? No lo entiendo...

—Eso es lo que intentamos averiguar. ¿Cuándo descubriste este jaleo?

—El viernes por la tarde. Oí ruidos en el piso, pensé que Norma estaría haciendo la limpieza general de primavera o algo así. Hacía un par de días que no la veía, así que esperé a que se acabaran los ruidos. Quise ir a saludarla, para ver si podía cuidar de Scott el sábado por la noche. La puerta estaba abierta y lo habían revuelto todo.

—¿Alguna idea de lo que andaban buscando?

Negó con la cabeza, sacó un pañuelo del bolsillo y se enjugó las lágrimas.

—¿Viste a alguien aquí? —preguntó McCoy.

Negó con la cabeza otra vez.

—¿Qué podía tener Norma? ¡Nada! No tenía ni medio penique. No era más que una mujer menuda, incapaz de hacerle daño a una mosca.

Y entonces las lágrimas empezaron a correr de verdad. Wattie hizo que el bebé mirara por la ventana, señalando a un perro que cruzaba la calle. No funcionó, también se echó a llorar.

McCoy se sentó junto a Lindsay, la rodeó con el brazo, observó los adornos de porcelana rotos, la maceta caída sobre la alfombra, el paisaje de las Highlands que ahora colgaba de lado, y pensó lo mismo que aquella chica: ¿qué podían tener Norma y Malky que justificase todo eso?

Treinta y uno

McCoy estaba pagando al taxista en la puerta del Waterloo cuando un hombre de mediana edad apareció en la entrada del callejón que había al lado. Se puso el sombrero, miró a derecha e izquierda y se apresuró a ascender por la calle Waterloo.

—¿Quieres pasar un buen rato, guapo? —le dijo Hermana Jimmy al salir del callejón, sacudiéndose el polvo de las rodillas de los pantalones.

—Muy divertido—dijo McCoy—. ¿Tienes un minuto?

Hermana Jimmy asintió.

—Vamos al Wellington. —Le echó un vistazo al Waterloo—. Esta noche, lo de ahí dentro parece un maldito circo.

Caminaron por la calle Argyle en dirección al siguiente pub. El sol estaba a punto de ponerse, las nubes habían adquirido un glorioso tono rosado. Las ventanas de los edificios de oficinas estaban teñidas de ese color.

—¿Quién era tu amigo? —preguntó McCoy.

—Vete a saber —dijo Hermana Jimmy—. Ha sido más un acuerdo financiero que un asunto del corazón. Hoy en día no se pueden tener demasiados remilgos.

Hermana Jimmy seguía llevando el peinado de Rod Stewart, chaqueta plateada y los ojos delineados, pero, como todo el mundo, se hacía mayor. Y en su negocio, eso era lo único que no estaba bien visto.

El Wellington estaba más tranquilo. Solo unos cuantos clientes con la mirada fija en el televisor que colgaba de la pared, y también un grupo de jóvenes vestidos para salir de fiesta. La mesa frente a ellos era un mar de vasos de cerveza. Hermana Jimmy tomó asiento al fondo de la barra y McCoy le acercó las bebidas.

—¿Qué tal tu herida de guerra? —le preguntó al sentarse.

—No muy mal —dijo Hermana Jimmy—. La cicatriz se curó bastante bien y a algunos clientes les gusta. Una puñalada te hace parecer peligroso. Sexy. Eso me han dicho.

—Hablando del asunto, ¿has visto a Paul Cooper últimamente?

Hermana Jimmy sonrió.

—La verdad es que no. Digamos que en los últimos tiempos no frecuentamos los mismos ambientes. A sus amigos no les gustan mucho las personas como yo. ¿Cómo le va la vida?

—Trabaja para su padre.

Hermana Jimmy asintió. Ambos sabían lo que eso significaba. Dio un sorbo a su gin-tonic.

—Supongo que no has venido a buscarme porque te apeteciese tomarte un trago conmigo.

—No —admitió McCoy—. Necesito información.

—Por mí está bien. Cuesta lo mismo y es menos engorroso.

McCoy se metió la mano en el bolsillo trasero, sacó la cartera y dejó cinco libras sobre la mesa.

—¿Conoces a un tipo llamado Jamieson? Trabaja para Archie Andrews.

Hermana Jimmy arqueó las cejas.

—He oído hablar de él. Un tipo muy desagradable.

Se dieron la vuelta cuando los chicos de la mesa grande empezaron a gritar, uno de ellos tratando de beberse una pinta de un trago. Apenas lo logró.

—¿Sabes algo de Jamieson? —preguntó McCoy.

—¿Qué es exactamente lo que estás tratando de averiguar?

—Necesito algo sobre él. Algo que a Archie Andrews no le guste.

—¿A qué te refieres? ¿Y cómo se supone que tendría que saber cuál es su pequeño y sucio secreto?

McCoy suspiró.

—No me tomes por tonto, Jimmy. Estás hablando conmigo. Oyes cosas, conoces gente. Necesito que preguntes por ahí.

Hermana Jimmy había sacado el limón de su bebida y mordisqueaba cuidadosamente la cáscara.

—¿Qué? —dijo, y dejó caer de nuevo el limón en el vaso—. ¿Y si Jamieson se entera y hace que uno de sus chicos me raje la cara? —Empujó el billete de cinco hacia McCoy—. No vale la pena.

McCoy volvió a arrastrar el billete hacia él.

—Vamos, Jimmy. Consígueme algo y te daré otros veinte. Después de todo lo que he hecho por ti.

Hermana Jimmy se echó a reír.

—¡Sí, claro! ¿Hacer que me apuñalen? Muchas gracias.

Permaneció sentado durante un minuto y luego se acercó y se metió el billete de cinco en el bolsillo.

—Que sean treinta.

—Buen chico —dijo McCoy—. Trato hecho.

Hermana Jimmy tenía los ojos fijos en uno de los muchachos que se había acercado a la barra. Pantalones ajustados y pelo negro rizado. Se volvió hacia McCoy.

—Supongo que no querrás saber si se ha retrasado en el pago de la hipoteca.

—No. Necesito algo que logre que Archie Andrews se vuelva contra él.

—¿Y si no encuentro nada? ¿Y si es puro como la nieve, se guarda la polla en los pantalones y se acuesta con su mujer una vez a la semana?

—Confío en ti, sé que encontrarás algo.

Dejó a Hermana Jimmy con su gin-tonic, observando a los chicos, y salió del bar. Se preguntó exactamente en qué clase de persona se estaba convirtiendo. Se suponía que era un poli, pero estaba haciéndole el trabajo sucio a un gánster. Suponía que así funcionaban las cosas: le pides a alguien como Stevie Cooper ciertos favores y, al final, él te pide algo a cambio.

La ciudad estaba vacía, todos los buenos ciudadanos se habían ido a casa a cenar y a pasar la noche frente al televisor. Caminó en dirección al centro de la ciudad. No le interesaba esa clase de personas. Buscaba a los otros. Los que habían perdido su lugar en el mundo, los que habían dejado de fingir. Las almas solitarias.

Treinta y dos

McCoy no tardó en dar con Liam tanto como había imaginado. Tuvo suerte, estaba en el segundo lugar donde buscó. Lo encontró haciendo cola delante del Club Wayside, la institución benéfica en la calle Midland, esperando por un plato de sopa y un par de rebanadas de pan, como todos los demás que había allí.

—¿Ya han encontrado al asesino? —preguntó cuando McCoy se le acercó.

—Todavía no —respondió—. Necesito que me ayudes.

Liam observó la fila.

—Cinco minutos y soy todo tuyo. Me muero de hambre.

McCoy asintió, se apoyó en la pared del túnel ferroviario y encendió un cigarrillo. Reconocía al menos a la mitad de los que formaban la fila. Los había visto en los mismos sitios a lo largo de los años. Lejos de aquí, del local del Ejército de Salvación, tirados inconscientes en el descampado frente al Squirrel de Gallowgate. Tal vez algunos habían logrado salir de ahí, dejar de beber, quizás habían encontrado una vida mejor. Aunque no conocía ningún caso.

Liam lo consiguió durante un tiempo, pero no duró demasiado. Su vida estaba en la calle, por mala que esta fuera. En la calle era alguien, todos lo conocían, le pedían ayuda, confiaban en él. Mientras vivió en el Great Northern y luchó por conseguir trabajo como jornalero, no fue más que otro don nadie.

McCoy observó a dos mujeres sentadas en el bordillo de la acera de enfrente, pasándose una botella. Conocía a una de ellas, Annie Greene. Con toda probabilidad estaba reuniendo fuerzas para ir a Blythswood más tarde e intentar conseguir dinero suficiente para pasar el día siguiente. No era capaz de entender cómo salían adelante esas mujeres, cómo no cejaban en su empeño a pesar de haberles tocado todas las cartas malas. Annie se llevó la botella de vino a la boca y le dio un largo trago. Demasiado largo para su amiga, que intentó recuperar la botella, pero Annie apartó la mano y siguió bebiendo. Igual que había visto hacer a su padre, tratando de satisfacer una necesidad desesperada.

—¿Qué pasa, Harry? —preguntó Liam, acercándose. Se limpió la boca con la manga del jersey y se metió la última rebanada de pan en la boca.

—¿Conoces a Callum Munroe?

Liam asintió.

—Es un poco capullo, la verdad.

—Eso me han dicho —recalcó McCoy—. Pero ahora está muerto, ¿y sabes qué? Murió envenenado con metanol.

La cara de Liam se iluminó.

—Entonces, ¿Gerry tenía razón?

—No estoy seguro. Podría tratarse de un accidente o bien podría ser algo deliberado. En cualquier caso, debemos advertir a la gente que no beba cualquier cosa, y eso incluye a mi padre. ¿Lo has visto?

—¿A Alec? Lo vi hace una semana, más o menos.

Siempre se le revolvía el estómago cuando hablaba de su padre.

—¿Dónde?

—En un piso abandonado en Townhead, cerca del hospital. Estaban él y un par de sus amigos.

—¿Cómo lo viste?

—Mal, Harry. Estaba bebiendo *red biddy*.

—Dios mío. ¿Vino tinto con metanol? Eso es brutal.

—Los que empiezan a tomar eso no duran mucho. Tres o cuatro meses, no más. —Liam miró hacia el Wayside—. Correré la voz.

McCoy observó cómo Liam iba arriba y abajo de la fila diciéndole a todo el mundo que no bebiera licores de garrafón. La mayoría de ellos asintieron y dijeron que no lo harían. Es muy probable que tan solo lo hicieran para ser amables con Liam, pero al menos era un comienzo. Liam llegó al principio de la fila y habló con los dos hombres que estaban detrás de la larga mesa de madera. McCoy podía verlos escuchando, asintiendo.

McCoy había visto a su padre por última vez hacía más o menos un año. Ya entonces lo había visto mal, pidiendo dinero en la calle. Ni siquiera lo había reconocido. Demasiado ido. Sabría Dios cómo estaría a esas alturas. Dejó caer el cigarrillo al suelo y lo apagó. No había más que una forma de averiguarlo.

Treinta y tres

No quedaba gran cosa de la calle McAslin. Al igual que el resto de Townhead, estaba siendo demolida. Ahora Townhead era, sobre todo, un descampado. Un mar de barro, charcos y basura. Ruido continuo del tráfico que pasaba atronando por la autopista, que era el motivo de semejante destrucción. Townhead se había convertido en uno de esos lugares de Glasgow de los que apenas quedaba un recuerdo. Un lugar que ya no existía.

Un bloque de viviendas, sin embargo, había logrado sobrevivir a aquella ofensiva. Tan solo uno. Las ventanas y la entrada principal habían sido tapiadas con tablones de madera clavados del través. Había pintadas por todas partes. Un aviso de seguridad rasgado permanecía todavía clavado en las tablas.

NO ENTRAR. PELIGROSO

—¿Es aquí? —le preguntó McCoy.

Liam asintió.

—Se entra por detrás.

Rodearon el edificio, atravesaron los patios y se detuvieron frente a la entrada trasera. Unas tablas de madera cubrían la parte inferior. Liam tiró de ellas y se desprendieron con facilidad.

Un perro salió de allí, con una rata muerta en la boca.

—¿Estás listo? —dijo Liam—. No es un lugar agradable.

McCoy asintió. No tenía claro si lo estaba o no. Sentía cierto temor, le asustaba comprobar en qué se había convertido su padre. Y todavía le asustaba más que, de nuevo, no lo reconociese.

Liam arrancó las tablas del todo y se adentraron en la vivienda. Lo primero que percibió McCoy fue el olor. Mierda humana. Se tapó la nariz con la mano.

—Ten cuidado —dijo Liam.

Resultaba complicado ver algo, la única luz, y muy tenue, era la del atardecer que se filtraba por las grietas de las tablas. Sus ojos tardaron más o menos un minuto en adaptarse. El suelo del local estaba cubierto de restos de botellas, latas de combustible para encendedores y bolas de papel de periódico, que era de donde salía el hedor. Avanzaron despacio y llegaron al pie de la escalera.

Liam gritó:

—¡Soy Liam! ¿Hay alguien ahí?

Pocos segundos después, respondieron con un grito, más un gruñido que otra cosa. Empezaron a subir. Las escaleras estaban en tan mal estado como la entrada. Era prácticamente imposible no pisar docenas de latas oxidadas en aquella penumbra. Alcanzaron el rellano de la primera planta. La mayoría de las puertas estaban tapiadas, pero una de ellas estaba entreabierta. Liam la empujó.

La oscuridad era incluso más densa que en las escaleras. McCoy pudo distinguir tres cuerpos sentados en el suelo, eso era todo. Uno de ellos prendió una cerilla para encenderse un cigarrillo y su rostro se iluminó. No era su padre. Cabía la posibilidad de que el fumador hubiese sido guapo alguna vez en su vida, pero ya no lo era. Tenía la cara curtida por la intemperie y una llamativa cicatriz que le atravesaba la nariz y parte de la mejilla. Incluso a la luz de la cerilla, McCoy podía ver que su piel tenía una tonalidad amarillenta.

Cuando la luz se apagó y sus ojos se adaptaron, se dio cuenta de que uno de los acompañantes del hombre del cigarrillo era una mujer. Llevaba un abrigo de lana y unas gafas de gruesos cristales. El tercero del grupo era un hombre joven, de aspecto extraño, con la mirada vacía, la lengua fuera y el cuerpo erguido.

El hombre del cigarrillo señaló un espacio en el suelo, como si se tratara de una silla libre frente a la mesa del comedor.

—Siéntate, Liam, hijo. Siempre es un placer verte.

Se sentaron en el suelo y McCoy rezó por no haberse sentado sobre una de las bolas de papel de periódico. Se oía correr agua en alguna parte, sin duda una tubería rota. Aún quedaban restos de papel pintado en la húmeda pared cubierta de yeso. Amarillo con flores azules. PALETOS DE TOWNHEAD habían escrito en la otra pared.

—¿Estás bien, Frank? —le preguntó Liam.

El hombre asintió.

—¿Quién es tu amigo? —preguntó, echándole un vistazo.

—Este es Harry McCoy, el hijo de Alec. ¿Lo has visto por aquí?

—¿Alec? Estuvo aquí ayer... ¿O fue anteayer? Yo ya no puedo recordar una mierda. En cualquier caso, se quedó un par de horas. Una mujer pija le dio cinco libras en la estación de la calle Queen y le dijo que se lo gastara en comida. —Su risa se convirtió en una tos profunda y doliente—. Ya conoces a Alec. Apareció con dos botellas de vino y una lata de Ronson para el mechero. Nada de comida. Te alegró el día, ¿verdad, Jackie?

La mujer sonrió, asintió. No tenía dientes.

—Harry lo está buscando —dijo Liam—. Si pasa otra vez por aquí, ¿se lo dirás? ¿Le dirás que su hijo lo está buscando y que vaya a la comisaría de Possil?

—Se lo diré —respondió Frank—. Pero Alec está como está... —Se dio un golpecito en la cabeza—. No le funciona mucho la sesera. Ya no es el mismo. —Miró a McCoy—. No te ofendas, hijo, pero la bebida pasa factura.

McCoy iba a darle las gracias, a advertirles que no bebieran alcohol de garrafa, pero se dio cuenta de que si decía una sola palabra se echaría a llorar. Le dio un golpecito a Liam en el hombro, señaló la puerta y se puso en pie.

—Ya les hablo yo de lo otro —dijo Liam—. Vete.

Consiguió salir antes de que se le saltaran las lágrimas. No sabía muy bien por qué lloraba. ¿Por su padre? ¿Por todas las personas como Frank y Jackie que vivían en lugares como ese? Se enjugó los ojos y encendió un cigarrillo con manos temblorosas. Tenía un nudo en el estómago. Cuando llegó al patio trasero, se fijó en las luces de los pisos altos de Dobbie's Loan. Gente viendo la televisión, preparando la cena, arropando a sus hijos. Apenas a unos metros de distancia, pero se trataba de otro mundo.

—¿Estás bien?

Se dio la vuelta y vio a Liam de pie. Negó con la cabeza.

—No debería decirte esto, pero ¿podemos ir a tomar algo? —le preguntó McCoy—. Te aseguro que lo necesito.

Treinta y cuatro

Una pinta y un whisky más tarde, McCoy y Liam se pusieron de nuevo en marcha. Estaban siguiendo una ruta que no aparecía en mapa alguno: la ruta que la gente como su padre seguía a lo largo y ancho de la ciudad. Desde los lugares de mendicidad en el centro de la ciudad hasta los comedores de beneficencia detrás de las iglesias; desde las tiendas que aceptaban puñados de monedas sucias hasta las panaderías que repartían pan duro gratis al final del día. Los lugares a los que acudía la gente como ellos.

Por el camino, iban advirtiéndoles a todos que evitaran el alcohol de garrafa que circulaba por las calles. Algunos lo habían probado, pero siempre la semana anterior o un par de días atrás. Es decir, no servía de gran cosa. Por lo que McCoy podía comprobar, los tiempos eran más difíciles que de costumbre. Cuanto menos dinero circulaba, menos llegaba a las calles. No estaba seguro de que alguien rechazase el alcohol de garrafa si era lo único a lo que tenía acceso. Había que mantener a raya el *delirium tremens,* poco importaban los riesgos.

—¿Estás bien? —le preguntó Liam mientras atravesaban el puente colgante.

—Sí. Después de cierto tiempo, afecta ver a toda esta gente viviendo así.

—Son solo personas —dijo Liam—, como tú y como yo, que se equivocaron en el camino y no encuentran la forma de regresar.

—¿Y tú, Liam? ¿Cómo acabaste aquí?

Liam se detuvo, se apoyó en la valla y miró hacia las turbias aguas del Clyde.

—¿De verdad quieres saberlo? —preguntó.

McCoy le tendió un cigarrillo y prendió una cerilla. Asintió.

—No lo sé. Empecé a beber a los catorce años y nunca he dejado de hacerlo. Así funcionaba mi vida. No era ni mejor ni peor que los demás, simplemente tenía un agujero en alguna parte que la bebida llenaba. Durante un tiempo, mejoró las cosas, pero luego las empeoró. La sed siempre está ahí. ¿Entiendes? Y dudo que desaparezca algún día. —Sonrió. Tiró la ceniza de su cigarrillo al río—. Me estás obligando a ponerme sentimental. Venga, una parada más y habremos terminado.

Pasaron junto a los arbustos aplastados donde habían encontrado a Callum Munroe y se dirigieron hacia la sede del Ejército de Salvación en la calle South Portland. Eran casi las once. La ciudad estaba en calma, los pubs habían cerrado, no había nadie en las calles, todos habían vuelto a casa. Las farolas encendidas proyectaban una pálida luz amarilla sobre todas las cosas.

—¿Conoces a ese tipo? —preguntó McCoy.

Liam asintió.

—Es nuevo. Parece bastante agradable, mejor que el viejo cabrón que dirigía esto.

Doblaron la esquina y se encontraron con Kenny Lowell de pie frente a la entrada, tenía la chaqueta del uniforme desabrochada, una taza en una mano y un cigarrillo en la otra. Hablaba con un agente de policía. Solo cuando estuvieron más cerca, McCoy reconoció a Hood. El chico nuevo de la comisaría. También tenía una taza y un cigarrillo. Parecía un poco avergonzado al ver a McCoy.

—Señor...

—¿Parada de descanso, Hood? —dijo McCoy.

—¿Puedo traerles un té? —preguntó Lowell.

—No diría que no —respondió McCoy—. ¿Liam?

Liam asintió y Lowell desapareció dentro del edificio.

Hood señaló con la cabeza hacia el lugar donde habían encontrado a Munroe.

—Oí decir que lo habían envenenado. Qué pena.

—¿No decías que la gente como él eran borrachos inútiles? ¿Has cambiado de opinión?

Hood tuvo la delicadeza de mostrarse avergonzado.

—Siento haber dicho eso. Fue una estupidez. He estado hablando con Lowell. Él ve las cosas de un modo muy diferente. Intenta hacerme cambiar de opinión.

En el momento justo, Lowell apareció con dos tazas de té, se las entregó a McCoy y a Liam.

—Necesito que me hagas un favor —le pidió McCoy—. Necesito que le digáis a la gente que viene a por su sopa que evite el licor de garrafa que está circulando por ahí. Eso es lo que mató a Munroe.

Lowell asintió.

—No hay problema. Aunque si te soy sincero, no estoy seguro de que eso haga cambiar de opinión a todo el mundo.

—Es muy probable que no —admitió McCoy—. A propósito de eso, ¿puedes echarle un ojo a mi padre?

—¿Cómo es? —preguntó Lowell—. ¿Se parece a ti?

McCoy estaba a punto de decir que no, cuando Liam tomó la palabra.

—Sí, se parece. Es algo así como una versión envejecida y deteriorada.

—Con una cicatriz aquí —dijo McCoy, pasándose el dedo por la ceja derecha—. Una grande.

—No tendría que costarme reconocerlo. Imaginaré cómo serás dentro de unos años, después de haberte metido en una pelea.

—Si lo ves, dile lo del alcohol y que venga a verme a la comisaría de Possil. Dile que le daré dinero para un trago de verdad.

—Por lo general, aconsejo que eviten cualquier tipo de bebida —repuso Lowell—. Pero haré lo que me dices.

Hood le devolvió la taza a Lowell y se dirigió hacia el río.

—Parece que lo has convertido —comentó McCoy.

—No lo creo, o no todavía. Pasa por aquí casi todas las noches para tomarse un té cuando está haciendo la ronda. Da la impresión de que cree que los hombres que vienen aquí son los únicos culpables de la situación en la que se encuentran, siempre dice que son los responsables de haber caído. Eso no es muy cristiano, pero sigo intentándolo.

McCoy dejó a Liam en la parada de taxis de Central. Le dio diez libras por su ayuda. Era lo mínimo que podía hacer por él. Luego se montó en un taxi y le dijo al conductor que lo llevara al número 66 de Hamilton Drive. Margo estaría de vuelta y él quería verla, tumbarse a su lado y dormir. Se esforzó por no pensar ni en su padre ni en Frank ni en Jackie, ni en todas las demás almas solitarias que seguían recorriendo de un lado a otro la ciudad.

Abrió la puerta de la casa grande y entró. Había una nota de Margo sobre la mesa del vestíbulo: «He ido a ver a Laura. No me esperes levantado».

McCoy intentó recordar quién era Laura, se dijo que tal vez fuese la dueña del casoplón en Park Circus, antigua compañera de colegio. Se dirigió al salón, tomó del carrito una botella de whisky y un vaso de cristal y se sirvió un trago largo. Se sentó en el sofá y se aflojó la corbata. El sombrío rostro del abuelo de Margo lo miraba desde el retrato sobre la chimenea. Sir John Lindsay.

Estaba convencido de que Sir John no debía de haber pasado mucho tiempo con gente como Frank y Jackie. Había estado demasiado ocupado haciendo crecer la fortuna familiar. McCoy nunca fue capaz de recordar si se trataba de construcción naval o de fábricas de algodón, probablemente ambas cosas. Si mal no recordaba, también era dueño de la mitad de Canadá.

Un hombre bueno y honrado. Se preguntó si habría sido capaz de imaginar cómo acabaría su nieto, el hermano de Margo. No estaba seguro de que alguien hubiera podido hacerlo; los monstruos como él eran una rareza, gracias a Dios. Recordó el pánico que reinaba en Glasgow cuando a él y a su ejército privado les dio por colocar bombas por toda la ciudad. Resultó que ese detalle era tan solo la mitad del asunto. Lindsay se esmeró en causar un daño mayor. Se trajo consigo a Glasgow las técnicas de tortura que había aprendido en el ejército. McCoy dio un sorbo de whisky. Todavía no estaba muy seguro de cómo había acabado en un lugar como aquel, observando los cuadros de antepasados que colgaban de la pared. No había conocido a su propio abuelo, murió antes de que él naciera. Su padre nunca hablaba de él; el hecho de que se hubiera marchado de casa a los trece años seguramente indicaba todo lo que necesitaba saber. Familias. Bostezó, se puso en pie, se sirvió otro trago y se fue a la cama.

Martes
17 de junio de 1975

Martes,
17 de junio de 1972

—Ni siquiera quiero la casa. Siempre la he odiado, siempre está helada. De todas formas, en Rettie creen que pueden conseguir que algún alemán rico la compre. Al parecer, les gusta la caza. Y luego están los granjeros arrendatarios, ¿qué se supone que debo hacer con ellos?

No hubo respuesta. Margo se volvió hacia McCoy y le golpeó con una almohada.

—¿Me estás escuchando, Harry?

—¡Sí! —exclamó él, aunque en realidad no lo estaba haciendo—. Arrendatarios.

A decir verdad, que Margo quisiera deshacerse de la finca en las Highlands de su hermano muerto no era su principal preocupación, pero le gustaba estar tumbado en la cama con ella, medio dormido, escuchándola despotricar sobre esa cuestión.

—¿Los arrendatarios no van a seguir como siempre?

—No lo sé —dijo Margo, incorporándose—. Mi hermano lo tenía todo controlado, era su trabajo, no el mío. No estaba destinada a heredar esas tierras.

—¿Alguna vez piensas en él? ¿En tu hermano?

—Intento no hacerlo. Pero cuando me acuerdo de él, trato de recordarlo siendo niño, cuando me hacía reír durante la cena. Antes de que se convirtiera en lo que fue. —Se quedó mirando al vacío durante un minuto. Luego se volvió hacia McCoy—. Me has dado una idea.

—¿Ah, sí? ¿De qué se trata?

—El dinero de la venta de la casa. No lo necesito. Una parte podría servir para ayudar a gestionar Innellan, pero sobrará bastante. Así que voy a regalarlo. Mi hermano consiguió lavarles el cerebro a esos chicos porque estaban perdidos, no tenían un objetivo, ni orientación alguna. Voy a usar el dinero para intentar cambiar eso. En los lugares donde viven no hay nada que hacer, ni adónde ir. No me extraña que caigan en las bandas o en la delincuencia.

—Gran idea —dijo McCoy—. ¿Cómo lo harías?

—Clubes juveniles, campamentos, clubes de fútbol, ese tipo de cosas. Dirigidos por personas que realmente se preocupen por ellos, que puedan ayudarlos a encontrar un camino. ¿Qué te parece?

—Me parece bien.

Tomó el paquete de cigarrillos de la mesilla. No estaba seguro de que un par de clubes juveniles fueran a cambiar mucho la situación de los jóvenes de Easterhouse y Blackhill, pero no tenía nada de malo intentarlo. Se encendió un cigarrillo.

—¿Estás segura de que esto puede funcionar? Me refiero a tú y yo.

—¿Qué quieres decir?

—Bueno, ayer me pasé el día recorriendo Glasgow, yendo de un lugar de reunión de vagabundos a otro, y tú lo pasaste intentando deshacerte de una de las..., ¿cuántas son?..., seis casas que tienes ahora. Y ni siquiera necesitas el dinero. Sé que dicen que los polos opuestos se atraen, pero es posible que estemos forzando la situación.

—Son siete casas, en realidad, si incluyes esta. Y esta es la única que me gusta —aclaró—. Y, sí, funcionará si paras de darle vueltas al tema y te dejas llevar.

—Vale —dijo McCoy.

Estaban en el gran dormitorio de la parte delantera de la casa. El sol entraba por las ventanas y podían apreciar las vistas de un jardín que parecía infinito. No estaba seguro de cuántas habitaciones tenía la casa. O cuartos de baño. Esa mañana se había despertado con la mano de Margo en su entrepierna. Bonita manera de empezar el día.

McCoy comprobó la hora en su reloj. Eran casi las siete y media. Tenía que levantarse y ponerse en marcha.

—¿Qué vas a hacer hoy?

Margo suspiró.

—Más de esta mierda. ¿Y tú?

McCoy contó con los dedos.

—Intentaré encontrar a mi padre antes de que beba uno de esos alcoholes de garrafa que, con toda probabilidad, acabará con su vida; no avanzaré lo más mínimo con el tema del asesinato de Malky McCormack; compraré un regalo para el hijo de Wattie; e intentaré verme involucrado en el trabajo sucio de otra persona.

—¿Se supone que debería entender algo de lo que acabas de decir?

—No.

Nunca se daría el momento adecuado para algo así; es decir, ese momento era tan buen momento como cualquier otro para contárselo. Cooper no se había olvidado, tal como él esperaba. Decidió soltarlo sin más.

—Mi amigo Stevie Cooper tiene una nueva novia que es modelo y quiere dedicarse a la actuación, así que le gustaría conocerte. Nos ha invitado a cenar.

A Margo le cambió el gesto.

—¿Cuándo?

—Esta noche.

—¿Estás de broma? —exclamó ella—. Tienes que estarlo.

—No.

—¿Dónde?

—En el Rogano. A las ocho.

—¿Y no podías habérmelo dicho antes?

—No —respondió él—. Porque habrías tenido tiempo de encontrar una excusa.

—Por supuesto. —Margo recapacitó durante unos segundos—. El tal Stevie, ¿es un gánster lo bastante rico como para poder comprar una finca?

—Todavía no. Pero lo será algún día.

—Bueno, tengo a un alemán con un rifle y mucho dinero. Obviamente, vas a tener que compensarme por esto. Y se me ocurre la ocasión perfecta para que lo hagas.

McCoy salió de la cama, se puso los pantalones del pijama y se dirigió al baño más cercano.

A voz en grito, Margo siguió hablándole.

—Soy presidenta honoraria de la Sociedad Histórica de Hillhead. Celebran una cena anual muy pronto y...

McCoy cerró la puerta y dejó de oírla. Ya se preocuparía por salir del paso más tarde.

Treinta y seis

McCoy vio a Wattie de pie frente a la iglesia de Santa Teresa, en la calle Saracen, observándolo mientras ascendía la colina hasta la entrada. McCoy iba comiéndose un bocadillo de tocino, y le daba un bocado cada dos pasos, sosteniéndolo ante sí para evitar que la grasa le manchase la camisa.

—¿Esta es tu gran idea? —preguntó entre bocado y bocado cuando llegó hasta Wattie.

—Podría ser —dijo Wattie.

McCoy dio otro bocado y se lo tragó. El estómago parecía responder bien, así que siguió adelante.

—La hermana de Malky tenía algo valioso —dijo Wattie—. Algo que no se encontraba en su piso ni en su bolso. Digamos que vio a los Kent sentados al fondo de la iglesia, dispuestos a abalanzarse sobre ella. Es presa del pánico. Decide que lo mejor es esconder lo que sea en la iglesia y volver a buscarlo más tarde. Pero, por supuesto, no vuelve. Así que...

—¿Así que debería seguir aquí dentro?

Wattie asintió.

—Esa es la idea.

McCoy se acabó el bocadillo, buscó una papelera, no pudo encontrar ninguna y se metió la bolsa de papel hecha una bola en el bolsillo.

—Tú primero, Macduff.

La iglesia estaba vacía, a excepción de un anciano sentado en un banco a mitad de camino del altar, con la cabeza gacha y el rosario entre las manos. No había señales del sacerdote, solo un Jesús crucificado que los observaba con su habitual gesto de decepción a causa de las debilidades humanas. Recorrieron el pasillo, taconeando sobre las baldosas, mientras McCoy trataba de recordar en qué banco se había sentado la hermana de Malky. Decidió que era el segundo o el tercero.

—Tú dedícate al de enfrente —dijo McCoy—, y yo me quedo con este.

Se sentó en el banco junto al pasillo. Quería acabar con aquello lo antes posible, porque por lo que a él respectaba, cuanto menos tiempo pasara en una iglesia, mejor. Hurgó en el poco espacio que había en la parte trasera del banco de delante. Himnarios, el envoltorio de un caramelo, nada más. Se deslizó unos asientos hacia atrás. Lo intentó de nuevo. Tan solo más himnarios. Otro deslizamiento. Más himnarios y una orden de servicio para el funeral de un tal James McCann.

—¿Ha habido suerte? —preguntó Wattie.

—Aún no.

McCoy volvió a deslizarse. Más himnarios, una lista de la compra doblada y luego, detrás de una Biblia, un sobre. Era de papel crema, grueso, de buena calidad. Sin dirección alguna. Deslizó el dedo bajo la solapa y lo abrió. Dentro había un trozo de papel doblado. Lo sacó y lo desplegó. Era un certificado de nacimiento.

Kathleen Garvie, nacida el 23 de junio de 1946.

—Lo tengo. —Se lo entregó a Wattie por encima del banco.

Lo leyó y miró a McCoy.

—¿Quién es Kathleen Garvie?

—Ni idea —dijo McCoy—. Pero alguien asesinó a Malky McCormack para intentar hacerse con el certificado de nacimiento de ella. —Lo estudió de nuevo. Contó mentalmente—. Tiene casi veintinueve años. Nació en Dundee. Madre enfermera, padre fontanero. ¿Te suena de algo?

Wattie negó con la cabeza.

—Todo este jaleo por un certificado de nacimiento. No tiene ningún sentido.

—No. —McCoy volvió a meterlo en el sobre—. No tiene ningún sentido para nosotros, pero debe de tenerlo para alguien.

—Duncan Kent —dijo Wattie.

—El mismo. A ver si le apetece otra charla.

Treinta y siete

Según su muy estirada secretaria, Duncan Kent se hallaba en Londres, en viaje de negocios, y no regresaría hasta el miércoles. McCoy dijo que volvería a llamar y colgó el teléfono. Miró a Wattie, escondido tras una pila de guías telefónicas y directorios.

—¿Ha habido suerte?

—No —respondió Wattie, mirando a su alrededor—. He encontrado un Kenneth Garvie y una Kathleen Grieve, eso es lo más cerca que he llegado.

—Quizás esto no tenga nada que ver con Malky —señaló McCoy.

—¿Qué quieres decir?

—Quizás alguien lo trajo para un bautizo, una boda o algo así, y se lo dejó allí por accidente.

—Pero lo has encontrado donde ella estaba sentada —dijo Wattie.

—Llama a la iglesia, a ver si el cura recuerda a alguien con el apellido Garvie —indicó McCoy—. Será la forma más rápida de averiguarlo.

Wattie suspiró y agarró el teléfono.

McCoy alzó la vista cuando la puerta de la oficina principal se abrió de golpe y apareció Rossi, se dirigió a su escritorio y se sentó. Miró a McCoy y le hizo una seña para que se acercara. Ven aquí, muchacho. McCoy sintió cómo la ira crecía en su interior. Con toda probabilidad, aquel cabroncete querría saber si ya le había transmitido su mensaje a Cooper.

McCoy volvió a meter el certificado de nacimiento en su sobre, lo deslizó en el bolsillo de su chaqueta y se puso en pie. Supuso que como ya era lo bastante amable con Long, no había necesidad de serlo tanto con su pequeño y baboso lacayo.

—Muy bien, Rossi —dijo, deteniéndose ante su escritorio—. Me quieres, ¿verdad?

Rossi se reclinó en su silla, sin duda esperando la noticia de que McCoy había transmitido el mensaje tal como le había pedido que hiciese.

—¿Has hecho lo que te pedí?

—No. Todavía no.

—¿Por qué no? —preguntó Rossi con tono molesto—. Te dije que lo hicieras.

McCoy sonrió. Se inclinó hacia la cara gorda de Rossi. Podía ver los puntos negros en su nariz, los retazos de barba que su navaja no había eliminado.

—Voy a decirte por qué no. Si en serio habías pensado que iba a hacer lo que me dijese un cabrón engreído que se cree que juega con los grandes, estabas muy equivocado. ¿Comprendes?

Se alejó antes de que Rossi tuviera oportunidad de responder. Las pequeñas victorias a veces podían ser las más satisfactorias.

Helen estaba sentada tras su escritorio al fondo de la comisaría, con montones de carpetas marrones ante sí y otro montón más en el suelo a su lado. No parecía alegrarle especialmente ver a McCoy.

—¿Cómo van las cosas? —Asintió en dirección a las pilas de carpetas.

—Genial. Aquí sentada limándome las uñas y decidiendo qué almorzar. ¿Y tú?

—Más o menos igual. No avanzo en el caso de Malky McCormack.

Ella pareció desconcertada.

—El viejo al que asesinaron a la vuelta de la esquina —aclaró McCoy.

—Ah, él. Déjame adivinar, ¿quieres que haga algo por ti que podrías hacer tú mismo fácilmente? ¿Es eso?

—En esta ocasión, no podría hacerlo. Te lo aseguro. Necesito tu experiencia.

Ella puso los ojos en blanco y McCoy sacó el sobre de su bolsillo.

—Es un certificado de nacimiento. Tú tratas con este tipo de cosas todo el tiempo. Me preguntaba si podrías echarle un vistazo, por si puedes decirnos algo.

Estaba a punto de sacarlo del sobre cuando ella señaló con la cabeza hacia la pila.

—Déjalo ahí e intentaré echarle un vistazo hoy.

McCoy lo dejó sobre la pila. Su cara debió de resultar de lo más expresiva.

—No quiero hacerme la interesante, pero tengo que preparar un informe para esta tarde. Una familia con cinco hijos de diferentes edades. La madre y el padre están a punto de ser acusados de abuso sexual de tres de ellos.

—Mierda —dijo McCoy.

—Así es —repuso ella—. Te lo aseguro. El más pequeño tiene solo tres años. Déjame aclarar esto e intentaré echarle un vistazo.

McCoy le dio las gracias y regresó a su escritorio. Rossi ya no estaba allí, sin duda había ido a chivarse. No le importaba gran cosa lo que hiciera o no Rossi; había optado por dejar de fingir amabilidad, sin importarle lo que pasara.

—Ningún Garvie quiso bautizarse, casarse o enterrarse —dijo Wattie cuando McCoy se sentó.

—Así que fue Norma McGregor quien dejó allí el certificado de nacimiento.

—Eso parece —dijo Wattie—. No es que nos sirva de mucho.

—Solo tenemos que esperar a que Kent vuelva, a ver qué nos cuenta.

—¿Y ahora qué hacemos? —McCoy miró el reloj que colgaba de la pared—. Voy al centro a comprarle un maldito coche Matchbox a mi querido ahijado.

Treinta y ocho

McCoy se sentía satisfecho de sí mismo. En cosa de media hora había adquirido un set Matchbox de la policía: un coche patrulla, una furgoneta y un hombrecillo en una motocicleta. Incluso se había acordado de comprar una tarjeta de felicitación. Su ahijado tenía la varicela el día de su cumpleaños, por lo que hubo que retrasar la fiesta. También había ido a Forsyth y se había comprado un traje nuevo, que, a decir verdad, no podía permitirse, y tres camisas nuevas. Odiaba admitirlo, pero Wattie tenía razón: Forsyth era mucho mejor. En cuanto se puso el traje, incluso él fue capaz de notar la diferencia.

El centro de la ciudad bullía, los oficinistas aprovechaban la hora del almuerzo para dar un paseo al sol o sentarse en los bancos de George Square. Hacía tiempo que no pasaba por allí, le dio la impresión de que habían abierto más tiendas. Zapaterías, *boutiques,* esa clase de cosas. No tenía claro si ir al Litebite a por un bocadillo o darse un capricho en el Danish Food Centre, cuando los vio.

La primera era la mujer menuda con los soportes ortopédicos para las piernas. Estaba de pie en mitad de la calle Buchanan repartiendo folletos. Nadie le hacía caso. La mayoría de la gente simplemente negaba con la cabeza y pasaba a su lado a toda prisa. El segundo era un hombre que portaba un anuncio en forma de sándwich sobre los hombros en el que podía leerse, en letras rojas, ARREPENTÍOS ANTES DE QUE SEA DEMASIADO TARDE. No pasó mucho tiempo antes de que McCoy oyera la retumbante voz del reverendo West. Estaba de pie sobre una caja de madera frente a los grandes almacenes Fraser, con una Biblia en la mano, gran parte de la congregación que McCoy había visto el domingo le rodeaba, armada con más folletos.

—Escuchen lo que dice la Biblia, damas y caballeros. Escuchen a Pedro: «Por tanto, ya que Cristo sufrió en su cuerpo, asumid vosotros también la misma actitud, porque el que sufre en el cuerpo le pone fin al pecado».

Unos cuantos transeúntes aburridos observaban el espectáculo: dos niños pequeños que se daban codazos y se reían, una pareja de ancianos que parecían realmente interesados y dos hippies, uno de los cuales hacía gestos con la mano dando a entender que el predicador era un «pajillero».

West se concentró en la pareja de ancianos. Les dio un discurso.

—No olviden esto, memorícenlo ahora, amigos míos. Nuestro tiempo aquí es corto, debemos sufrir como lo hizo Cristo si queremos ascender al cielo y que la gloriosa luz de su amor nos bañe. Gracias y que Dios los bendiga a todos.

Bajó de la caja y la pequeña multitud se dispersó; la pareja de ancianos llevaba folletos en la mano. McCoy confiaba en que West no lo viera, pero no tuvo tanta suerte.

West le hizo un gesto con la mano y se acercó.

—Señor McCoy, ¿ha venido a escucharme?

—Solo estaba de paso.

West parecía decepcionado. Se animó.

—Bueno, al menos ha escuchado la palabra del Señor. ¿Ha sacado algo en claro?

—Ya se lo dije —recalcó McCoy—, pierde el tiempo conmigo.

West miró a su alrededor. No había nuevos feligreses.

—Yo también creo que estoy perdiendo el tiempo aquí. Apenas hay gente, pero tengo que seguir intentándolo. Nunca hay que rendirse.

—Es la hora de comer —dijo McCoy—. La gente está ocupada, no hay mucho tiempo para detenerse a escuchar.

West asintió.

—Lo dejaré durante un par de horas y luego lo intentaré de

nuevo. El mensaje tiene que llegar de alguna manera. Estas personas caminan sonámbulas en dirección al infierno. A menos que se arrepientan, no habrá esperanza para ellos.

Ese debía de ser el motivo por el cual había retomado el trabajo pocos días después de la muerte de su esposa, pensó McCoy. Antes incluso de que la enterraran. West creía de todo corazón que estaba luchando contra el mal. Si la convicción era suficiente para salvarte, él tenía a raudales.

—Entonces —prosiguió West—, si no ha venido a escuchar la palabra del Señor, ¿qué le ha traído por el centro?

—Algo mucho menos noble, me temo. —McCoy alzó la bolsa de Woolworths—. Tenía que comprarle un regalo de cumpleaños al hijo pequeño de mi compañero. Coches de Matchbox, como me pidieron.

—Excelente.

McCoy se dio cuenta de repente de que hablar de niños tal vez no había sido la mejor idea, dada la obsesión de Judith.

—Lo siento. No es muy sensible por mi parte hablar de niños.

—Tonterías —dijo West—. Nuestra desgracia con los niños no nos impide..., no nos impedía, disfrutar de los de los demás. A Judith le encantaban los niños, a pesar de la mala suerte que tuvimos.

—¿Sigue habiendo un comedor social en su iglesia?

—Los jueves por la noche. ¿Por qué?

—Corre un aguardiente muy venenoso por ahí, ya ha provocado algunas muertes. Estaría bien si pudiera trasladar a quienes acuden al comedor que tengan cuidado.

West asintió.

La señora de los soportes ortopédicos se acercó a ellos, acompañada de la pareja de ancianos.

—¿Reverendo West? Esta pareja quería saber algo más de nuestra iglesia.

«Que Dios los asista», pensó McCoy.

—Tengo que irme —dijo, y echó a andar.

Había algo en West que no encajaba. Quizás se debiera a la innata desconfianza de McCoy respecto a cualquier tipo de clérigo, pero West le incomodaba. Sabía que no tenía que pensar en ello, pero la historia del niño que nunca existió seguía atormentándolo. Se dio la vuelta y vio que West sonreía a la pareja de ancianos, acercándose para poner una mano amistosa sobre el hombro de la mujer. Otra conversa en ciernes.

Treinta y nueve

Carlo, el *maître* del Rogano, saludó a Margo como si se tratase de una hermana suya perdida mucho tiempo atrás. Le tomó las manos, se inclinó y le besó en la mejilla. Alzó la voz para asegurarse de que los demás comensales se enteraban de quién estaba en el restaurante.

—Señorita Lindsay, ha pasado mucho tiempo. ¿Cómo se encuentra?

—Bien, gracias —respondió Margo—. Me alegro de estar aquí, como siempre.

—¿Su mesa de siempre? —preguntó Carlo, tomando un par de menús de un camarero que estaba cerca.

—Esta noche no. Vamos a cenar con unos amigos. El señor...

—Cooper —dijo McCoy.

Carlo intentó disimular su sorpresa, pero no lo consiguió.

—Ah. Puedo preparar igualmente su mesa de siempre si lo prefiere.

—En absoluto, Carlo. Estaremos bien —repuso Margo.

—Como quiera. Por aquí, por favor.

Atravesaron el bar, pasaron por delante de los reservados, donde la gente trataba de no clavar la mirada en la estrella de cine, y entraron en el restaurante propiamente dicho. Era silencioso, confortable, sin grandes transformaciones desde que abrieron en los años treinta. Todo curvas *art nouveau* y madera de arce.

Stevie Cooper y su novia estaban sentados a una mesa en la parte de atrás. No era la mejor mesa de la casa, pero parecían bastante satisfechos. Stevie estaba resplandeciente con su traje, corbata, ojo morado y puntos en la ceja. Gail llevaba un vestido negro sin mangas que evidenciaba su figura. El cabello rubio le llegaba hasta la mitad de la espalda.

Después de las presentaciones, pidieron las bebidas. Cerveza para los chicos, champán para las chicas. Cuando Cooper dejó de bromear con McCoy sobre su nuevo traje, Margo le dio un sorbo a su copa de champán y le sonrió.

—Lo siento, Stevie, pero tengo que preguntártelo, ¿qué demonios te ha pasado en la cara?

—Un accidente —respondió Cooper—. Estaba nadando y no me di cuenta de lo rápido que iba, me di de lleno contra el borde de la piscina. No me hice mucho daño.

«Y una mierda», pensó McCoy. Le dio un trago a su cerveza.

—¿Adónde vas a nadar?

—Arlington —dijo Cooper—. Nado todos los días.

Margo parecía encantada.

—¡No! Mi padre fue miembro fundador. Le encantaba ese lugar.

Y eso fue todo. Tras averiguar que Cooper era un «hombre de Arlington», Margo decidió que todo estaba en orden. Charlaron mientras tomaban los entrantes, McCoy conversó con Gail. Al parecer, las audiciones eran una pesadilla y estaba harta de que los agentes de *casting* la trataran como a una rubia tonta. Escuchar sus quejas no era precisamente su idea de una gran noche de fiesta, pero debía admitir que podría haber sido mucho peor.

Carlo se materializó, se llevó los platos y llenó sus copas. Se trataba de un vino tinto que insistió en que probaran. McCoy dio un sorbo de la nimia cantidad que había servido en su copa, fingió saborearlo y pronunció bien su nombre. No tenía ni idea de cómo se suponía que debía saber, pero le gustó. Margo colocó su mano sobre la copa y anunció que ella y Gail iban a ir al tocador para tener una pequeña charla.

En cuanto se alejaron, McCoy se puso a hablar.

—Accidente, y una mierda. ¿Fue un regalo de uno de los chicos de Archie Andrews? ¿La gran pelea?

Cooper asintió.

—Deberías ver cómo quedó él. Le di con uno de los cuchillos Stanley de Paul.

—Dios mío —dijo McCoy, intentando no imaginarse la cara del pobre diablo—. ¿Todo salió bien? Al parecer, la radio de la policía fue un no parar.

—Sí. Solo dos de nuestros chicos están en el hospital, la mayoría son de los suyos. Dos pubs destrozados. Andrews ahora está en desventaja.

—Vi el Round Toll. Menudo desastre.

Cooper dio un buen trago a su vino.

—El otro quedó peor.

—¿Jumbo está bien? —preguntó McCoy, temiendo lo peor.

—Está como una rosa. Me sacó de encima a un cabrón enorme con un cuchillo antes de que pudiera usarlo. Le he comprado para esta noche unos cómics de *Commando* y comida china para llevar, está feliz como una perdiz.

—¿Y Paul?

—No tan bien. Un cabrón le golpeó la espinilla con un martillo y se la rompió por dos sitios. Tiene una buena herida, está sentado en el sillón con la pierna levantada, con Iris revoloteando a su alrededor.

—No sé qué es peor —comentó McCoy—: una pierna rota o que te cuide Iris.

Cooper miró a su alrededor, el lujoso interior, la cristalería reluciente, las fuentes de plata y la flor y nata de la sociedad de Glasgow disfrutando de una noche de fiesta. No había cicatrices en sus rostros, ni miradas recelosas.

—Nunca pensé que tú y yo acabaríamos en un lugar como este. —Cooper parecía feliz, de un modo que rara vez comunicaba. Contento.

—No está mal para dos don nadie del orfanato.

—Hablando de eso, quiero que salgas conmigo después de que dejemos a las chicas.

—¿Adónde?

—Fuera. Alguien está tratando de venderme Clouds. Quiero ir a echar un vistazo.

—¿Para qué me necesitas? Quería acostarme temprano.

—No me extraña. Tu Margo es toda una mujer —dijo Cooper, observándola mientras cruzaba el restaurante, con todas las miradas puestas en ella—. Todavía me cuesta entender qué ha visto en ti.

—Es increíble —dijo Margo, al sentarse—. Gail se graduó en la Real Academia Escocesa de Música y Arte Dramático. Igual que yo.

Así que Gail también iba a ser, desde ese momento, una gran amiga. Todo iba bien. McCoy se recostó, cenó y bebió vino al comprobar que los tres se entendían a las mil maravillas. Era lo último que había supuesto, pero era mejor que quedarse sentados manteniendo un educado silencio. Estaba a punto de zamparse su trucha al horno y pedir otra botella de vino a cuenta de Cooper, cuando alzó la vista y vio a Wattie de pie, con Carlo a su espalda.

—Lo siento, señor —se disculpó Wattie—. Han encontrado a otro, pensé que le gustaría saberlo.

McCoy se quedó de piedra.

—No será...

Wattie negó con la cabeza.

—No. Es Charlie el Cochecito.

Cuarenta

—¿Por qué él, de entre toda la gente? —McCoy observó el cuerpo de Charlie. Estaba en la misma posición que los otros: la cabeza estirada hacia atrás, la boca abierta, la bilis verde secándose en la barbilla.

Charlie el Cochecito lo había tenido todo. Una casa, una esposa, un buen trabajo. Luego empezó a oír voces, a esconderse de gente que no estaba allí. Había terminado vagando por todo Glasgow, empujando sus pertenencias metidas en un viejo cochecito. Charlie veía partes de Glasgow que la mayoría de la gente no veía, se camuflaba con el trasfondo, mantenía los ojos abiertos para McCoy. Había sido algo más que un informante, había sido una especie de amigo para él.

McCoy se alejó del cadáver, de Wattie y del circo que empezaba a formarse. Se recostó sobre el capó de un coche patrulla y encendió un cigarrillo. Estaban justo al lado de Alexandra Parade, en el patio trasero de una logia masónica en la calle Wood. Era un lugar tranquilo y resguardado, perfecto para que Charlie pasara la noche y se bebiera una botella en paz.

Podía ver a Wattie dando instrucciones a los agentes uniformados, indicando a la ambulancia dónde aparcar, haciendo su trabajo. McCoy sabía que debería echar una mano, pero no se atrevía a hacerlo, solo quería seguir sentado allí, deseando que eso no hubiera pasado.

Pudo ver que alguien se acercaba, supo quién era por la manera de andar, arrastrando los pies. Gerry. Traje negro grande, camisa blanca, guantes, pierna izquierda renqueante.

—¿Qué haces aquí, Gerry? Este no es tu territorio, ¿verdad?

—He sido yo quien lo ha encontrado. Charlie pasa aquí casi todas las noches, así que he pensado que sería mejor venir a verlo. Intentar advertirle sobre el alcohol de garrafa. Pero...

—Demasiado tarde.

Gerry asintió. Parecía tan triste como el propio McCoy.

—¿Era amigo tuyo?

—Más o menos. A veces estaba bien, a veces no se podía hablar con él, estaba en otro mundo. Tenía días buenos y días malos.

McCoy sabía exactamente a qué se refería. Miró hacia la multitud y vio que Wattie le hacía señas.

—Vuelvo en un minuto.

—¿Estás bien? —le preguntó Wattie al acercarse.

McCoy asintió. No estaba bien.

—¿Qué pasa?

—Un par de cosas. No hay botella. Hemos buscado por todas partes, también en su cochecito. Si murió solo, debería tenerla a su lado, ¿no?

—A menos que alguien se la llevara para ocultar las pruebas.

—Y si alguien ha hecho algo así, entonces no se trata de un accidente inocente con alcohol de mala calidad. Es asesinato.

—¿Qué más querías decirme?

Wattie miró por encima de McCoy.

—Tu colega, el que está allí.

—¿Gerry?

—¿No te parece un poco raro que siempre ronde por donde se descubren los cadáveres? Él lo denunció y ahora ha encontrado a Charlie. Es una coincidencia, ¿no? Además, esto es el culo del mundo, no un lugar habitual para los borrachos. No es como si pasara por aquí por casualidad.

—Me ha dicho que vino a ver cómo estaba Charlie.

—¿En serio? ¿Acaso tiene la costumbre de meter en la cama a los borrachos de Glasgow por la noche? A lo mejor vino aquí para darle algo. Tal vez una buena botella del aguardiente que iba a matarlo.

—Vamos, Wattie, esto no va de...

—¿De qué? Que vivan en la calle no los convierte en malditos ángeles caídos, ¿sabes? Algunos son unos cabrones. Lo que pasa es que tú no quieres creerlo.

Wattie estaba en lo cierto, la presencia de Gerry podría ser algo más que una coincidencia. En caso de que hubiese una botella, podría haberla escondido antes de avisarlos.

—¿Por qué iba Gerry a asesinar a unos vagabundos? Y ¿por qué iba a llamar la atención sobre unos asesinatos que a ninguno de nosotros nos habían resultado sospechosos hasta que él nos lo comentó?

—Algunos asesinos quieren llamar la atención. Si el propio crimen no llama la atención, buscan otra forma.

McCoy suspiró. No se podía discutir sobre esa cuestión.

—Llevémoslo mañana a la comisaría. Consigue una declaración. A ver qué tiene que decir.

Wattie asintió y volvió al lugar del cadáver.

McCoy se acercó al cochecito de Charlie. Estaba lleno de cosas que no significaban nada para nadie excepto para el propio Charlie. Pedazos de papel con escritura enrevesada. Algunas piedras. Media hogaza de pan en una bolsa de papel. Tres cuadernos llenos de dibujos de demonios y ángeles. Y una fotografía doblada varias veces. McCoy la desplegó, tenía grietas blancas que la atravesaban. Parecía Aden o Malta, o algún lugar así. Un grupo de jóvenes soldados, con las mangas arremangadas, abrazados y sonriendo a la cámara. Un joven Charlie en el centro, con una enorme sonrisa dibujada en el rostro. Un hombre despreocupado.

McCoy se guardó la foto en el bolsillo, sin saber muy bien por qué. Simplemente no quería que acabara en el vertedero junto al resto de las posesiones de Charlie. Wattie estaba hablando con Gerry, anotándole la dirección de la comisaría de Possil. Podía imaginarse lo que le estaba diciendo. «Simple rutina porque tú descubriste el cadáver, nada de que preocuparse.»

Gerry se guardó el papel en el bolsillo y se alejó.

El pobre no tenía ni idea de lo que le esperaba.

Cuarenta y uno

McCoy necesitaba un trago. Estaba demasiado alterado por lo que había pasado como para irse a casa y ponerse a dormir. Hizo que Wattie lo dejara en Lauder's, en la calle Sauchiehall, y llegó justo a tiempo para la última ronda. Al entrar, vio que Cooper tenía dos pintas en la mano, le pasó una.

—Las chicas se fueron a casa en taxi. Volvimos a Margo's a tomar otra copa, estuvimos charlando como viejos amigos. Por cierto, ¿quién es Charlie el Cochecito? ¿Otro de tus borrachines muertos?

McCoy asintió.

El pub se estaba vaciando poco a poco, los clientes regresaban a sus casas o se iban a cenar pescado o a pasar la noche bailando. El camarero tocó el timbre y gritó:

—¡Vamos que nos vamos!

McCoy y Cooper acabaron sus pintas, dejaron los vasos sobre la barra y salieron junto a los demás. Empezaron a ascender la colina hacia el Apollo, abriéndose paso entre las filas de gente que esperaba el autobús.

—¿Por qué quieres comprar una discoteca?

—No sé si quiero —respondió Cooper—, pero mi contable cree que es una buena idea. Negocio en efectivo. Ayuda a ocultar el dinero que se supone que no debo tener.

McCoy se detuvo. Frente a él se extendía una fila de más de cien personas esperando para entrar en la discoteca que estaba encima del Apollo. Todos iban vestidos de punta en blanco, varios de ellos se pasaban botellas de cerveza.

—Joder. Vamos a tardar una eternidad en entrar.

—¿A que sí? —dijo Cooper—. Sígueme.

Se dirigió directamente hacia la puerta. Ignoró las quejas de los que esperaban en la fila. Un joven del tamaño de Jumbo, con un traje de etiqueta demasiado ajustado, estaba parado junto a la puerta con cara de estar aburriéndose. De repente, cobró vida al ver a Cooper.

—Señor Cooper —dijo—. Bienvenido a Clouds. El señor Dunbar está arriba.

Sostuvo la puerta abierta, notaron de inmediato un golpe de música. Cooper le introdujo un par de libras en el bolsillo a aquel tipo y entraron. La discoteca estaba dos plantas más arriba, la música sonaba más fuerte a medida que subían las escaleras. Un chico joven estaba de pie en la entrada, en lo alto de las escaleras: bigote, pantalones acampanados enormes, chaqueta *bomber* de pana, gran sonrisa.

—Señor Cooper, adelante.

Al principio, resultaba difícil ver con claridad, tan solo el hielo seco y las luces verdes y rojas parpadeantes. Había una pista de baile, reservados en uno de los costados. La clientela era joven y bien parecida. Cazadoras *bomber* de satén con parches de los batallones del ejército de Vietnam bordadas en la espalda o camisetas ajustadas sin mangas para los chicos, camisetas de tirantes y pantalones ajustados y brillantes para las chicas. La música sonaba con fuerza, los bajos retumbaban en el pecho. McCoy se sorprendió al reconocer la canción, «The Love I Lost». La había escuchado en la radio varias veces en el coche.

Dunbar los guio hasta una mesa, gritando por encima de la música mientras se sentaban.

—Tenemos a un famoso esta noche —dijo, asintiendo hacia la mesa de enfrente.

McCoy miró hacia allí, con la esperanza de ver a Miss Escocia o a algún jugador del Celtic de Glasgow. La primera persona que vio fue Hermana Jimmy, la segunda fue Jake Scott, el cantante de Holy Fire. Como corresponde a cualquier famoso, Jake estaba sentado en el centro del reservado, tenía al lado a un tipo joven delgado y muy guapo con un brazo rodeándole los hombros. Traje negro, camisa negra, corbata plateada, pintalabios negro, pelo rubio peinado hacia atrás. No quedaba nada claro si era hombre o mujer.

—¿Qué tal, señor McCoy? No esperaba verle aquí —dijo Jake somnoliento cuando McCoy se acercó al reservado—. Aquí todo el mundo es un poco joven para usted, ¿no?

—¿Pensaba que te lo estabas pasando en grande en Estados Unidos, Jake?

—Así es. Tenía unos pocos días libres y a Sam le apetecía ver Glasgow.

Sam sonrió. Dientes blancos y brillantes.

—Harry McCoy, el amigo de las estrellas —dijo Hermana Jimmy—. Quién lo hubiera dicho. Me alegro de que estés aquí, me ahorras un viaje a las tierras salvajes de Glasgow. —Se puso en pie y salió con calma del reservado—. Ven a mi oficina.

Hermana Jimmy se abrió paso entre los que bailaban hasta una salida de incendios en la parte trasera, McCoy iba tras él. Jimmy abrió la puerta y se la sostuvo a McCoy. Salieron a una escalera de hierro. La puerta se cerró a su espalda y, de repente, se hizo el silencio, se amortiguó el ruido de los grandes altavoces. Glasgow se extendía a sus pies, con las luces centelleando en la oscuridad. Incluso se veían las siluetas de los edificios de Red Road recortándose contra el cielo nocturno a lo lejos. La vista hizo que McCoy se diera cuenta de la altura a la que estaban.

—Por eso lo llaman Clouds, ¿no es cierto? —indicó McCoy.

—Sí —respondió Jimmy, apoyándose en la barandilla y mirando al exterior—. ¿Te has dado cuenta de lo colocados que están tu amigo el cantante y su colega?

—La verdad es que no, resultaba difícil ver algo ahí dentro.

—Los dos, con la mirada fija, ¿te suena eso de algo?

—Ah. ¿Caballo?

Jimmy asintió.

—Es lo normal en las estrellas de rock, ¿no?

—Sí. Lo interesante es saber cómo lo han conseguido.

—¿A qué te refieres?

Jimmy se volvió hacia McCoy y sonrió.

—¿Te has fijado en un tipo ahí dentro, alto, pelo rojizo, con una camiseta amarilla de Simon?

—Es posible. Si te soy sincero, eso me suena a cualquiera de los cabrones que están ahí dentro.

—Bueno, este se llama Teddy. Teddy Jamieson, para ser exactos. El hijo de Rab Jamieson. Siempre está fuera de casa, siempre en el meollo, aquí o en el Cinders o en el Arms. Es un chico guapo y lo sabe. No le haría un feo. En fin, está empezando a traficar con una clientela selecta. Heroína, hachís, incluso coca a veces. Todo viene de Liverpool. Es imposible que su padre no lo sepa, tiene que haberle proporcionado los contactos y el dinero inicial para la compra.

—¿Su padre? Trabaja para Archie Andrews, que rechaza de plano las drogas.

—Sí. ¿No murió el hijo de Andrews de una sobredosis o algo así?

—Su sobrino. ¿Estás seguro de lo que acabas de decirme?

—Oh, sí. Jake se sabe demasiado famoso para involucrarse con un traficante de drogas, no quiere ensuciarse las manos. Me dio el dinero y una propina decente para que lo hiciera por él. Teddy Jamieson estuvo aquí conmigo hace media hora pasándome la droga. Me dijo que en cuanto Jake necesite algo se lo haga saber.

McCoy sacó su cartera y le dio a Jimmy cincuenta libras.

—Solo eran treinta —dijo Jimmy.

—Puedes devolverme los veinte si quieres.

—Por supuesto —dijo Jimmy, metiéndose el dinero en el bolsillo—. Encantado de serte útil.

Cooper estaba sentado a una mesa con Dunbar y varias personas más cuando McCoy volvió a entrar. Incluso con el humo y las luces de colores, McCoy se dio cuenta por la expresión de su cara de que estaba aburriéndose. Tuvo la impresión de que, finalmente, no se uniría al mundo de la noche. Vio a McCoy y se puso en pie, se despidió de manera apresurada y se acercó a él.

—¿Dónde estabas? Vámonos, menuda pérdida de tiempo.

211

—Yo no diría eso. En lo que a ti respecta, esta ha sido tu mejor noche de fiesta en mucho tiempo.

Cooper le miró a los ojos.

—¿Qué coño dices, McCoy? Has estado fumándote un porro con Hermana Jimmy, es eso, ¿no?

McCoy sonrió.

—Te lo contaré de camino a casa.

Cuarenta y dos

El sargento de guardia asomó la cabeza por la puerta y gritó:

—Gerry Lewis está aquí para su entrevista.

McCoy tomó sus notas, su cuaderno y su bolígrafo.

Wattie extendió la mano para detenerlo.

—Quiero hacer esto a mi manera, Harry.

—¿Por qué?

—No te quiero en la entrevista. Serías demasiado blando con él. ¿Te parece bien?

McCoy asintió. Observó a Wattie recoger sus notas del escritorio y marcharse. Se sintió un tanto molesto. Debería haberle alegrado, demostraba que Wattie estaba convirtiéndose en un hombre hecho y derecho, un policía de verdad. Sin embargo, no le hizo gracia, porque sintió como si lo dejara de lado. Se había quedado tan absorto en su autocompasión que no se dio cuenta de que Helen estaba de pie frente a él, hasta que ella le dirigió la palabra.

—Tengo que hablar contigo.

—¿Qué pasa?

—Le enseñé tu partida de nacimiento a una amiga mía que trabaja en el Registro de la calle Martha. Trata con estas cosas todos los días. Quiere hablar contigo. —Miró su reloj—. Estará en el Press Bar durante la próxima hora. Ve a verla.

—Eso no suena nada bien.

—Y que lo digas. Nunca la había visto tan alterada.

—¿Cómo se llama?

—Audrey Gibson —dijo Helen—. Es bajita. Lleva el pelo corto y pintalabios rojo. La reconocerás al instante.

El Press Bar se encontraba al lado de la redacción del periódico, siempre estaba lleno de periodistas y tipos que trabajaban en las grandes imprentas. McCoy nunca había estado allí porque no le había llamado la atención, y hoy no era una excepción. Un mar de tipos de mediana edad en mangas de camisa bebiendo pintas y, sentada a la barra, tal y como había descrito Helen, vio a Audrey Gibson.

McCoy se sentó en un taburete junto a ella, le tendió la mano y se presentó.

Audrey se volvió hacia él, lo miró de arriba abajo.

—¿Sabe usted lo que es un alcohólico funcional, señor McCoy?

McCoy asintió.

—Creo que sí.

—Bien, entonces no le importará que pida lo que me apetezca. ¿Y para usted?

McCoy pidió una pinta y Audrey un vodka triple. Solo. Sin hielo. Dejaron las bebidas delante de ellos y Audrey se bebió más de la mitad de la suya de un trago. Hizo una mueca.

—Solucionado este punto, ¿dónde consiguió ese certificado de nacimiento?

—Lo encontré en una iglesia —dijo McCoy. No mentía, aunque tampoco estaba diciendo toda la verdad—. ¿Por qué lo pregunta?

—¿Qué sabe al respecto?

—Nada. Por eso estoy sentado aquí.

Audrey miró a un lado y a otro, como si temiera que alguien la estuviera escuchando. Sacó un sobre de su bolso, limpió la barra con una servilleta, sacó el certificado de nacimiento y lo alisó frente a ellos.

—Hay un problema. Un gran problema.

—¿Qué problema?

—El tipo de papel en el que se imprimen los certificados de nacimiento cambió en 1951. Los suministros eran difíciles de conseguir después de la guerra. Se trata de un detalle que solo un experto notaría.

Buscó en su bolso y sacó un papel doblado. Esperó a que el

hombre sentado en el taburete de al lado terminara su pinta y se marchase.

—Este es mi certificado de nacimiento —dijo, colocándolo junto al otro—. «Audrey Anne Gibson. Nacida en 1949.»

McCoy estudió los dos papeles. A sus ojos, eran exactamente iguales.

—No lo entiendo. ¿Cuál es el problema?

—Obsérvelos bien —insistió Audrey, y se bebió el último trago de vodka—. De cerca.

Lo hizo. Pero seguía sin entender nada.

Audrey puso el dedo en el certificado que McCoy había encontrado.

—Este está impreso en un papel diferente al mío. Está impreso en el papel nuevo, pero con fecha de mil novecientos cuarenta y seis. Debería estar impreso en el papel viejo, igual que el mío.

—¿No es posible que sea un duplicado?

Audrey negó con la cabeza.

—Los duplicados son fáciles de detectar. La oficina de correos los imprime en papel barato. Este no es un duplicado.

McCoy estaba perdido.

—Entonces, ¿qué es?

—Es un certificado de nacimiento oficial, estamos de acuerdo, pero nunca he visto uno como este. Uno como este solo se obtiene cuando el Gobierno crea para alguien una nueva identidad. Me alegró el día verlo, por triste que sea el asunto.

—¿Cómo?

—Digamos que eres un testigo importante de un crimen terrible y aceptas testificar, aunque sabes que para ti supone, básicamente, una sentencia de muerte. El asesino se vengará de ti cueste lo que cueste. El Gobierno, muy de vez en cuando, crea nuevas identidades para proteger a esa clase de testigos. Nuevo nombre, nuevo certificado de nacimiento, nuevo permiso de conducir. Una vida nueva sin conexión con la anterior. Si el asesino todavía estuviese buscándote, esto valdría mucho dinero. Si llegase a obtener este papel... Esto da fe de quién es ahora el testigo, de su nueva identidad. Podrías encontrarlo fácilmente.

Audrey miró la hora en su reloj, maldijo, volvió a guardar su certificado de nacimiento en el bolso y se levantó del taburete. Realmente era muy menuda.

—Tengo que irme. Debo volver a abrir mi antro.

—Gracias por la información —dijo McCoy.

—Vaya con mucho cuidado. Siempre habrá alguien buscando un certificado de nacimiento como ese.

La vio alejarse, le dio un trago a su pinta y permaneció sentado, pensando. Solo se le ocurría una persona que pareciese estar interesada en ese certificado de nacimiento: Duncan Kent. Tal vez alguien le había jugado una mala pasada, había acudido a la policía y había cantado a cambio de la promesa de una nueva identidad. Eso querría decir que Duncan Kent todavía estaba interesado en darle caza a esa persona. Es posible que se tratase de la esposa de alguien que hubiese sido demasiado descuidado con sus confidencias.

Sin embargo, todavía no alcanzaba a entender por qué la hermana de Malky tenía en su poder ese certificado de nacimiento: era demasiado mayor para ser Kathleen Garvie. Quizás había oído algo que no debía en casa de los Kent. Robó el certificado de nacimiento, quiso que Kent le diera dinero a cambio y se pasó de la raya. No le funcionó, así que decidió robarle algo de dinero de la caja fuerte y huir. Kent debió de pensar que le había dado el certificado a su hermano para que lo guardara y lo torturó para averiguar dónde estaba.

McCoy le dio otro trago a su pinta. Había aparecido un repartidor de periódicos, con un gran fardo bajo el brazo, caminando alrededor del bar. Iba a sacarse un buen dinero. Supuso que los periodistas estaban ansiosos por ver sus palabras impresas.

Aquello tenía sentido. Por lo que él podía deducir, Kent aún no había logrado averiguar la nueva identidad de esa persona. Pero una gran pregunta brotó en medio de todo el asunto. ¿Quién era Kathleen Garvie? Y, lo que era incluso más importante, ¿quién había sido antes?

Cuarenta y tres

McCoy se tomó su tiempo para volver a la comisaría. Tenía mucho en lo que pensar. Además, quería que la entrevista con Gerry hubiera terminado antes de que él llegara. La calle Saracen mostraba el habitual follón de autobuses que se dirigían al norte o regresaban al centro de la ciudad. Había una fila delante de la panadería, tipos con ropa de trabajo sucia y botas esperando sus bocadillos y pasteles.

Al doblar la esquina de la calle Bardowie, vio a Long y Rossi saliendo por la puerta de la comisaría, enfrascados en una conversación. Sin duda, Rossi le estaba contando a Long lo desagradable que había sido McCoy. Quizás debería llamar a Murray esa noche para ponerle al corriente. Los dos policías se subieron a un coche camuflado, sin dejar de hablar. Eran uña y carne.

Abrió la puerta de la comisaría y casi se topó con Gerry cuando este salía. Parecía abatido, cabizbajo, mascullando entre dientes.

—¿Gerry? ¿Cómo ha ido?

Gerry parecía a punto de echarse a llorar.

—Cree que soy un mentiroso. Tu amigo cree que maté a esos hombres. Cree que les di el veneno. ¿Por qué haría yo algo así? Lo único que he intentado es ayudar a la gente.

—¿Wattie? Estoy convencido de que no lo cree en absoluto. Pero tiene que hacer esas preguntas, es su trabajo. No es nada personal.

Gerry no parecía convencido.

—¿Qué le has contado?

—Le he dicho la verdad. Que quería saber cómo estaba Charlie y me lo encontré muerto. No había ninguna botella, no había nadie más. Yo no lo maté.

—Si no lo hiciste, entonces todo está bien. ¿Se lo explicaste así a Wattie?

—Sí. Luego me preguntó por los otros hombres muertos. Le dije que me dedico a eso. Voy por ahí por la noche, trato de asegurarme de que todos estén bien. No me da la impresión de que me haya creído. Se lo repetí una y otra vez, pero... —Se frotó los ojos, permaneció un rato inmóvil, como si cargara con el peso del mundo sobre sus hombros.

McCoy se metió la mano en el bolsillo y sacó un par de libras.

—Baja al Lido y come algo, ¿de acuerdo? Te sentirás mejor.

Gerry aceptó el dinero.

—Gracias —dijo—. Siento lo de Charlie. Sé que era tu amigo. Hablaba de ti a menudo, decía que eras uno de los...

—¡Gerry! —Wattie apareció en la puerta, con la carpeta y el bolígrafo en la mano—. Me alegro de haberte encontrado. —Vio la expresión de terror en el rostro de Gerry. Sonrió—. No tienes nada de lo que preocuparte. Se me olvidó pedirte tu nombre completo para la declaración. ¿Es Gerald o Gerard?

—Ninguno de esos dos. Es Jeremiah.

McCoy lo miró. Se le revolvió el estómago.

—¿Qué has dicho?

—Me llamo Jeremiah.

—¿Conoces al reverendo West?

Gerry se quedó paralizado durante unos segundos. Miró a McCoy. Asintió.

—Oh, claro que lo conozco. Intentó crucificarme.

Cuarenta y cuatro

—Te pasas el día aquí —dijo Tony mientras entraban en el Lido—. ¿No tienes una casa a la que ir?

McCoy fue al mostrador y dejó que Wattie y Gerry buscaran una mesa.

—Solo vas a tener que hervir agua. Tres tés, por favor.

—Ahora mismo —dijo Tony.

McCoy se dirigió a la mesa del fondo del café. La radio estaba encendida, como de costumbre, y sonaban los Beach Boys. El tiempo veraniego debía de haber inspirado al pinchadiscos. Gerry se acomodó lo más lejos posible de Wattie, y aun así estaban sentados en el mismo banco. «Lo entiendo perfectamente», pensó McCoy. Wattie seguía siendo el villano.

Se sentó y observó cómo Gerry agarraba un terrón de azúcar del cuenco de plata, lo desenvolvía y se lo comía. No paraba quieto en su silla, tenía la cara pálida.

—¿Cuándo comiste por última vez? —le preguntó McCoy—. Quiero decir, como es debido.

Gerry se encogió de hombros.

—De acuerdo. Quédate ahí, te traeremos algo, te lo comes en paz y luego charlamos. ¿Te parece bien?

Gerry asintió.

McCoy se volvió hacia la barra.

—Desayuno completo por aquí y muchas tostadas, Tony, ¿de acuerdo? —gritó—. En cuanto puedas.

—Lo que tú digas, Harry —respondió Tony y repitió el pedido a voz en grito hacia la cocina.

McCoy y Wattie dejaron a Gerry mientras esperaba su desayuno y salieron a la calle a fumar. El sol los deslumbró al abandonar la penumbra del café. McCoy se quitó la chaqueta y se aflojó la corbata. Al otro lado de la calle, un hombre con chaleco bebía una lata de Tennent's, y les ofrecía alegremente una serenata a todos los transeúntes; era una versión de «Little Green Apples».

—¿Crucificado? —dijo Wattie, sacando su último cigarrillo y tirando el paquete vacío de Regal en la papelera de alambre que había sujeta a la farola—. No lo habrá dicho en serio, ¿verdad? ¿No debería estar muerto?

—Quién sabe. En cualquier caso, ¿cómo fue la entrevista?

Wattie se encogió de hombros.

—Inútil. Se mantuvo firme en sus convicciones. Dice que va por ahí vigilando a la gente y que por eso encontró a Charlie. Aunque no le crea, no he podido hacer nada para llevarlo más lejos. A menos que encontremos una botella de esa cosa con sus huellas dactilares, es libre como un pájaro.

—¿Dijo algo más?

—Dijo una cosa rara: «Si no me creéis, preguntadle al señor Hood. Él me ve todo el tiempo».

—¿Hood? ¿Nuestro Hood? ¿El de la comisaría?

—Sí.

McCoy no podía creerlo.

—Bueno, al parecer ha cambiado su maldito punto de vista. De pensar que todos los vagabundos son unos borrachos inútiles a convertirse en un santo viviente que deambula por las calles. ¿Por qué demonios ha cambiado de ese modo?

—Se lo preguntaré, a ver qué tiene que decir al respecto.

McCoy dejó caer la colilla en la acera y la aplastó con el pie.

—Será mejor que entremos. Acabemos con esto de una vez.

McCoy y Wattie se abrieron paso entre la fila de clientes que esperaban mesa y regresaron a su mesa. Gerry parecía menos frágil con aquel plato vacío delante.

—¿Te sientes mejor? —le preguntó McCoy.

Gerry asintió.

—Bien, Gerry. Queremos que nos hables del reverendo West. Empieza por el principio y tómate tu tiempo. ¿De acuerdo?

Gerry mantuvo la cabeza gacha y empezó a hablar.

—Mi madre se unió a su iglesia cuando yo era pequeño. Al principio, iba de vez en cuando, pero con el tiempo se hizo asidua y solía llevarme con ella. Luego empezó a repartir folletos por la ciudad, a asistir a reuniones especiales de oración con el reverendo West. Ese tipo de cosas. Cambió mi nombre a Jeremiah en honor a la iglesia.

Alzó la cabeza y miró a McCoy.

—Mi madre no siempre ha estado bien. Se le metían ideas en la cabeza y no podía deshacerse de ellas.

—¿Como qué?

—No quiso que fuera a la escuela, dijo que era impía y que todo lo que necesitaba saber estaba en la Biblia. Nos hizo ayunar durante días, dijo que era una ofrenda a Dios. Y luego —una pausa—, y luego el reverendo West empezó a hablar de que el sufrimiento era la clave de la santidad. De cómo debíamos ofrecer nuestro sufrimiento para honrar al Señor. Y mi madre se lo tragó todo. El reverendo le dijo que el sufrimiento de un inocente era mejor que el de un pecador. Que tenía mayor relevancia. Que eso nos ayudaría a encontrar el camino hacia la iluminación.

Las manos de Gerry temblaban; había vuelto a empalidecer.

—En la iglesia de West, el solsticio de verano es como la Pascua. Es la gran ocasión. Es el día más largo, el día en que podemos pasar más tiempo sufriendo para llegar a Dios. Durante los tres o cuatro días anteriores, mi madre no me dio nada de comer. Me desmayaba constantemente, no estaba muy seguro de lo que pasaba. Creo que había algo en el agua que me dio de beber. Lo único que recuerdo es que me desperté en el desván de su casa. Estaba completamente a oscuras y él se había inclinado sobre mí. Me decía: «En dos minutos saldrá el sol. Es el solsticio, el día más largo. Prepárate para llevarnos a casa».

Se frotó los ojos de nuevo. Siguió hablando.

—Y me di cuenta de que estaba tumbado sobre una cruz, atado a ella.

—¿Cómo? —exclamó McCoy—. ¿Estás seguro? Quizás estabas alucinando, si no habías comido desde hacía días...

Se calló, se dio cuenta de que Gerry había comenzado a quitarse la chaqueta y a desabrocharse la camisa blanca. Las chicas de la mesa de al lado se echaron a reír.

Gerry se quitó la camisa y McCoy se quedó boquiabierto, oyó a Wattie maldecir en voz baja. Las chicas habían dejado de reírse.

Los brazos de Gerry estaban grotescamente deformados. El izquierdo era solo piel y huesos, el derecho tenía lo que parecía otro codo asomando junto al original.

—«En cuanto la luz del amanecer entre por la claraboya y nos golpee», me dijo, «uno de nosotros deberá sufrir para que todos podamos encontrar a Cristo.» Y yo fui el que sufrió. Me golpeó con una barra de hierro, en los brazos y en las piernas.

—No pudo contener las lágrimas, que cayeron sobre la mesa de formica. Se enjugó los ojos con la camisa—. Y luego me clavó los clavos en las manos y me desmayé.

—No tienes por qué revivir eso —dijo McCoy—. Si es demasiado, solo...

—Sí, tengo que hacerlo. —Gerry señaló a Wattie con un gesto de la cabeza—. Porque este tipo no cree lo que le he dicho.

Gerry se quitó el guante izquierdo y luego el derecho. Colocó las manos sobre la mesa, con las palmas hacia arriba. Había dos círculos oscuros en forma de cicatriz en el centro de cada palma, de un par de centímetros de diámetro. Eran de color púrpura, amoratados sobre su piel pálida.

—¿Me crees ahora? —le preguntó.

Cuarenta y cinco

Veinte minutos y otra ronda de tostadas después, Gerry empezó a recuperar la compostura. McCoy y Wattie lo dejaron allí, mojando su tostada en la taza de té, y salieron. Tenían que hablar, intentar entender lo que les había dicho sin que él los oyera.

—¿Y ahora qué hacemos? —preguntó Wattie.

—Iremos a hablar con el reverendo West. A ver qué tiene que decir.

—¿Sobre qué? —preguntó Wattie, haciéndose a un lado para dejar entrar en la cafetería a una joven con un inquieto niño pequeño que no dejaba de parlotear sobre un polo—. ¿La disparatada historia de un testigo poco fiable relacionada con algo que supuestamente ocurrió hace años? ¿Adónde podemos llegar con eso? Él no...

Wattie se detuvo. De repente, entendió.

—Oh, joder. Sigues pensando que hay un niño desaparecido, ¿no es cierto?

McCoy asintió.

—Tal vez exista una posibilidad...

—¿De qué? ¿De que West tuviera un hijo y lo mantuviera en secreto durante nueve años, para un día poder medio matarlo para mayor gloria de Dios sin que nadie lo supiera? ¿Estás loco, McCoy? ¡Esto es Glasgow, no la maldita selva! No podría hacer algo así. Es imposible.

—Solo quiero hacerle unas cuantas preguntas. —McCoy parecía más irritable de lo que pretendía.

—¿Y vas a utilizar lo que nos ha dicho ese chiflado de Gerry como excusa para hacerlo?

—Ya has visto sus manos. ¿Crees que miente?

—No lo sé —respondió Wattie—. Y tú tampoco. Joder, vete a saber qué pasó. Creo que ni él mismo lo sabe la mitad de las veces. Pero desde tu punto de vista te ha tocado la lotería. Otra excusa para meterte con alguien que no te cae bien y que, curiosamente, resulta ser un maldito pastor. Aún mejor. Ya te lo dije en alguna otra ocasión, McCoy, tienes que mirarte bien a ti mismo. Ver lo que realmente estás haciendo.

—¿Y qué es lo que estoy haciendo? —le preguntó McCoy, que empezaba a enfadarse.

—Intentas castigar a todos los pastores o sacerdotes con los que te cruzas por lo que te pasó cuando eras pequeño. Lo que estás haciendo ya ni siquiera es trabajo policial, es solo una venganza personal.

—¿Estás seguro de eso, sargento?

—Joder, pensaba que estabas por encima de esto. ¿Crees que por recordarme que eres el jefe harás que me calle? Odio decir esto, pero desde que llegamos a Possil te comportas como un capullo, igual que el resto de los cabrones de por aquí. —Se dispuso a marcharse, pero se dio la vuelta y se encaró a McCoy—. ¿Sabes qué? Quizás hayas encontrado tu comisaría ideal, después de todo. Dime una cosa, inspector McCoy: ¿cómo fue lo de intimidar a un testigo? Tú también le diste unas cuantas patadas, como Long, ¿verdad? Muy bonito.

—¿Cómo sabías que...?

—¿Que cómo lo sabía? ¡Porque no soy estúpido, Harry! La gente habla, y yo me quedo ahí sentado como un bobo mirando al vacío, y mientras tanto tengo que tragármelo todo.

—Hay una razón para que estuviera allí —dijo McCoy con la intención de calmarlo.

—Es posible que la haya. Pero no tengo ni idea porque ya no me cuentas nada.

A Wattie la cara se le estaba poniendo muy roja. Respiraba

con dificultad. Daba la impresión de que nada le habría gustado más que darle un puñetazo en la cara a McCoy.

—Déjame entrar y hacerle algunas preguntas a Gerry —dijo McCoy—. Permitiré que se vaya. Luego hablaré contigo. Hablaré contigo como es debido. Te contaré todo lo que ha pasado. ¿De acuerdo?

Wattie no contestó, seguía furioso. McCoy lo tomó como un sí y volvió a entrar en la cafetería.

Se sentó a la mesa enfrente de Gerry.

—¿Satisfecho?

Gerry asintió.

—Para variar.

—¿West tiene un hijo?

—No, que yo sepa. Pero mi madre y yo dejamos la iglesia hace diez años y nunca he vuelto. Podría tener uno, supongo.

—Mantén los ojos abiertos. Sigue diciéndole a la gente que no beba alcohol de garrafa. Búscanos a Liam o a mí si vuelve a ocurrir algo malo.

Dejó a Gerry allí con otra taza de té azucarado. Sabía que iba a tener que contárselo todo a Wattie, incluso las cosas que Murray le había pedido expresamente que no le contara. Se lo debía. Empujó la puerta de la cafetería para abrirla, iba a sugerirle ir a tomar una pinta, pero no había nadie a quien sugerírselo. Miró a un lado y al otro de la calle, pero Wattie se había largado.

Cuarenta y seis

—Acaba de irse —afirmó el sargento de guardia, alzando la mirada de su periódico—. Ha dicho que volvería en un par de horas.

—Mierda —replicó McCoy.

—¿No te lo dijo? Pensaba que vosotros dos erais uña y carne.

La puerta de la comisaría se abrió de golpe y apareció Hood. Incluso vestido de calle, con vaqueros y camisa de manga corta, seguía pareciendo policía. Llevaba una bolsa de deporte al hombro y el pelo mojado peinado hacia un lado.

—Señor...

—En ti estaba pensando —exclamó McCoy—. ¿Alguna noche has visto a ese tipo bajito, Gerry, cuando ayudas en los comedores sociales y esas cosas?

—Lo vi ayer —respondió Hood—. En la sede del Ejército de Salvación, junto al Clyde. Estaba en la fila. Eso es todo, creo.

—No cabe duda de que has cambiado de punto de vista —comentó McCoy.

Hood se encogió de hombros.

—Lowell es un buen tipo, le dije que le ayudaría como un favor, no hay más. Siguen siendo unos borrachos inútiles en lo que a mí respecta.

McCoy dejó que siguiera su camino y salió a la calle. Si Wattie se había marchado de la comisaría, debía de estar más cabreado de lo que pensaba. Seguramente, tardaría un par de horas en calmarse.

Ascendió la colina en dirección a la calle Whitburn. Se dijo que lo mejor sería hablar con West ese mismo día, para acabar de una vez con el tema. Costaba creer que Gerry hubiera dicho la verdad, pero su cuerpo no mentía: algo malo le había sucedido en algún momento. Si había sido cosa de West o no, era otro cantar.

Dejó atrás el cine Vogue y siguió caminando. Le agradaba la posibilidad de poder hablar con West sin que Wattie se enterara. Sus palabras habían dado en el blanco. Sin duda porque, al menos en parte, eran ciertas. Quizás se había vuelto loco y había empezado a ver a todos los curas o pastores como sospechosos, personas en las que era imposible confiar. Quizás estaba convirtiéndose en una especie de cazador de brujas moderno, como en la película. Tan absorto en sus propias convicciones que le resultaba imposible entender que él era el problema. Quizás.

West estaba en el jardín cuando llegó, en mangas de camisa y con la azada en la mano. Levantó los ojos cuando McCoy se acercó.

—Malas hierbas. Del jardín se encargaba Judith. Intentaba que no se echara a perder. ¿Es una visita de cortesía?

—Me temo que no.

West dejó la azada.

—En ese caso, será mejor que entremos.

McCoy se sentó a la mesa de la cocina mientras West preparaba té. La mesa estaba cubierta con montones de folletos, negros y rojos, todos con el mismo mensaje fatalista: «Sufre para conocer a Cristo». Qué divertido.

West apartó unos cuantos, dejó las dos tazas sobre la mesa y se sentó.

—Y bien, inspector, ¿qué puedo hacer por usted?

—He estado hablando con Gerry Lewis —dijo McCoy.

West puso los ojos en blanco, negó con la cabeza y sonrió. No era la reacción que McCoy esperaba.

—Vaya —repuso West—. ¿Qué he hecho esta vez?

Incluso cuando McCoy lo dijo, sonó ridículo.

—Dice que intentó crucificarlo.

—¿En serio? —West parecía realmente interesado—. Eso es nuevo. Hasta ahora afirmaba que le había roto la pierna. Estoy ascendiendo. —Dio un sorbo a su taza de té—. ¿Cuánto sabe usted sobre Bobby Lewis, inspector?

—¿Bobby?

—Sí, Bobby es su verdadero nombre. Mi segundo nombre es Jeremiah, su madre se lo cambió como una especie de homenaje.

—No lo entiendo.

West se reclinó en su silla.

—Déjeme intentar explicárselo. Elaine Lewis, su madre, es una persona muy problemática. Entró y salió de varias instituciones estatales antes de tener a Bobby. Si le soy sincero, opino que debería seguir en una de ellas. Empezó a venir a nuestra congregación hace muchos años. Creo que había pasado por otras antes de la nuestra. Testigos de Jehová, Hermanos de Plymouth... Al principio, era bastante sincera en su fe, bastante estable. Luego las cosas se descontrolaron.

—¿A qué se refiere?

—Ella malinterpretó la idea del sufrimiento, cómo percibimos el sufrimiento en nuestra iglesia. Entendemos el sufrimiento como la falta del amor de Dios, nada más. Se le metió en la cabeza, por algún motivo, que el sufrimiento era físico. Empezó a hacerse daño. Vino y me mostró las cicatrices en los brazos y la cabeza, donde se había estado cortando con una navaja. Pobre mujer, pensó que me alegraría. Dejó de comer durante días, solo bebía agua, la mayor parte del tiempo medio deliraba. Intenté ayudarla, pero su enfermedad escapaba a mis posibilidades.

—Pensaba que no creía usted en los psiquiatras, que las plegarias podían resolverlo todo.

—No creo en ellos, pero eso era diferente. No cabía duda de que algo le pasaba en el cerebro. No funcionaba correctamente. Necesitaba ayuda profesional de algún tipo.

—¿Y qué pasó entonces?

—Desapareció durante un par de años y pensé que ahí había

acabado nuestra relación. Supuse que se habría mudado a otra congregación. Pero luego volvió. —West estaba serio, incluso triste—. Tenía mucho mejor aspecto que antes, pero la razón era que había transferido toda su locura al pobre Bobby. Un día de enero, que hacía mucho frío, ella llamó a la puerta ataviada con un abrigo grande, con Bobby detrás de ella. Estaba escuálido. Tenía la cara gris, demacrada, y vendajes en ambos brazos. Ella me lo mostró como lo haría cualquier madre orgullosa de su hijo. Me comentó que estaba llevando a cabo la obra del Señor. —West se puso en pie, se acercó al armario y sacó una botella de whisky. Vertió un poco en ambas tazas—. Lo siento, no me gusta rememorarlo. —Sonrió—. Incluso un hombre de Dios necesita ayuda terrenal de vez en cuando. De todos modos, mi cara debió de resultar muy expresiva. Estaba horrorizado, no pude ocultarlo. Intenté que entrara para poder ayudar al niño, pero ella notó que algo iba mal. Lo tomó en brazos, debía de pesar muy poco, y salió corriendo. Llamé a la policía, pero no me ayudaron mucho. Me dijeron que hablara con Servicios Sociales, y eso fue lo que hice, pero no sirvió de nada. Por lo visto, Elaine y su hijo habían vuelto a desaparecer. —Otro sorbo de té—. Y eso fue todo, hasta hace un par de años. Un domingo, alcé la vista del altar y vi a Bobby Lewis sentado en un banco.

—¿Habló con él?

West asintió.

—Me contó que había perdido el contacto con su madre, que creía que estaba en una institución, y que vivía en la calle. Le di unas libras y le dije que siempre sería bienvenido en la iglesia. Obviamente, eso no fue suficiente para él. Volvió a la semana siguiente, pero en esa ocasión se quedó fuera de la iglesia, diciéndole a la congregación que no entrara, que yo era un hombre malvado y que le había hecho daño. Durante varias semanas siguió haciéndolo, todos los domingos, y luego desapareció de nuevo.

—¿Y nunca le hizo daño?

—Soy un hombre de Dios. ¿Por qué iba a hacer algo así? La única persona que conozco que le hizo daño fue su madre.

—Tiene unas cicatrices horribles en las palmas de las manos —dijo McCoy.

—No sé nada de eso. Supongo que él o su madre serán los responsables.

—¿Cree que pudo autolesionarse?

—Verá, no quiero hablar mal de un joven que claramente está perturbado, que lucha con la vida, pero Bobby a veces dice y hace cosas para llamar la atención, para conseguir aceptación. Fue protagonista de algunos altercados cuando era más joven.

—¿Qué tipo de altercados?

—La primera vez, fue jugando con otros niños en la parte trasera de la iglesia. Apareció allí con Simon, un niño de unos dos años, en brazos. Simon lloraba y tenía un corte en la cabeza por donde sangraba. Bobby afirmó que un niño malo de las casas de enfrente le había tirado una piedra y que él lo había ahuyentado. Como es lógico, los miembros de la congregación lo felicitaron por semejante acto de valentía, por haber salvado a Simon.

—Pero...

—Un par de días después, Andrea, una niña muy tímida, le contó a su madre que había visto a Bobby golpear él mismo a Simon con la piedra. Se había inventado toda la historia.

McCoy se reclinó en su silla. No quería admitirlo, pero lo que decía West parecía razonable.

—¿Lo ha visto últimamente?

West negó con la cabeza.

—Pero creo que está haciendo de las suyas. Vino a uno de nuestros comedores sociales hace un par de meses. Le dijo a Judith que yo le había roto la pierna cuando era más joven. Y luego Bill, un miembro de nuestra congregación, se encontró con él en la calle. Bobby le dijo a Bill que estaba trabajando para la policía en un caso de alto secreto. Que le habían pedido que los ayudara a resolver una serie de asesinatos. Y que si lo hacía bien, iban a ofrecerle un trabajo de verdad.

McCoy dejó a West sentado a la mesa de la cocina, todavía sorbiendo su té. Salió de la casa y ascendió por el sendero. La historia de West tenía más sentido que la de Gerry. Por lo visto, Wattie estaba en lo cierto: Gerry y sus historias le habían cegado, ansioso por creerle.

Se detuvo en la puerta, sacó su paquete de cigarrillos y encendió uno. Se preguntó hasta qué punto Gerry ansiaba ser el centro de atención, ser importante. ¿Le habría llevado su ansia a envenenar a aquellos borrachos para fingir después que los había encontrado por casualidad? No parecía una posibilidad del todo inverosímil. A lo mejor, Wattie debería intentarlo de nuevo con él.

Salió por la puerta y se dio la vuelta para cerrarla tras de sí. Vio un atisbo de movimiento en la ventana del desván de la casa de West. ¿Alguien caminando por la habitación? Se detuvo, esperó un rato para ver si volvía a ver algo, pero la supuesta figura no apareció.

Debían de haber sido imaginaciones suyas.

Cuarenta y siete

—A ver si lo entiendo —dijo Wattie, contando con los dedos—. Duncan Kent va detrás de alguien que le jodió, Gerry ha estado contando chorradas y nosotros estamos aquí en una misión encubierta para averiguar hasta qué punto es corrupto Long, ¿no? ¿Es eso?

—Más o menos —reconoció McCoy.

—Entonces, ¿por qué no me dijiste desde el primer momento por qué veníamos aquí?

Era la pregunta que McCoy esperaba que no le hiciese.

—Murray pensó que sería mejor que aportásemos puntos de vista diferentes. Yo buscando problemas aquí y tú siendo normal, fijándote en si algo llamaba la atención.

Como mentira no resultaba muy convincente, pero Wattie dio la impresión de aceptarla.

No había regresado hasta el final de la jornada. Todavía parecía un poco enfadado con McCoy, pero al menos había decidido hablarle de nuevo. Habían ido al Glen Douglas a tomar una pinta y McCoy había soltado la lengua tal como le había prometido.

—¿Seguro que no hay nada más? ¿Rossi es un extraterrestre? ¿Te ha tocado la lotería? ¿Nos trasladan a Edimburgo?

—Muy gracioso. No, eso es todo.

—Entonces, ¿en qué punto estamos?

—No mucho más lejos de donde estábamos antes. Podemos ir a ver a Kent, pero eso va a ser un callejón sin salida. Kent puede decir, perfectamente, que no tiene ni idea de ningún certificado de nacimiento, y con eso le valdría. No se espera que Norma McGregor vaya a aguantar mucho más, no hay ninguna posibilidad de que recupere la conciencia, el asesinato de Malky McCormack quedará sin resolver y el mundo seguirá adelante. Todavía no sabemos quién está envenenando a los desamparados...

—Si es que los están envenenando.

—Y tengo que conseguir más pruebas contra Long, no únicamente el dinero de la cerveza de los viernes. No puedo usar al viejo, porque sería mi palabra contra la suya. Además, el viejo estará demasiado asustado para confesar nada.

—Genial —dijo Wattie—. Entonces, todo va bien. ¿Otra pinta?

Se puso en pie y se abrió paso hacia la barra entre las mesas de los bebedores de la hora del té. El Glen Douglas era uno de esos pubs en los que siempre parecía que pasaban cosas. Gente susurrando en las esquinas, gente mirando la puerta y fingiendo no hacerlo. Sin duda, habría corrido la voz de que había dos policías en cuanto llegaron.

—En cualquier caso, ¿adónde fuiste? —preguntó McCoy cuando Wattie volvió con las bebidas.

—Estuve paseando —respondió Wattie, sentándose—. Luego fui a ver a Lowell al Ejército de Salvación.

—¿Para qué fuiste a verlo?

Wattie le dio un trago a su pinta y se hizo con un cigarrillo del paquete de McCoy que estaba sobre la mesa.

—Acabé allí sin darme cuenta, así que pensé que estaría bien saber si había oído algo.

—¿Y había oído algo?

Wattie negó con la cabeza, se limpió el bigote de espuma y se metió el cigarrillo en la boca.

—No, pero me dijo que creía que la advertencia de no beber aguardiente de garrafa había hecho efecto. La mayoría de los tipos con los que habló sabían que tenían que andarse con cuidado.

—Eso no está mal —dijo McCoy—. ¿Quién sabe? Tal vez fue solo una remesa de mala calidad y ya se acabó.

—Esperemos que sí. Entonces, ¿qué hacemos con Long?

—No creo que pueda hacer gran cosa, tengo que esperar a que acuda a mí. No puedo parecer demasiado interesado.

—¿Crees que lo hará?

McCoy se encogió de hombros.

—Espero que sí, joder. Cuanto antes lo haga y disponga de algo concreto para Murray, antes podremos largarnos de aquí.

Wattie dio cuenta del resto de su pinta. Señaló con la cabeza hacia la media pinta que quedaba en el vaso de McCoy.

—Bébete eso y te llevo a casa. El cabroncete de mi hijo ya debería estar dormido.

Wattie dejó a McCoy en Dumbarton Road, al final de su calle. Quería hacer pis y esa fue la excusa de la que echó mano para entrar en el Victoria en lugar de ascender la colina. Abrió la puerta, saludó a Jimmy, que estaba detrás de la barra, y se dirigió a los baños. Salió un minuto después y se sentó a la barra, estaba a punto de llevarse la pinta a los labios cuando oyó una voz a su espalda.

—Dijeron que podría encontrarte aquí. —Se dio la vuelta. Long estaba allí de pie, con las llaves del coche en la mano—. Vamos —dijo—, tenemos trabajo que hacer.

Cuarenta y ocho

Conducía Long. No le dijo a McCoy adónde iban. Lo cierto es que no abrió la boca. Mantuvo la vista fija en la carretera, con un cigarrillo en la comisura de los labios. Atravesaron el West End y ascendieron hacia Maryhill. Había empezado a llover ligeramente, lo que difuminaba las luces de la calle. Long puso en marcha los limpiaparabrisas. Un suave vaivén.

—¿Qué vamos a hacer? —preguntó McCoy.

—Te lo diré cuando lleguemos.

McCoy se rindió, apoyó la cabeza en la ventanilla del coche y observó cómo el mundo iba quedando atrás. De vez en cuando, un atisbo enfocado de la calle mientras la lluvia corría por la ventanilla. Olía al perfume de Long y se oía un tranquilo intercambio en la radio de la policía.

Veinte minutos más tarde, llegaron a Lambhill. Long pasó por delante de la iglesia de Santa Inés, redujo la velocidad y dio marcha atrás para entrar en un estrecho sendero que conducía a un garaje. Encima de la entrada, un cartel rezaba: ¡LA REVISIÓN PARA LA INSPECCIÓN MÁS BARATA! Resultaban prácticamente invisibles para el tráfico que circulaba por su lado, tras unos arbustos y un gran castaño, pero ellos tenían una clara perspectiva de la hilera de tiendas al otro lado de la calle.

Long señaló:

—¿Ves esa oficina de correos? Por eso estamos aquí. Esta noche cierra el dueño, pero se queda dentro trabajando hasta tarde.

—De acuerdo —dijo McCoy.

—Y esta noche van a asaltarla.

A McCoy se le revolvió el estómago, se vio a sí mismo con una escopeta recortada amenazando a un jubilado aterrorizado.

—¿Quién va a hacerlo?

—No necesitas saberlo.

—Entendido. —McCoy dejó escapar un suspiro de alivio. Long señaló de nuevo la oficina de correos.

—El viejo de ahí dentro no es tonto. Tiene un botón de alarma debajo del mostrador y, en cuanto entren, va a intentar pulsarlo. Si lo hace, ahí es donde entramos nosotros.

McCoy asintió, aunque no estaba muy seguro de lo que estaba pasando.

—Si lo hace, habrá una llamada por radio avisando de que se está produciendo un atraco. Nos aseguramos de contestar los primeros y de decir que estamos cerca, que podemos llegar allí en dos minutos.

—¿Entonces entramos?

—No —respondió Long—. Nos quedamos aquí sentados hasta que se hayan ido.

—¿Y decimos que vamos de camino para que no acuda nadie más?

—Exacto. No es culpa nuestra si llegamos demasiado tarde, ¿verdad? —Long comprobó la hora en su reloj—. Diez minutos.

McCoy se había fumado un cigarrillo, había visto un perro olfateando un cubo de basura volcado y a unos niños pasar en bicicleta, todo ello presidido por la inquietud que le agarrotaba el estómago. Estaba a punto de encender otro pitillo, cuando Long se enderezó en su asiento.

—Allá vamos.

Un Ford Cortina familiar azul marino que ascendía desde Cadder se detuvo frente a la oficina de correos. Las puertas traseras se abrieron y salieron dos hombres vestidos con ropa oscura y pasamontañas que corrieron hacia la entrada de la oficina de correos. Sujetaban las escopetas recortadas verticalmente, pegadas a sus cuerpos. McCoy no pudo ver lo que sucedió a continuación, pero unos segundos después se abrió la puerta y desaparecieron en el interior.

—No deberían tardar mucho —dijo Long. Se inclinó y subió el volumen de la radio de la policía.

No tardaron. Unos segundos después, la radio cobró vida.

—«Posible robo en la oficina de correos de Lambhill. Necesitamos que una unidad responda de inmediato.»

Long contó hasta tres y descolgó el auricular.

—Cuatro dos azul. Estamos en Balmore Road. Llegaremos en menos de dos minutos. Lo tenemos controlado. Corto.

—«Recibido. Corto.»

Long colgó el auricular.

El Ford Cortina había dado la vuelta y ahora estaba aparcado frente a la oficina de correos, de espaldas a Cadder. Era una gran urbanización, resultaría fácil perderse entre aquel marasmo de calles que parecían iguales, en caso de haber una persecución.

McCoy lo oyó antes que Long. Se enderezó.

—¿Qué ha sido eso?

—¿Qué ha sido qué? —preguntó Long, y luego él también lo oyó. Una sirena de policía lejana. Cada vez se oía con más fuerza.

Cuarenta y nueve

Long se puso lívido.

—¿Quién coño son esos? No deberían estar aquí.

—A lo mejor solo pasaban por aquí y decidieron ayudar —dijo McCoy—. Tal vez deberíamos...

—¡Joder! —Long arrancó el motor, metió la marcha, pisó el acelerador y salieron disparados. McCoy topó contra la ventanilla cuando Long encendió la sirena y las luces. Apenas tuvo tiempo de darse cuenta de lo que había pasado cuando Long enfocó el coche directamente hacia el Ford Cortina, pisó el acelerador con fuerza y gritó:

—¡Cuidado!

McCoy pudo ver al conductor del Ford Cortina levantar los brazos por encima de la cara. Apoyó las piernas contra el suelo y se vio arrojado hacia delante cuando embistieron de frente el vehículo. McCoy no logró alzar las manos a tiempo, la cabeza rebotó contra el salpicadero antes de rebotar de nuevo contra su asiento.

—¿Estás bien? —le preguntó Long.

McCoy se llevó la mano a la cara. Sangre húmeda y caliente.

El hombre del Ford Cortina estaba desplomado en su asiento, con los ojos cerrados y sangre tiñendo su cabeza. La sirena sonaba con más fuerza, el coche patrulla se acercaba. Estaban casi frente a la oficina de correos cuando se oyó un estruendo sordo proveniente del interior y el panel de vidrio de la puerta explotó, arrojándoles fragmentos de cristal. McCoy se volvió hacia Long y gritó:

—Tengo que...

No pudo acabar la frase antes de que Long se lanzase hacia él como si estuvieran jugando al rugby. Lo tumbó en el suelo justo antes de que se produjese una segunda explosión, más fuerte que la primera, y algo silbó sobre sus cabezas e impactó contra el Ford Cortina, doblando la puerta del coche y provocando docenas de pequeños agujeros. McCoy rodó hacia atrás sobre la calzada, se puso en pie y corrió a protegerse tras el Ford Cortina. Long intentó ponerse en pie, pero resbaló, cayó y soltó un fuerte gemido cuando sus manos se apoyaron en los cristales rotos.

La puerta de la oficina de correos se abrió de golpe y aparecieron los dos hombres con las armas en alto.

La sirena se oía cada vez con más intensidad. El primer hombre vio el Cortina destrozado y el ruido del coche de policía que se acercaba. Apuntó con el arma a la cabeza de Long.

—¡Corred! —gritó McCoy—. Todavía estáis a tiempo.

El hombre armado lo miró.

—¡Marchaos! —gritó McCoy por encima de la sirena.

Y eso hicieron. Salieron de la oficina de correos con bolsas y pistolas y echaron a correr hacia la parte trasera de las tiendas, en dirección al laberinto de calles de Cadder.

El coche patrulla se detuvo junto al Ford Cortina y de él bajaron tres agentes. Uno corrió hacia McCoy y le preguntó si estaba bien. McCoy se limpió la sangre de la cara y le dijo que sí. Pudo ver a otro agente arrodillado junto a Long, que tenía las manos cubiertas de sangre; pudo apreciar incluso el cristal que sobresalía de una de ellas. Entonces se oyó otra sirena, de una ambulancia, y también el crepitar de las radios de los coches.

El viejo de la oficina de correos salió por la puerta destrozada, se quedó allí de pie con su chaqueta y sus zapatillas, la cara completamente pálida, como si estuviera a punto de desmayarse. El tercer agente le rodeó con el brazo y lo sentó en el bordillo de la acera.

La ambulancia se detuvo, salieron de ellas dos médicos y corrieron hacia Long. McCoy se apoyó en el lateral del coche de policía destrozado, sacó su paquete de cigarrillos, pero no fue capaz de encender una cerilla, las manos le temblaban demasiado. Lo dejó correr. Cerró los ojos, escuchó las sirenas y los gritos y los lamentos del viejo y se preguntó cómo coño se había metido en semejante lío.

Cincuenta

McCoy bostezó, rebuscó en los bolsillos y se percató de que se había quedado sin cigarrillos. Maldijo. Se palpó la frente, ya le estaba saliendo un chichón. Miró el reloj. Las once y cuarto. El médico había dicho que a Long le quedaba una media hora, más o menos, y eso había sido a las diez y media. Lo que fuera necesario. Se acercó a la parada de autobús frente al Royal y le preguntó a un hombre felizmente borracho si podía darle un cigarrillo. El hombre accedió, McCoy le dio las gracias y regresó a la entrada de Urgencias.

Había prestado declaración en la comisaría hacía una hora. Long había tenido que hacerlo en el hospital mientras le cosían las manos. Lo último que le dijo a McCoy antes de que lo montaran en la ambulancia fue: «Cíñete a la historia».

Así lo hizo. McCoy mintió sin reparo alguno. Les dijo a los agentes que estaban de camino a Cadder para encontrarse con un informante, cuando se produjo la llamada. Respondieron de inmediato y se dirigieron a la oficina de correos. Tomaron la rápida decisión de inmovilizar el coche que iba a darse a la fuga y luego se enfrentaron a los ladrones. Tuvieron suerte de escapar con heridas leves.

Eran héroes.

El conductor del coche siniestrado seguía inconsciente, custodiado por policías en el Western. Los dos hombres armados se habían perdido en las callejuelas de Cadder, pero ahora ese problema correspondía a otros. Los agentes que hablaron con McCoy lo despidieron entre felicitaciones, barajando la posibilidad de que lo condecorasen con una medalla al valor.

McCoy salió de allí a toda prisa. Rechazó la oferta de un whisky de celebración con los chicos en la comisaría. Dijo que necesitaba irse a casa, dormir un poco. Más mentiras.

Las puertas dobles de Urgencias se abrieron de par en par y salió Long. Su mano izquierda estaba cubierta por un gran guante de vendas, y la derecha mostraba los puntos de sutura, bajo el esparadrapo y las tiritas. Caminó hacia McCoy, con gesto de preocupación.

—Me he ceñido a la historia —dijo McCoy antes de que se lo preguntara.

—Buen chico —dijo Long, aliviado. Alzó las manos vendadas—. Dios. Necesito un trago.

Bajaron la colina y giraron por la calle Duke. McCoy señaló un edificio bajo sin ventanas junto a los pisos altos. El Lamppost.

—Si lo rodeamos por detrás, Big Al debería dejarnos entrar.

—Esperemos que sí. Empiezan a dolerme mucho las manos.

—¿Te han dado algo en el hospital?

Long hizo una mueca. Asintió.

—Fuera lo que fuese, el efecto está empezando a desaparecer.

Llegaron a la parte trasera del pub abriéndose paso entre barriles de metal y cajas de botellas vacías. McCoy llamó tres veces a la puerta.

—Para ti esto es algo normal, ¿verdad? —preguntó Long.

—Lo era cuando vivía en la calle Castle, hace ya unos años. Espero que Big Al siga aquí.

Se apartaron al oír el ruido de cerrojos al girar. La puerta se abrió un poco y apareció una cabeza.

—Joder —dijo Big Al—. Creía que ahora vivías en el West End.

—Así es —dijo McCoy—. Soy demasiado bueno para un antro como este, pero no he tenido más remedio.

Big Al abrió la puerta. A McCoy le pareció que llevaba la misma ropa que vestía la última vez que lo vio. Pantalones de traje, mocasines negros y una camisa azul con las mangas remangadas. QUE LE DEN AL PAPA escrito con tinta azul en uno de sus brazos. NUNCA TE RINDAS en el otro. Hizo una reverencia.

—Bienvenido a mi humilde morada —les saludó—. Aunque seas un sucio papista.

Long se dispuso a entrar, pero McCoy lo detuvo.

—Gracias —le dijo—. Por lo de la oficina de correos. Si no me hubieras echado al suelo tan rápido, es probable que ahora no estuviera aquí.

—Soy policía. Nos preparan para esas cosas —dijo Long. Sonrió con tristeza—. Yo no era mala persona, antaño, antes de que todo se fuera a la mierda.

Cincuenta y uno

—¿Rossi? —dijo McCoy—. No puede ser.

Long se recostó en su silla y asintió. Estaban en un rincón del pub, sentados bajo unos apliques de latón, que daban una luz muy tenue por si pasaba la policía. Ya se habían tomado unos cuantos whiskies. McCoy le había dado a Big Al un billete de veinte para que siguiera sirviéndoles.

McCoy negó con la cabeza, incrédulo.

—¿Ese mierdecilla está al mando?

Long tragó saliva con un trago de whisky.

—Todo empezó justo después de que yo llegara a la comisaría de Possil. Comencé a cubrir todos los turnos que podía, para mantener a la familia que tenía en el sur y a la nueva que estaba en camino. Rossi no tardó en darse cuenta de que siempre estaba buscando dinero. Así que la cosa empezó como hiciste tú.

—¿Con el Club de los Viernes?

Long asintió.

—Dinero para cerveza y poder ahorrar unas pocas libras. Sabía que no estaba bien, pero no parecía hacerle mucho daño a nadie. Dejar que las tiendas para adultos permanecieran abiertas, mirar hacia otro lado en hoteles como el Arlington. Pero era la punta del iceberg. Una vez que empiezas a conseguir dinero por nada, puedes convencerte a ti mismo de que casi cualquier cosa que hagas está bien. —Sonrió—. Así fue para mí.

—¿Qué pasó?

Tragó saliva y se tomó otro whisky. Se estremeció cuando notó el dolor en la mano.

—Rossi se me acercó, me dijo que tenía algo que proponerme, que necesitaba que le hiciese un favor a un amigo suyo.

—Déjame adivinar —dijo McCoy—. ¿Archie Andrews?

Asintió.

—Un tipo iba a salir de la cárcel y Andrews quería que volviese a entrar. El día después de que saliera, Rossi y yo fuimos a su piso y, por arte de magia, encontramos un revólver en el cajón de su dormitorio. El tipo le dijo a todo el que quiso escucharle que alguien lo había puesto allí, pero nadie le creyó. Era su palabra contra la de dos honestos agentes de la ley. La semana siguiente, recibimos cincuenta libras por correo. —Long tomó otro trago. No daba la impresión de querer seguir hablando, pero tal vez necesitaba contárselo a alguien—. Un par de meses después, le dije a Rossi que lo dejaba, que me retiraba. Me dijo que las cosas no funcionaban de ese modo. Que estaba trabajando para Archie Andrews, no para la policía. Le dije que se fuera a la mierda. Pensé que ahí acababa todo. Hasta que... —Se quedó callado, mirando al vacío.

—¿Hasta qué?

—Hasta que al día siguiente entró en mi despacho, cerró la puerta y sacó un sobre marrón.

—¿Qué había dentro?

—Fotos —dijo Long—. Fotos mías de todos los trabajos que habíamos hecho. Quienquiera que hubiese tras la cámara sabía lo que hacía, se las arregló para que solo saliera yo, no Rossi. Un archivo completo de todas las cosas ilegales que había hecho por dinero.

—Virgen santa.

—Y luego la cosa fue peor. Sacó otro sobre. Más fotos, esta vez de mis hijos: en el sur, esperando en la parada del autobús para ir a la escuela, jugando en el jardín. Rossi me dejó muy claro que, si no seguía cooperando, entregaría esas fotos en la calle Pitt o bien podría pasarles algo a mis hijos.

—Qué cabrón.

—Y qué idiota fui al caer directo en la trampa. —Long tomó otro trago y sonrió—. Así que, como puedes ver, McCoy, estoy jodido. Realmente jodido.

McCoy entendió a la perfección lo que le decía. Long estaba atrapado entre la espada y la pared. Pero había algo de lo que no estaba tan seguro. Tenía que preguntarle.

—¿Por qué me cuentas esto?

Long suspiró. Se pellizcó uno de los puntos de sutura de la mano.

—Porque siempre he oído decir que eras un buen policía, que no se te daba bien jugar en equipo, pero que eras un tipo decente. Aún estás a tiempo de dejar esto antes de que Rossi te clave sus garras. Tendrías que hacerlo. Que no te pase lo que me pasó a mí.

—Todavía no me hago a la idea de que Rossi esté detrás de todo.

—Creció en la misma calle que Andrews. Son como hermanos siameses. El trato les conviene a ambos. Andrews se mete a unos cuantos polis en el bolsillo y Rossi obtiene protección.

McCoy no quiso pensar en lo familiar que le sonaba esa situación.

Big Al apareció con una botella vacía de Bell's en la mano.

—Muy bien, caballeros, ya os habéis acabado la botella y yo tengo que echarme un sueñecito. Así que largaos.

McCoy metió a Long en un taxi y comenzó a andar por la calle High en busca de otro para él. Sintió lástima por aquel hombre. Había hecho un par de movimientos en falso y ahora su destino estaba en manos de dos cabrones como Rossi y Andrews. ¿Qué acabaría pasándole? O McCoy se chivaba a Murray de Long y daba con sus huesos en la cárcel durante una larga temporada, o Andrews y Rossi lo desangraban hasta no poder más. El pobre bastardo no tenía muchas opciones.

Se detuvo, encendió un cigarrillo y vio un zorro cruzar la calle, con la cabeza erguida, olfateando algo.

Pero había otra cosa que Long le había dicho y que le estaba carcomiendo. ¿Era eso realmente en lo que se había convertido? ¿Era él el Rossi de Stevie Cooper? No quería creerlo, pero sabía cómo podía verse su posición desde fuera. ¿Qué estaba haciendo, si no? Ayudaba a Cooper a relevar a Andrews. Tenía que admitir que no había tanta diferencia.

Vio un taxi, silbó y este dio la vuelta.

Iba a tener que hacer algo con Rossi antes de que el traslado a Possil acabara siendo la peor jugada de su vida. Si Rossi recibía presiones desde arriba, se resistiría, opondría resistencia y daría nombres. Murray había dejado muy claro que McCoy estaba allí para observar e informar, nada más. Al parecer, nada iba a ser tan fácil como había pensado, especialmente en ese momento, en el que intentaban arrastrarlo, asegurarse de que fuera uno más. McCoy pensó en el viejo al que le dieron un puñetazo en el estómago, pensó en la oficina de correos. Sabía que uno de los primeros nombres que soltaría Rossi sería el suyo.

Jueves
19 de junio de 1975

Cincuenta y dos

McCoy todavía tenía los ojos empañados cuando se sentó a su escritorio. Le dolía el estómago y un fuerte dolor de cabeza estaba instalándose detrás de sus ojos. Se lo había ganado a pulso, se dijo: demasiado whisky.

Bostezó, agarró el teléfono y marcó el número de la oficina de Duncan Kent. La misma secretaria maleducada. No, el señor Kent no podía recibirlo hoy, tenía varias reuniones seguidas.

—¿Mañana?

—Lo mismo, me temo —dijo ella, con un tono de voz que denotaba una clara satisfacción.

Eso fue lo que le hizo perder los estribos a McCoy.

—Muy bien. Dígale al muy ocupado señor Kent que tengo en mi poder un certificado de nacimiento que podría interesarle.

Colgó el teléfono. Se arrepintió de inmediato. Había mostrado sus cartas sin motivo alguno. Uno de los peligros de trabajar con resaca: reaccionar demasiado rápido, irritarse. Ahora ya no podía hacer nada al respecto.

La mañana avanzaba muy despacio. McCoy estaba centrado en lidiar con su resaca, tomó notas inútiles, ordenó algunos papeles viejos. Cogió un vaso de la cocina, lo llenó con agua del grifo y se lo llevó a su escritorio. Se bebió la mitad de un trago. Se sintió algo mejor.

—¿Qué has hecho en toda la mañana? —preguntó Wattie al entrar en la comisaría.

—Esforzarme por no vomitar —dijo McCoy—. ¿Y tú?

—Un montón de mierda. Comprar una tarta y bolsas de la suerte para la fiesta de los niños. Vendrás, ¿verdad?

—No me lo perdería por nada del mundo —respondió McCoy, pensando ya en cómo hacer que su aparición fuera lo más breve posible.

—Buen chico. Te guardaré una bolsita de la suerte. Mi hijo ya está como una moto, intuye que algo pasa. A saber cómo se portará mañana.

—Parece que Duncan Kent tiene una reunión tras otra hasta el fin de los tiempos. No puede vernos.

—Menuda sorpresa —dijo Wattie—. Me da la impresión de que llevamos todas las de perder en ese asunto.

—Tiene toda la pinta.

—¿Qué es eso que he oído sobre ti y Long frustrando el crimen del siglo anoche? ¿Me invitas a comer y me lo cuentas todo? Me muero de hambre.

McCoy estaba a punto de sugerir que fueran al centro a comprar algo, cuando sonó su teléfono. Respondió. Era el sargento de guardia, que le dijo que había alguien en la entrada que quería hablar con él y colgó antes de que pudiera preguntar de quién se trataba.

—Debe de ser mi padre —dijo—. ¿Te apetece conocerlo?

Wattie negó con la cabeza.

—No después de lo que Murray me dijo de él. Lo más probable es que quisiera darle un puñetazo.

—Me parece bien —dijo McCoy—. No tardaré.

Llegó a la entrada de la comisaría y se detuvo en seco. No era su padre. Era la elegantísima Kathy Kent, la esposa de Duncan Kent. Iba vestida de punta en blanco: traje azul claro, guantes, zapatos de tacón y bolso del mismo color tostado, maquillaje inmaculado.

—¿Señor McCoy? —preguntó—. ¿Podemos hablar?

Cincuenta y tres

Salieron de la comisaría al sol del mediodía, un sol que se reflejaba en un Daimler negro aparcado al otro lado de la calle, rodeado de una multitud de niños curiosos. El chófer salió del asiento delantero y mantuvo abierta la puerta trasera.

—Está de broma, ¿verdad? —exclamó McCoy.

—No sé conducir —dijo ella—. ¿Qué quiere que haga? ¿Que vaya en autobús?

—Supongo que no.

Cinco minutos más tarde, McCoy estaba sentado en el asiento trasero del coche y recorrían la calle Saracen en dirección al centro. El coche era nuevo y aún olía a cuero y cera. Apretó un botón y la ventanilla se deslizó hacia abajo. Nunca había visto algo así antes.

—¿Almorzamos? —le preguntó Kathy Kent—. ¿Tiene hambre?

McCoy no pudo evitar asentir.

Ella se inclinó hacia delante y se dirigió al conductor.

—George, ¿puedes llevarnos al Ubiquitous Chip?

Un movimiento de cabeza en el espejo retrovisor.

—¿Ha estado alguna vez? Es un buen sitio.

McCoy negó con la cabeza. Sin embargo, conocía ese restaurante, Margo sí había estado. Era un sitio nuevo cerca de Byres Road, donde, curiosamente, servían comida escocesa. No tartas y judías y pescado frito, sino gambas y venado, esa clase de cosas. El tipo de comida escocesa que los escoceses nunca comían.

—¿Por qué tenemos que hablar? —preguntó McCoy mientras recorrían Great Western Road.

—¿Le importa si esperamos hasta llegar allí? —dijo Kathy Kent—. Es una larga historia y necesito una copa de vino en la mano para contársela.

Diez minutos después, ella tenía una copa de sauvignon blanc en la mano y McCoy una pinta de Bass en la suya. Se encontraban en una suerte de patio cubierto. Mesas y sillas preparadas, con manteles y servilletas. Había un estanque de peces rodeado de plantas en la entrada, y también plantas pintadas en las paredes. McCoy había pedido sopa de pescado, pensó que sería bueno para su estómago. Kathy Kent había pedido langostinos con mantequilla de ajo, fuera eso lo que fuera. La clientela parecía salida de la universidad o de la BBC. Todos con chaquetas de tweed, barbas y expresión seria. Las camareras tenían pinta de ser estudiantes. Nada de vestidos negros o gorros blancos con volantes: no habrían sabido lo que era un servicio de plata ni aunque se lo hubiesen puesto delante de sus narices. Comentaban de dónde procedía la comida, de este lago o de aquella granja. No se parecían en nada al personal del Rogano.

McCoy dejó la pinta y se volvió hacia Kathy Kent. Era muy guapa. Pelo y ojos oscuros, piel pálida. Pero su mirada era cortante, no se dejaba intimidar. Era hora de averiguar por qué había ido a buscarlo.

—¿Sabe su marido que está aquí?

Sonrió.

—Si lo supiera, se habría presentado para sacarme a rastras. Esta visita es cosa mía.

—Esta mañana, le dije a su marido que tenía un certificado de nacimiento. ¿Es por eso por lo que vamos a tener esta charla?

Ella asintió.

—Por dónde empiezo..., por dónde empiezo... —Sacó un paquete de Dunhill y un mechero dorado. Prendió el mechero—. ¿Puedo confiar en usted, señor McCoy?

Él asintió.

—No me refiero solo a no irle con el cuento a mi marido, sino a guardar un secreto muy importante.

Él volvió a asentir y ella sonrió.

—Bien. No creí que fuera usted de los que van por ahí contando chismes. —Le dio un sorbo a su copa de vino—. La razón por la que se lo pregunto es porque estoy a punto de contarle algo que podría arruinarme la vida a mí, arruinársela a mi marido, y echar por tierra todo lo que hemos construido estos últimos diez años.

McCoy se reclinó en su silla.

—En ese caso, ¿está segura de que quiere contármelo? Soy policía. No puedo mantenerlo todo en secreto.

—Debo hacerlo, señor McCoy. No tengo elección. Tengo que tirar los dados y ver qué pasa.

—No sé si la entiendo. ¿Por qué hay tanto en juego?

—Quizás deberíamos empezar por el principio. ¿Recuerda el asesinato de aquella niña en Dundee a mediados de los años cincuenta? ¿Josie Barr?

¿Cómo no iba a recordarlo? Nadie lo olvidaría jamás. Estrangularon a una niña de seis años y dejaron su cuerpo en un parque infantil. La asesinó otra niña, su vecina Fiona Thomson. La prensa enloqueció. El demonio está entre nosotros, la mala hierba, esa clase de comentarios. Hombres y mujeres fuera del tribunal gritando a favor de que ahorcasen a Fiona Thomson. De repente, se detuvo. Miró fijamente a Kathy Kent.

—¿Qué pretende decirme?

—Fui yo. Soy Fiona Thomson.

Cincuenta y cuatro

—Vivíamos al pie de Law Hill. Mi madre y yo. Una habitación individual con una cama plegable. Sin baño, sin agua caliente, con el papel pintado despegado y un olor a humedad constante. Ahí es donde mi madre solía «divertirse», como ella decía.

Kathy Kent ya no miraba a McCoy. Miraba por encima de su cabeza, centrada en su historia, perdida en el pasado.

—Cuando tenía unos cinco o seis años, empecé a participar en esos divertimentos. Los hombres tenían que pagar más por eso, así que mi madre siempre insistía. Yo dormía en el sofá y ella me despertaba. «Vamos, cariño, es hora de jugar a un jueguecito», decía. —Dio un sorbo a su vino, con las manos temblorosas—. Pronto dejé de ir a la escuela, me quedaba en la habitación ayudando a mi madre con su trabajo. Poco a poco, esa habitación y todo lo que ocurría en ella se convirtieron en mi mundo.

—Eso es horrible —dijo McCoy—. Lo siento.

Ella se encogió de hombros.

—Cuando eso es todo lo que conoces, no tienes idea de nada más. —Dejó la copa y lo miró—. No quería matar a esa niña, se lo aseguro.

—¿No?

—Fue uno de los raros días en que salí de la habitación. Estaba jugando con Josie, abajo, en los columpios y, de repente, ella empezó a gritarme, a insultarme, insultaba a mi madre. Le pedí que parara, no quería que los otros niños oyeran lo que decía de mi madre, pero no se callaba. Seguía gritándome, lla-

258

mándome puta asquerosa, cosas por el estilo. —Miró a McCoy a los ojos—. Así que le puse las manos alrededor del cuello y apreté hasta que se detuvo. No pensé que la había matado. A decir verdad, no sabía lo que estaba haciendo. Solo repetí lo que mi madre les hacía a algunos de aquellos hombres. Los estrangulaba mientras ellos jugueteaban consigo mismos. Se quedaban callados durante unos minutos y luego estaban bien. Pensé que eso era lo que iba a pasar, pero Josie no volvió a despertar.

Un camarero les trajo la comida a la mesa. Ambos ignoraron los platos. Ya no tenían apetito.

—¿Qué pasó después? —preguntó McCoy.

—Centros de detención, unidades de seguridad, reformatorios. No recuerdo gran cosa. Estaba drogada la mayor parte del tiempo. Me mantenían alejada del resto de los niños por si alguno me atacaba. Pasaba la mayor parte del tiempo en aislamiento, comiendo comida en la que los guardias habían escupido. Y luego, cuando cumplí dieciocho años, un hombre del Ministerio del Interior vino a verme. Me dijo que me iban a soltar y que iba a ser otra persona para que nadie pudiera encontrarme.

—Kathleen Garvie —dijo McCoy.

Ella asintió.

—Unos cuantos años después de eso, conocí a Duncan una noche en un club de Glasgow. Dicen que el amor a primera vista no existe, pero...

Permaneció unos segundos en silencio y luego pidió otra copa de vino a un camarero que pasaba.

—Sabía quién era, a qué se dedicaba, pero eso no me importó. Me amaba, me amaba incluso después de contarle quién era yo. Es la única persona que me ha amado.

—¿Qué dijo cuando se lo contó?

—La verdad es que no lo recuerdo. Estaba tan petrificada que pensé que iba a desmayarme. Solo recuerdo que me tomó en sus brazos y me dijo que nada de eso tenía importancia.

—Tuvo suerte. No muchos hombres habrían hecho eso.

—No sé yo...

—¿De ahí todas las obras de caridad? ¿Para expiar?

Ella negó con la cabeza.

—¿Honestamente? No creo que tenga mucho que expiar. Tenía ocho años y cometí un error, eso es todo.

McCoy no estaba seguro de si se lo estaba diciendo a él o a sí misma. Prosiguió.

—Como le he contado, sé a qué se dedica mi marido, cómo gana la estúpida cantidad de dinero que gana. Así que intento donar todo lo que puedo, sobre todo a organizaciones benéficas para niños, para tratar de evitar que otras niñas tengan la vida que tuve yo.

—Muy noble de su parte —dijo McCoy.

—No es la palabra que yo emplearía. Si he aprendido algo de todo lo que me pasó, es lo siguiente: no debería haber sido así. La pobreza provoca que la gente haga cosas terribles.

—También intentar recuperar un certificado de nacimiento.

—No pudo evitarlo.

—*Touché* —dijo ella. Se bebió el vino de un trago—. Ahora necesito un trago de verdad.

Cincuenta y cinco

McCoy estaba en Curlers esperando a que el camarero terminara de servir a un grupo de hombres de negocios medio borrachos. Se alegró de disponer de un par de minutos para pensar. Kathy Kent no bromeaba cuando le dijo que era una historia de tomo y lomo. Lo que ella le había contado resultaba difícil de creer, pero no tenía motivos para pensar que se lo estaba inventando. ¿Por qué haría algo así?

La cuestión era: ¿por qué se lo estaba contando? Por lo que ella sabía, él podía detenerse en una cabina de teléfono de camino a casa, llamar al *News of the World* y ganarse un par de miles de libras. No podía negar que hacer algo así le resultaba un tanto atractivo. Cuando alzó la vista, se dio cuenta de que el camarero lo estaba mirando fijamente.

—Lo siento, amigo, estoy en las nubes —dijo—. Una pinta de Bass y un gin-tonic. Doble.

Fuera lo que fuese lo que le había pasado a Kathy, fuera lo que fuese por lo que había tenido que pasar, un hecho de semejante calado pervivía en el tiempo: su marido había pagado a alguien para que golpeara a Malky McCormack hasta matarlo. Todo el trabajo caritativo del mundo no compensaba algo así. Las bebidas llegaron y él las llevó a la mesa y se sentó. Kathy Kent dio un largo trago de la suya, encendió otro Dunhill.

—¿Cómo encaja Norma McGregor en todo esto?

—Norma. —Ella negó con la cabeza—. Sé que no debería hablar mal de los muertos, pero Norma McGregor era una vieja bruja malvada. Yo recibía una carta del Ministerio del Interior todos los años, a modo de comprobación, indicándome cuándo tenía que ir a una entrevista, para asegurarse de que seguía por el buen camino. Al parecer, abrió una de esas cartas «accidentalmente», descubrió quién era yo. Y ahí empezó el chantaje. Al principio fueron veinte libras cada semana, luego la cantidad fue aumentando y aumentando. Siempre con amenazas. Si no me pagas, iré a los periódicos, tú y Duncan estaréis arruinados...

McCoy le dio un trago a su pinta y se secó la boca.

—No quiero parecer insensible, pero ambos sabemos a qué se dedica su marido. ¿Por qué no se deshizo de ella sin más?

—Nos dijo que su abogado tenía una carta que abriría si le pasaba algo. Otra mentira, ahora está claro.

—Entonces, ¿qué robó? Supongo que no fueron cuatrocientas libras.

—Robó el certificado de nacimiento y veinte mil libras de la caja fuerte de abajo.

McCoy soltó un silbido grave.

—Se gastó la mayor parte en apuestas, por lo que he podido deducir. Duncan dijo que tenía montones de boletos de apuestas en su apartamento.

Una mujer se acercó a la mesa, pidió fuego, percibió el ambiente y encendió su cigarrillo lo más rápido que pudo antes de alejarse a toda prisa.

—¿Y cómo pudo saberlo él? —dijo McCoy cuando la mujer ya no estaba.

Kathy entrecerró los ojos.

—No se haga el ingenuo. No se le da bien. Lo supo porque mi marido y algunos empleados entraron en su casa, como bien sabe.

—¿Y su hermano?

Soltó una bocanada de humo y la apartó con la mano.

—¿Y su hermano?

—Su marido hizo que lo mataran a golpes. Supongo que pensó que sabía dónde estaba el certificado de nacimiento. Pero el viejo estúpido no tenía ni idea.

Parecía realmente conmocionada. Empalideció de golpe, la mano con el cigarrillo empezó a temblar. Lo apagó.

—Eso no lo sabía. Nunca me lo dijo.

McCoy se reclinó en su silla, sin saber si creerla o no.

—Señor McCoy, mi marido es un hombre violento, siempre lo ha sido y siempre lo será, a pesar de todos los Daimler y las casas de campo. Usted lo sabe tan bien como cualquiera. Quizás entendió que todo lo que tenía, yo, sus negocios, estaba a punto de desmoronarse. ¿Cree que alguien haría negocios con él si se enterara de con quién está casado? Debió de dejarse llevar por el pánico. Cometió una estupidez.

—Así que por eso está aquí, ¿no es cierto? ¿Para librar a su marido de un caso de asesinato?

—No. No es necesario. Si conozco a mi marido, y si realmente hizo algo así, usted no tendrá ninguna posibilidad de culparlo. Es demasiado inteligente. Si hubiera podido culparlo, ya lo habría hecho. No estoy aquí por eso.

—¿Y por qué está usted aquí?

—Mi marido me ha dicho que tiene cierta reputación como amigo de los menos favorecidos. Así que le ruego que me devuelva el certificado de nacimiento y que guarde silencio sobre lo que le he confesado hoy aquí. No puedo regalar el dinero de mi marido si él no gana nada. ¿Quiere cortar ese suministro a las organizaciones benéficas a las que apoyo? ¿Qué es más importante, señor McCoy? ¿Decirle a todo el mundo que soy Fiona Thomson, culpable de un acto cometido veinte años atrás por una niña perturbada, arruinando de ese modo mi vida, arruinando la vida de mi marido, o asegurarse de que haya menos posibilidades de que las niñas crezcan como yo?

McCoy aplaudió unas cuantas veces y se reclinó en su silla.

—Ha sido un buen discurso —dijo—. Adúleme, conmueva mi corazón, finja que la muerte de Malky McCormack nunca ocurrió. Duncan y usted se han tomado mucho tiempo para planearlo, ¿no es cierto?

Ella tomó su copa y le lanzó el contenido a la cara.

—Lo he intentado, señor McCoy, de verdad que me he esforzado para que lo entendiera, para decirle la verdad, ¿y qué he conseguido? Una respuesta barata. Por lo visto, me he equivocado con usted. —Se puso de pie—. Haga lo que tenga que hacer, señor McCoy. Pero, por favor, hágalo rápido.

Y tras esas palabras, salió por la puerta.

Cincuenta y seis

McCoy se limpió la cara con el pañuelo. No era la primera vez que le lanzaban una bebida a la cara, y con toda probabilidad no sería la última. Se acabó su cerveza y salió del pub. Tenía que ir a ver a Stevie Cooper, necesitaba tiempo para pensar. Decidió ir andando. Byres Road estaba llena de gente: estudiantes, algunos hare krishna vestidos de naranja tocando el tambor y cantando, escolares con uniforme de camino a casa. Pasó junto a la biblioteca, se detuvo y encendió un cigarrillo, dejó caer la cerilla gastada al suelo y volvió a ponerse en marcha.

El problema era que algo en la manera en que Kathy Kent le había hablado de su infancia le había afectado. Su propia niñez no había sido tan mala como la de ella, pero sabía lo que era crecer en la pobreza, desatendido y sin amor. Sabía lo que eso podía hacerle a una persona. Sabía lo que le había hecho a su padre, sabía lo que le había hecho a él.

Si Kathy Kent iba a seguir regalando todo el dinero que pudiera de su marido, entonces tal vez sí debería devolverle el certificado de nacimiento y dejarla seguir adelante. Estaba en lo cierto cuando afirmó que nunca podrían culpar de la muerte de Malky a su marido. No había una sola prueba, y tampoco testigos, y los abogados de Duncan Kent le mandarían a la porra si intentaba convocarlo para un interrogatorio. Giró en Great Western Road y rodeó a dos mujeres con cochecitos que ocupaban toda la acera. Se dio cuenta de que no tenía ni idea de qué hacer con Kathy Kent.

Iris abrió la puerta de la casa de Cooper. No dio la impresión de alegrarse de ver a McCoy.

—Está a punto de irse —le avisó.

Mientras se lo decía, Jumbo y Cooper aparecieron en la puerta.

—¡McCoy! —exclamó Cooper.

—Quiero hablar contigo —dijo McCoy.

—Tiene que ser algo serio. En ese caso, puedes venir con nosotros. Vamos a un sitio.

Cinco minutos después, McCoy estaba sentado junto a Cooper en la parte trasera de su nuevo coche. Jumbo conducía, tarareando alegremente el tema de ABBA que sonaba en la radio.

—He mantenido una pequeña charla con algunas personas sobre Teddy Jamieson —le dijo Cooper—. Me alegro de haberlo hecho. Por dos razones.

—¿Ah, sí? ¿Y cuáles son esas razones?

—Que Jamieson y su hijo estén haciendo negocios a espaldas de Andrews ya es motivo suficiente para que Andrews se vuelva loco. En cuanto se entere, no habrá manera de que sigan siendo amigos. Y Jamieson es el único chico útil del que dispone Andrews.

—¿Y la otra razón? —preguntó McCoy.

—Que ahora sé por qué han disminuido nuestras ganancias. ¿Sabes a lo que se dedicaba tu Angela, a abastecer a los grandes apostadores, a las bandas, todo eso? Bueno, pues un gilipollas llamado Clive...

—¿Clive?

—Sí, Clive lo ha estado haciendo. O no, según el caso. Las ganancias han ido disminuyendo, así que la semana pasada fui a por a ese estúpido cabrón. Que no era culpa suya, me dijo, que la ciudad estaba tranquila, que no había bandas de gira. La verdadera razón es que el muy estúpido es demasiado tonto para darse cuenta de que Teddy, el puto Jamieson, le ha estado robando sus clientes.

McCoy miró por la ventana.

—¿Adónde vamos?

—A comprar varias furgonetas de helados —dijo Cooper.

Cincuenta y siete

Había unas veinte furgonetas en el aparcamiento que se extendía detrás de la pista de carreras. Todas de color azul pálido. Todas con personajes de dibujos animados mal pintados. Mickey Mouse con las orejas demasiado pequeñas. Tom y Jerry..., pero Jerry con pinta de ser una rata. Superman con cara de Hitler y el caracolillo demasiado marcado.

—¿Para qué demonios quiere furgonetas de helados? —le preguntó McCoy a Jumbo, haciendo visera con las manos para protegerse del sol. Estaban observando a Cooper y al vendedor mientras estos caminaban de un lado a otro. De vez en cuando, se detenían ante una furgoneta y se montaban en ella. Allí no solo se vendían furgonetas de helados. El lote se extendía bastante más allá. Furgonetas de helados, furgonetas de transporte, furgonetas de pescado, furgonetas de patatas fritas. A un lado había algo parecido a una choza que hacía las veces de oficina.

—A mí no me lo preguntes —dijo Jumbo—. El señor Cooper no me cuenta gran cosa.

McCoy encendió un cigarrillo y siguieron observando. Al menos la información sobre Jamieson había sido bien recibida. Sentía que había pagado su deuda. Consígueme algo sobre Jamieson, le había dicho Cooper, y era innegable que lo había hecho. Hermana Jimmy había triunfado.

—No me gusta el helado —dijo Jumbo—. Me duelen los dientes cuando lo como.

—¿En serio? —dijo McCoy—. Tal vez tengas que ir al dentista.

Jumbo negó con la cabeza furiosamente.

—No, no. Estoy bien, gracias.

Cooper le estrechó la mano al vendedor. Por lo visto, habían cerrado el trato.

Se dirigió hacia ellos, todo sonrisas.

—Hecho.

—¿Cuántas has comprado? —preguntó McCoy.

—Doce. Deberían ser suficientes para cubrir Royston. Ahí es por donde vamos a empezar.

—¿Empezar a qué? ¿A vender cucuruchos de helado y botellas de Red Kola?

—Eso y alguna cosa más —dijo Cooper—. Ha sido idea de Paul.

—¿Qué otra cosa?

Cooper se dio un golpecito en la nariz.

—Dejaré que sea Paul el que te lo cuente. Jumbo, vámonos.

Paul estaba sentado en un sillón en la cocina, con la pierna enyesada sobre un taburete frente a él. Además de esa herida de guerra, tenía un ojo morado y un feo corte justo encima de la muñeca. Sin embargo, parecía de bastante buen humor, sonreía mientras Iris le colocaba los cojines detrás de su espalda.

—¿Me cuidarías si me rompiera la pierna? —preguntó McCoy, mirándola.

—Y una mierda —respondió ella, sin dejar de hacer lo que estaba haciendo.

—Olvídalo, McCoy —dijo Cooper, sentándose a la mesa—. Te odia. Apenas me soporta en un buen día y cree que el sol sale del trasero de Paul. ¿Verdad, Iris?

—Eso creo —dijo Iris, recogiendo algunas tazas de la mesa—. Creo que hoy cambiaré toda la ropa de cama.

—¡La cambiaste ayer! —exclamó Cooper.

—Jumbo, puedes ayudarme. Vamos.

Esperaron a que se fuera, con Jumbo pisándole los talones.

McCoy se dio cuenta de que tanto Cooper como Paul sonreían abiertamente.

—Está funcionando —dijo Paul—. Iris también fregó el suelo esta mañana.

—¿Alguien va a decirme qué está pasando? —preguntó McCoy.

—De acuerdo. Sabes tan bien como yo que la mitad de las malditas amas de casa de Glasgow son adictas a los putos polvos Askit, igual que Iris —dijo Paul, e hizo una mueca mientras movía la pierna para apoyarla mejor en el taburete—. Echan a correr en busca de la furgoneta o envían a sus hijos a las tiendas. Se supone que son para los dolores de cabeza, pero ellas los toman para animarse un poco. Tienen analgésico y cafeína, mantienen el motor en marcha. Pues nosotros vamos a hacer que funcione aún más rápido.

—No te entiendo.

—Compramos polvos Askit a granel, sacamos el polvo y lo cortamos con un poco de anfetamina, luego lo empaquetamos como una variedad de «exportación», superfuerte, no pensada realmente para venderse en Escocia, y cobramos más. Triplicamos el precio. En cuanto prueben el Askit de exportación, no van a querer otra cosa. Estarán esperando en la calle, ignorando todo lo demás, deseando que aparezcan nuestras furgonetas. Y mientras tanto comprarán cigarrillos y un helado para sus hijos.

—¿Se puede ganar tanto dinero con una furgoneta de helados?

—¿Estás de broma? ¿Has visto esos sitios? ¿Easterhouse, Ruchazie? Centenares de casas y ni una maldita tienda en los alrededores. Las furgonetas son la única forma de comprar cualquier cosa. Vamos a vender comestibles, periódicos..., de todo. Vamos a ganar una fortuna.

Paul se reclinó en su silla, con una gran sonrisa dibujada en el rostro.

McCoy tuvo que admitir que no era mala idea.

—No solo es guapo, ¿eh? —dijo Cooper—. Inteligente. De tal palo tal astilla.

—No sabía que su madre fuera inteligente.

—Muy gracioso. —Cooper miró el reloj que colgaba de la pared—. Es hora de mi baño. ¿Te apetece?

—No puedo. Debo volver a la comisaría. Tengo trabajo que hacer.

—Sería la primera vez —dijo Cooper—. Vamos, puedes acompañarme hasta el Arlington.

Salieron por la puerta principal, Cooper charlando, todavía dándole vueltas a la gran idea de Paul. McCoy escuchaba a medias, no podía dejar de pensar en Kathy Kent. De repente, se dio cuenta de que Cooper se había detenido. Alzó la vista. Lo vieron.

—¿Quién es ese? —preguntó Cooper.

—Viene a por mí —dijo McCoy—. Tú sigue.

Gerry estaba al otro lado de la calle. Parecía haber pasado una mala noche. El traje estaba cubierto de polvo, el pelo erizado en todas direcciones. Cruzó y se detuvo frente a McCoy.

—¿Me estás siguiendo? —le preguntó McCoy.

Gerry asintió.

—Tengo algo que contarte. Tenías razón. El reverendo West tiene un hijo.

Cincuenta y ocho

—¿En serio? —preguntó McCoy.

Rodeó a Gerry y continuó bajando por la calle. Oyó el arrastrar de pies detrás de él cuando Gerry lo alcanzó.

—Es lo que me pediste que averiguara. ¿Ya no te importa? —Parecía decepcionado, como si esperase una respuesta más entusiasta.

—Hablé con el reverendo West —dijo McCoy—. Mantuvimos una extensa conversación.

De repente, Gerry no parecía tan seguro de sí mismo.

—Es un mentiroso.

—Qué curioso, eso es exactamente lo que dijo de ti. ¿A quién debería creer? ¿Quién miente y quién dice la verdad?

—Él miente —replicó Gerry, alzando la voz—. Intentó crucificarme. Te lo conté, te mostré las cicatrices.

—Según él, no fue así. Dice que te lo hiciste tú mismo o que lo hizo tu madre.

Gerry no respondió, permaneció inmóvil.

—Me lo imaginaba —dijo McCoy. Empezó a alejarse.

—Tiene un hijo llamado Michael —le gritó Gerry—. Me lo dijo una mujer que mi madre conocía y que va a su iglesia. Nadie lo ha visto desde hace un par de años.

McCoy siguió caminando. Solo había dado unos pasos cuando volvió a oír el familiar arrastrar de pies. Gerry le tiró del brazo y lo obligó a darse la vuelta.

—El día más largo del año es el sábado. Durante la vigilia podemos ofrecer nuestro sufrimiento a Dios. Va a hacerle daño, lo sé.

Durante unos segundos, McCoy estuvo tentado de creerle, pero sabía que no debía hacerlo. Era un fantasioso, no estaba bien de la cabeza. Intentó librarse de él con delicadeza.

—Gerry, lo siento, pero no te creo. No tengo motivos para hacerlo, más bien todo lo contrario. No hay rastro de hijo alguno. Ni certificado de nacimiento, ni fotos, ni expediente escolar, ni historial médico. Simplemente no cuadra. O alguien te ha tomado el pelo o...

—¿O qué? —dijo Gerry—. ¿O estoy loco? Eso crees, ¿no? Igual que tu colega y todos los demás cabrones que me metieron en residencias y hospitales. —Escupió en el suelo junto al zapato de McCoy—. Que os jodan a todos.

Se dio la vuelta y echó a andar calle arriba.

Cincuenta y nueve

En cuanto McCoy abrió la puerta de la comisaría y vio la expresión en el rostro del sargento de guardia, lo supo.

—Lo siento, Harry. Wattie te está buscando. Está en el lugar de los hechos.

Le entregó a McCoy un papel con una dirección escrita con bolígrafo azul.

Calle McAslin, número 26, Townhead.

McCoy dio las gracias, se guardó el papel en el bolsillo y salió de la comisaría. Se detuvo un minuto bajo la luz ya mortecina del atardecer. De joven, había deseado en muchas ocasiones que llegara ese día. Ahora no tenía claro cuáles eran sus sentimientos. Si bien no era felicidad lo que sentía, tampoco era tristeza. Ni frío ni calor. Extendió la mano, detuvo un taxi y se montó en él.

Cuando llegó, Wattie estaba de pie al otro lado de la puerta que delimitaba una calle de uso privado en Townhead. Habían quitado el hierro corrugado y la señal de peligro que cubría el cierre frontal y usaban ese camino para entrar y salir. Wattie se acercó a él cuando McCoy salió del taxi. McCoy no se lo esperaba, pero Wattie lo rodeó con sus brazos. Lo abrazó con fuerza.

—Lo siento, Harry, lo siento mucho.

Eso pudo con él, notó cómo le brotaban las lágrimas.

De repente, lo único que deseaba era recuperar a su padre, revivir los buenos tiempos, cuando lo llevaba al parque o le compraba un helado, aquel día en que fingió ser un caballo y lo colocó sobre su espalda y empezó a dar vueltas por el apartamento a cuatro patas. Wattie lo soltó y McCoy dio un paso atrás y se enjugó los ojos.

—¿Estás bien? —preguntó Wattie.

—¿Es...?

—Exactamente igual que los otros. Pero esta vez sí hay una botella.

McCoy se fijó en cómo lo observaban los agentes uniformados que estaban colocando las cintas, también el fotógrafo. Todos lo miraban. No quería echarse a llorar delante de ellos.

—Quiero verlo.

—Venga, Harry. No va a ayudarte en lo más mínimo. No tienes por qué pasar por eso.

Seguramente, Wattie tenía razón. No sabía qué hacer. No quería estar allí, pero no podía estar en ningún otro sitio. Intentó comportarse como si se tratara de cualquier otro escenario de un crimen.

—¿Quién lo encontró?

Wattie señaló con la cabeza hacia la furgoneta de la policía. Frank, el hombre al que había conocido en ese mismo piso, estaba sentado en el bordillo, con la cabeza entre las manos. También el chico al que había visto allí antes estaba presente. Con la vista clavada en el cielo, la lengua colgando de la boca, perdido en sus pensamientos.

—Ha dicho que fue a la tienda y que cuando regresó al piso, tu padre estaba muerto. Por lo visto no tenía la botella consigo cuando se fueron.

—Eso quiere decir que alguien subió entonces y se la dio.

—Eso parece.

Se volvieron cuando un coche se detuvo al otro lado de la calle. El Rover de Murray. Bajó del vehículo, cerró la puerta de golpe y caminó directamente hacia McCoy.

—¿Estás bien?

McCoy intentó decir que sí, pero las lágrimas brotaron de sus ojos. Murray lo abrazó y lo cubrió con su abrigo. McCoy pudo oler la piel de oveja, el tabaco de pipa, el Ralgex. Olor de hogar. Finalmente, se dejó llevar y empezó a sollozar.

—Watson —dijo Murray, hablando por encima del hombro de McCoy—, ya sabes lo que tienes que hacer aquí. Asegúrate de cumplir al pie de la letra. Quiero un informe a primera hora de la mañana, y quiero las huellas dactilares a toda leche. Hazme sentir orgulloso.

Wattie asintió. Observó a Murray conducir a McCoy hasta el coche y sentarlo en el asiento trasero. Se volvió hacia uno de los agentes y le dijo que llevara la botella al laboratorio de inmediato. Caminó de vuelta hacia el piso. Había trabajo que hacer.

Viernes
20 de junio de 1975

Sesenta

Al despertarse, McCoy no supo por unos segundos dónde se encontraba, pero enseguida recordó que estaba en uno de los dormitorios de la casa de Phyllis y Murray. Papel pintado azul claro, un armario, algunos cuadros de caballos y sabuesos. Permaneció tumbado e intentó no pensar en su padre. No fue capaz. Tampoco recordaba gran cosa de la noche anterior. Se había tomado un par de whiskies con Murray, y luego Phyllis le había dado algo para ayudarle a dormir.

Se despertó un par de veces antes conciliar el sueño definitivamente. Los oyó hablar abajo, a Wattie también. Al parecer, estaban preocupados por él. Recordó a Murray despotricando sobre lo mal padre que había sido Alec McCoy y lo que le había hecho a su propio hijo. Phyllis intentaba hacerle callar, tranquilizarlo, diciéndole que McCoy podría oírlos.

Se incorporó. No le dolía mucho la cabeza. El sol se colaba por una rendija entre las cortinas. Miró su reloj. Las seis y media. Hora de levantarse.

Pero no lo hizo. Permaneció tumbado media hora más, escuchando los sonidos de la casa al despertar. El silbido de la tetera, pasos en las escaleras, Murray tosiendo, Phyllis preguntando si debería ir a despertarlo. Al final se levantó, se vistió y bajó las escaleras.

Murray y Phyllis estaban sentados a la mesa, con el desayuno preparado.

—¿Cómo estás? —preguntó Phyllis.

—Bien.

Se sentó y se dio cuenta de que estaba muerto de hambre, no había comido nada desde el desayuno del día anterior. Tomó un par de tostadas de la rejilla que había sobre la mesa. Podía sentir la tensión, cómo Murray intentaba contenerse. Le estaba costando horrores.

—No quiero que te sientas mal por ese cabrón —dijo Murray, con la cara roja—. ¿Me oyes? No merece la pena. Ese hombre...

—¡Hector! Por el amor de Dios, déjalo en paz —le recriminó Phyllis.

Murray resopló, retomó la lectura del periódico.

McCoy se comió las tostadas, bebió té, clavó la mirada en los árboles del jardín. Le dijo adiós a Phyllis cuando esta se fue a trabajar. Se sentía como si funcionase gracias a un piloto automático.

—Wattie pasará por allí en una hora más o menos —dijo Murray—. Está supervisando a los chicos de las huellas dactilares, asegurándose de que trabajan lo más rápido posible.

McCoy asintió, tomó otra tostada y empezó a untarla con mantequilla.

Murray cerró el periódico y lo dejó sobre la mesa.

—¿Algo más sobre Long y esa maldita comisaría de la vergüenza?

McCoy no estaba seguro de por qué, pero mintió sin planteárselo siquiera.

—No. Me da la sensación de que solo son un puñado de tipos que se creen grandes apostadores porque se sacan algo de dinero para cervezas los viernes por la noche. Cosas de poca monta.

Murray parecía desconcertado.

—Estaba seguro de que había algo más.

—No tengo claro que ninguno de ellos sea lo bastante inteligente como para llevarlo más allá.

—Es posible que tengas razón. ¿Deberíamos contarle a tu madre lo que ha pasado?

McCoy negó con la cabeza. Pensó en ella ingresada en el hospital, con la mente ausente, mirando al vacío.

—No lo entendería, mejor dejarla en paz. Además, la última vez que vio a mi padre, él le rompió la nariz con una botella de ginebra.

Terminó de untar su tostada. De repente, no le apetecía seguir comiendo, así que la dejó en su plato.

—Sé que quiere que lo odie. Y yo también quiero odiarlo. Dios sabe que tengo todo el derecho a hacerlo, pero no puedo. No soy capaz. Poco importa quién fue, poco importa todas las mierdas que me hizo, era mi padre y una parte de mí está triste porque ha muerto. Triste por saber en lo que se convirtió. No creo que fuera del todo malo. Solo débil, egoísta y estúpido. ¿Sabe a qué me refiero?

Murray asintió.

—Nunca te lo dije. Pero me encontraba con él de vez en cuando, antes de que se pusiera tan mal. Siempre me daba las gracias, me decía que estabas mejor lejos de él y que te dijera que lo sentía. —Sonrió—. Y luego me pedía un par de libras.

—Muy propio de él —dijo McCoy.

Sonó el timbre.

—Será Watson —dijo Murray, y se levantó para abrir la puerta.

McCoy observó cómo los árboles del jardín se mecían con el viento. Le dio un sorbo a su té. Esperó.

Sesenta y uno

—¿Seguro que quieres oírlo? —preguntó Wattie, sentándose a la mesa.

McCoy lo pensó un minuto. Sabía que tenía que hacerlo.

—Sí.

—De acuerdo —dijo Wattie—. ¿Sabes el tipo con el que hablaste antes? ¿Frank? He tenido una conversación con él. Como dijo, dejó a tu padre en el piso y salió a comprar lo que pudo con la calderilla que habían conseguido mendigando ese día. Estuvo fuera una media hora, volvió y...

Wattie se detuvo, parecía no saber cómo contarlo.

—Continúa —dijo McCoy.

—Y tu padre estaba muerto. Igual que los demás. Por lo visto, ha sufrido algún tipo de ataque. Tenía espuma verdosa y seca alrededor de la boca. Había una botella de limonada a su lado, con un poco de líquido marrón en el interior. Olía a metanol y a jerez o vino tónico, algo azucarado para ayudar a tragarlo. Frank jura que la botella no estaba allí cuando se fue.

Justo cuando lo dijo, el teléfono empezó a sonar. Todos se miraron. Murray se levantó y descolgó el auricular.

—Murray —respondió. Escuchó. Le tendió el teléfono a McCoy—. Es Margo. Para ti.

McCoy se puso en pie y cogió el auricular.

—Soy yo —dijo.

—Dios mío, Harry —dijo Margo—. Lo siento mucho. Mañana estaré de vuelta. ¿Te las apañarás bien hasta entonces?

—¿Dónde estás?

—En Londres. La audición, ¿recuerdas? El director al que no le dices que no, aunque estés retirada.

—Lo siento, tengo la cabeza en otro sitio. Por supuesto.

—¿Seguro que estás bien?

—No —dijo él—. Hoy no, pero mañana sí lo estaré.

—Te quiero —dijo Margo.

—Yo también te quiero.

Lo dijo antes siquiera de pensarlo. Fue consciente de que había hablado en serio.

Colgó el teléfono, volvió a la mesa y se sentó. De repente, preguntó:

—¿Por qué no se llevaron la botella en esta ocasión?

Wattie se encogió de hombros.

—Frank dijo que oyó un ruido en el piso cuando entraba, pensó que era otro borracho, pero tal vez se trataba de nuestro hombre. Tal vez se asustó cuando oyó a Frank, echó a correr y olvidó la botella.

—Frank sabía que no debía beber alcohol de garrafa. ¿Se lo transmitió a mi padre?

—Sí, pero dijo que tu padre llevaba un tiempo bebiendo vino tinto con metanol, que no estaba muy seguro de si eso le importaba o no.

—Probablemente no —dijo McCoy—. Esa cosa es brutal.

Wattie parecía descontento.

—Hay algo más.

—¿Qué más?

Wattie se frotó la barba de tres días.

—Había una nota metida en el cuello del jersey de tu padre. Dirigida a ti.

—¿Una nota? ¿Qué tipo de nota? ¿Qué decía?

Wattie miró a Murray. Él asintió.

—Decía: «Ahora ya sabes qué se siente».

McCoy se reclinó en su silla, sintió como si le hubieran sacado el aire de los pulmones.

—No lo entiendo. ¿Qué significa eso?

—Probablemente no signifique nada —respondió Murray.

—Por supuesto que significa algo —replicó McCoy—. ¿Alguien ha matado a mi padre para vengarse de mí?

Intentó levantarse, pero de repente se sintió mareado, no podía respirar. Le daba vueltas la cabeza.

—¿Es eso lo que significa? —Murray y Wattie se limitaron a mirarlo—. ¡Contestadme, joder! —gritó.

Y entonces sonó de nuevo el teléfono. Era para Wattie. Cuando volvió a la mesa, pudieron apreciar que su gesto había cambiado.

—Tenemos que ir a la comisaría. Es Frank —le dijo a McCoy—. Dice que quiere confesar.

Sesenta y dos

—No lo entiendo —dijo McCoy—. ¿Frank? Creía que era amigo de mi padre.

—Ha estado llorando en la maldita furgoneta todo el camino hasta aquí. Diciéndoles a todos lo mucho que lo siente. Mira, quédate ahí. Veré si puedo sacarle algo con sentido.

McCoy vio a Wattie alejarse hacia las salas de interrogatorios. ¿Por qué querría Frank matar a su padre y a los otros tipos? No tenía sentido. Y la nota, ¿qué quería decir? Solo había visto a Frank una vez en su vida. ¿Le había dicho Liam su nombre de pila a Frank? No podía recordarlo. No le quedaba otra que era esperar las respuestas.

Decidió prepararse una taza de té mientras esperaba. Tenía un par de Valiums que le había dado Phyllis. Tal vez era hora de tomar uno, para intentar que su mente dejara de dar vueltas. Se puso en pie y se percató de que Rossi estaba sentado en su escritorio, debía de haber llegado hacía poco. Era la última persona que necesitaba ver ese día. Se dirigió a la cocina y Rossi se levantó y lo siguió.

Empujó la puerta y la mantuvo abierta.

Rossi entró, se sentó a la mesa, apartó la bolsa de azúcar y unas tazas vacías, se hizo un poco de sitio.

—Long está en el hospital —dijo—. Se le han infectado los cortes de las manos. Va a estar fuera de combate un par de semanas, así que te toca a ti. La cagaste en la oficina de correos, así que, en lo que respecta a Archie Andrews, nos debes una. Mejor que no la cagues la próxima vez. A Archie no le haría gracia.

—¿En serio? —McCoy apartó una silla y se sentó frente a él.

—Sí —dijo Rossi—. Te aseguro que no te interesa que Archie Andrews no esté contento.

McCoy habló muy despacio, con calma.

—¿Sabes qué, Rossi? Tú y Archie Andrews os podéis ir a la mierda.

Rossi entrecerró los ojos.

—No se te ocurra hablarme así.

—Acabo de hacerlo.

Rossi se puso de pie.

—Voy a joderte, McCoy. Estás muerto. —Hizo un gesto como si estuviera sacándole una foto—. Clic. No solo Long aparece en blanco y negro.

A McCoy se le revolvió el estómago. Si había fotos de él, iba a tener problemas, problemas serios.

—Muerto como una rata —dijo Rossi—. Como el borracho de tu padre.

McCoy se abalanzó sobre él. Lo agarró por el cuello y puso la cara contra la suya. Rossi parecía asustado, con los ojos mirando a todas partes. McCoy lo soltó, lo empujó y cayó al suelo de la cocina. Lo dejó allí.

Wattie estaba de vuelta en su escritorio cuando McCoy entró en la sala.

—Frank quiere hablar contigo —dijo—. Está hecho un desastre. No puede dejar de llorar.

Frank estaba sentado en el catre de la celda al fondo de la comisaría. Con un cubo a sus pies. Temblaba, sudaba, retorciendo una esquina de la manta que tenía en la mano. Si alguien necesitaba un trago, era él.

Cuando McCoy entró, se echó a llorar.

—Lo siento, hijo, lo siento mucho.

—Solo cuéntame qué pasó, Frank.

Su rostro se arrugó.

—No he parado de decir mentiras.

—No pasa nada, ahora puedes decirme la verdad.

Frank asintió e intentó recomponerse.

—Salí a comprar algo de beber, lo que pudiera conseguir. Dejé a tu padre. No podía venir de todos modos. Estaba muy mal.

—¿Qué quieres decir?

—Tu padre estaba en las últimas, hijo. Llevaba meses bebiendo esa porquería. Tenía la piel amarilla, veía cosas que salían de las paredes, el estómago se le había hinchado como un globo. Sufría mucho. No me dejó llamar a una ambulancia, dijo que se le había acabado el tiempo.

McCoy intentó no pensar en su padre muriendo en aquel piso en ruinas, que olía a mierda por todas partes, con la lluvia filtrándose por el techo.

Frank prosiguió.

—Salí de la bodega y se me acercó un chico. Llevaba un gorro encasquetado en la cabeza y no podía verlo bien en la oscuridad. Me dio la botella y veinte libras. —Se secó los ojos—. Y la nota, me dio la nota. Me dijo que le diera la botella a tu padre y le pusiera la nota en el cuerpo.

»Me creí muy listo. Cogí el dinero y pensé que no le daría la botella a tu padre, pero cuando llegué al piso, oh, hijo, estaba mal, muy mal, gritaba de dolor agarrándose a mí, así que, Dios mío, se la di. No iba a sobrevivir a esa noche. Solo quería ayudarlo. ¿Entiendes lo que quiero decir?

McCoy lo entendió. Al menos su padre no había muerto solo en aquel basurero. Si tenía que irse, era mejor no morir como un perro en la calle. Los sentimientos que afloraban por la muerte de su padre no lo dejaban en paz, necesitaba seguir adelante antes de que tuvieran la oportunidad de devorarlo.

—Murió con un amigo a su lado —dijo—. Eso es importante. Significaría mucho para él. Hiciste lo correcto.

Dio la impresión de que a Frank le hubiera perdonado el mismísimo Dios. Su rostro cambió por completo.

—Gracias, hijo, eso significa mucho para mí.

McCoy se sentó en la cama y lo abrazó. Intentó pensar mientras Frank lloraba y repetía cuánto lo sentía. Fuera cual fuese la intención de Frank, le había entregado a su padre una botella con veneno. Dadas las circunstancias, sería acusado de homicidio culpable, le caerían un mínimo de dos años de prisión. No había forma de que Frank sobreviviera a algo así, ni tampoco el chico al que cuidaba. Debía evitar que eso sucediera.

—Frank, tienes que prestarme atención.

Frank se secó los ojos con la manga. Asintió.

—Voy a aclararte lo que pasó —dijo McCoy—. Volviste al piso y le contaste a mi padre lo del hombre que te dio la botella, le dijiste que te ibas a quedar con el dinero para el día siguiente y que la botella ni tocarla. Era posible que estuviera envenenada, así que no ibais a bebérosla. ¿De acuerdo?

Frank volvió a asentir.

—La dejaste en el suelo, te fuiste a mear y cuando volviste mi padre se la estaba bebiendo. Te dijo que la necesitaba, que los delirios eran tan fuertes que iba a arriesgarse. Se bebió la mayor parte de la botella, te dio la impresión de estar bien durante unos minutos y luego sufrió un ataque. ¿Lo entiendes? Beberse aquella botella fue decisión de mi padre, ¿de acuerdo?

McCoy no estaba seguro de cuánto había bebido Frank, pero si contaba esa historia, no tenía acusación alguna de la que responder, no había intención criminal.

—Todavía estabas borracho cuando hiciste tu primera declaración a los agentes, estabas confundido, afectado por la muerte de tu amigo, pero ahora lo recuerdas todo. Lo recuerdas claramente. ¿De acuerdo?

—Gracias, hijo —dijo Frank.

—¿Recuerdas algo del hombre que te dio la botella?

Frank negó con la cabeza, apesadumbrado.

—No veo muy bien, sobre todo de noche. Aunque era un tipo grande, parecía tener unos veintipico.

—Si recuerdas algo más, háznoslo saber, ¿entendido?

Se dio la vuelta para irse y Frank lo llamó de nuevo.

—Recuerdo una cosa —dijo—. Cuando se alejó, pude ver que llevaba unas botas negras brillantes. Como las de los policías.

Sesenta y tres

—¿Eso nos lleva a alguna parte? —preguntó Wattie mientras McCoy se sentaba de nuevo tras su escritorio.

En la comisaría reinaba la tranquilidad, era la hora del almuerzo. Aparte de Helen, que estaba sentada ante su escritorio comiendo un bocadillo, no había nadie.

—No estoy seguro —dijo McCoy, reprimiendo un bostezo—. El pobre desgraciado se encontraba muy confuso. Ahora la historia tiene más sentido, creo que te dará una declaración aceptable.

Wattie lo miró.

—¿Qué?

—Déjame adivinar. Su declaración implica que no acabará en la cárcel.

McCoy se encogió de hombros y le habló a Wattie del hombre que le había dado la botella a Frank. Mientras hablaba, Wattie empezó a registrar en sus cajones hasta desaparecer debajo del escritorio mientras buscaba algo.

—¿Qué haces?

—Necesito una chocolatina Mars. Creo que tenía una por aquí. ¡Ah! —Wattie reapareció con una chocolatina Mars rota en la mano.

McCoy lo miró

—¿A quién he cabreado tanto que ha querido matar a mi padre?

—Tú tienes que saberlo mejor que yo —respondió Wattie, masticando—. Recuerda que solo me cuentas la mitad de lo que te pasa.

—El problema es que no se me ocurre nadie. He encerrado a gente, me he peleado con ellos, pero nada tan malo como para que alguien quisiera hacer algo así. ¿Y por qué mi padre? No es que seamos..., fuéramos... muy cercanos.

—Estaba por ahí y era vulnerable, supongo. Quizás sea alguien tan loco que piense que algo trivial que hiciste justifica sus actos.

—¿A quién conozco que esté un poco loco?

—A todos los chiflados que viven en Glasgow, por lo que veo —dijo Wattie.

A McCoy se le iluminó el gesto.

—Gerry. Ayer le dije que me dejara en paz. Quizás haya sido él.

Wattie se metió el último pedazo de Mars en la boca.

—Pero la descripción de Frank no encaja, no es precisamente un tipo corpulento, ¿no es cierto? Y nunca le he visto con otra cosa que no fueran esas malditas zapatillas de deporte.

—Vale, ¿y qué pasa con lo de las botas brillantes? ¿Quién lleva botas como un poli?

—Mucha gente, a decir verdad —repuso Wattie—. ¿Bomberos? ¿Paramédicos? ¿Soldados, tal vez? Son solo botas negras, el tipo podría ser cualquiera.

—O podría ser un poli —dijo McCoy—. Como Hood.

—¿Hood? Estás de broma, ¿no?

—Echa una mano en el comedor social, se hallaba en varios de los lugares de los asesinatos. Antes de convertirse en un maldito santo, odiaba a los vagabundos, ¿no?

—Pero ¿qué tiene que ver contigo o con tu padre?

—Ni idea. —McCoy se puso en pie—. Vamos a preguntárselo.

Sesenta y cuatro

Resultó que Hood tenía el día libre. McCoy consiguió su dirección en la recepción. Un piso compartido en Govan. Se montaron en uno de los coches del aparcamiento, dieron la vuelta hasta la entrada de la comisaría y esperaron a que hubiera un hueco en el tráfico para incorporarse. McCoy fumaba mientras repasaba mentalmente la lista de todas las personas a las que había encerrado, tratando de encontrar a alguien con una razón lo bastante importante como para querer matar a su padre y así vengarse de él.

—Tu colega está aquí —dijo Wattie.

McCoy alzó la vista y vio a Gerry caminando hacia la puerta principal de la comisaría.

—Mierda. Arranca antes de que nos vea. No necesito otro sermón sobre el reverendo West.

Wattie le hizo caso y se dirigieron al sur, hacia Govan, en busca de Hood.

—Supongo que das por supuesto que el hecho de que tu padre haya sido asesinado es excusa suficiente para no acudir a la fiesta de mi hijo, ¿verdad? —dijo Wattie mientras cruzaban el puente de Kingston.

McCoy no había pensado en eso, pero lo cierto era que disponía de la excusa perfecta.

—Iré a verlo dentro de unos días. Llévale tú el coche de policía.

Wattie asintió.

—Está bien. Le diré que su tío Harry está enfermo y que le visitará pronto.

—¿Intentas hacerme sentir culpable?

—¿Por qué querría yo a hacer algo así? —Wattie puso el intermitente y giró hacia la calle Blackburn—. Después de todo, solo eres su padrino. El único que tiene. Ya hemos llegado.

Hood parecía sorprendido de verlos cuando abrió la puerta. Llevaba un sándwich de queso en una mano, un libro en la otra y estaba vestido con ropa de calle: pantalones cortos, sandalias y camisa de cuadros.

—¿Te importa si entramos? —preguntó McCoy.

Hood tragó un bocado del sándwich y mantuvo la puerta abierta. El estudio era diminuto. Una cama con una descolorida colcha de chenilla azul ocupaba la mayor parte del espacio. Una pequeña mesa y una silla, un lavabo y un hornillo de gas a un lado. Papel pintado de rayas antiguo, con manchas de humedad en las esquinas del techo.

McCoy se sentó en la silla y Wattie se acomodó en la cama.

—¿Qué puedo hacer por ustedes? —preguntó Hood. No le gustaba que estuvieran allí, en absoluto.

—¿Qué estás leyendo? —preguntó McCoy.

Hood alzó el libro que tenía en la mano y McCoy lo miró.

—*La rebelión de Atlas* —dijo.

—¿Está bien?

Hood asintió.

—¿Recoges botellas vacías? —preguntó Wattie, con la mirada puesta en las dos botellas de vino vacías que había en el alféizar de la ventana—. ¿Las usas para algo?

—La verdad es que no —respondió Hood—. Son de una noche especial. Un recuerdo.

—¿De qué? —preguntó McCoy.

—Eso es asunto mío —dijo Hood—. ¿Qué hace aquí?

—Señor —dijo McCoy.

—¿Qué hace usted aquí, señor? —repitió Hood.

—No estás siendo muy amable —dijo McCoy—. Nos encontrábamos por la zona. Pensamos en pasar a saludarte.

Wattie se puso de pie.

—¿Te importa si voy al baño?

—Al otro lado del pasillo —dijo Hood—. La puerta azul.

—Gracias.

Wattie pasó junto a él y salió por la puerta.

—¿Sabes algo de mí? —preguntó McCoy—. ¿O de mi padre?

Hood parecía desconcertado.

—No sé nada de usted, y lo único que sé de su padre es que es un fracasado.

—Lo era. Alguien lo mató ayer.

—Lamento oírlo —dijo Hood. No había rastro de compasión en su voz—. Aunque, con una vida como la suya... Algunos convendrían en que estaría mejor muerto. En manos de Dios.

—¿Es eso lo que tú dirías, Hood? ¿Es eso lo que piensas?

Hood se encogió de hombros.

—Eso no es vida. Hacer perder el tiempo a la policía, a los paramédicos, mearte encima, dormir en la calle y pedir dinero a la gente. ¿Si fuera yo? No querría ser una carga para la sociedad. Me suicidaría, estaría mejor.

Wattie abrió la puerta, volvió a entrar sosteniendo una botella marrón oscuro por el tapón.

—¿Hay alguna razón para que haya una botella de metanol en tu baño?

Sesenta y cinco

McCoy miró el reloj que había sobre la puerta de la oficina. Wattie llevaba cuarenta minutos con Hood. Tenía que haberle sacado algo. Estaba a punto de salir a comprar tabaco cuando se abrió la puerta de la sala y entró Wattie. No parecía contento. Dejó su cuaderno y su bolígrafo sobre el escritorio y se desperezó.

—¿Cómo ha ido? —preguntó McCoy.

—No ha ido —dijo—. Lo ha negado todo. Ha dicho que nunca le ha dado nada de beber a ningún vagabundo, que nunca había visto la botella de la que bebió tu padre y que nunca había visto esa botella de metanol. Va a echarle morro. Aparte de la botella de metanol, no tenemos nada que lo relacione con tu padre o con cualquiera de los otros hombres muertos. Podría alegar que el metanol era para un hornillo de acampada o algo así. O puede decir, ya que la encontramos en un baño comunitario, que no tiene nada que ver con él. Tal vez pertenezca a otra de las personas que se alojan allí. Son cinco, tardaremos días en encontrarlos y entrevistarlos. —Se llevó las manos a la cabeza. No alzó la vista mientras hablaba—. Vamos a tener que encontrar rápido algo más, y habrá que dejar que se marche. Según Murray, no tenemos suficiente para acusarlo de nada.

—¿Dónde está ahora?

Wattie se sentó.

—Sigue en la celda. Podemos retenerlo unas horas más.

McCoy se puso en pie y se dirigió hacia la celda. Ignoró la llamada de Wattie.

McCoy descorrió la tapa de la mirilla hacia un lado y miró hacia el interior de la celda. Hood estaba sentado en la cama, sin zapatos. Tenía la mirada perdida, mascullaba algo demasiado bajo para que McCoy lo oyera.

McCoy abrió la puerta y Hood lo miró.

—¿Qué estás haciendo?

—Rezar.

—Más te vale. Vas a necesitar toda la ayuda que puedas conseguir.

—Yo no maté a su padre. Yo no he matado a nadie.

—Ahórramelo —dijo McCoy—. Verás, he venido aquí esperando sentir algo, verme cara a cara con un asesino retorcido, pero no es así. Lo único que veo es a un cabrón sentado en su cama rezando por su madre. Mi padre podía ser lo que fuera, pero era el doble de hombre que tú. Tú no eres nada, un charco de meados en el suelo.

Se dio la vuelta para irse y se percató de que Hood estaba sonriendo.

—¿Eso es todo, McCoy? ¿Eso es todo lo que tienes? ¿Has venido aquí solo para insultarme? —Negó con la cabeza—. La primera vez que entré en esta comisaría pensé que eras un inútil. Un engreído. El gran Harry McCoy. Parece que tenía razón. Antes te mentí. Lo sé todo de ti, Harry McCoy. Sé quién eres. Sé las cosas que has hecho.

—No sabes nada de mí —replicó McCoy, repentinamente inseguro.

Hood sonrió, como si sintiera lástima por alguien demasiado estúpido para discutir con él.

—Vete a la mierda. Y dile a tu colega que tiene dos horas más, luego me largo.

McCoy había cerrado los puños, tenso. Deseaba con todas sus fuerzas borrarle a Hood aquella sonrisa de la cara. Sabía que si lo hacía, Hood lo usaría en su contra y tendría otra excusa para que le permitieran marcharse. Salió de la celda, cerró la puerta tras de sí, se quedó en el pasillo intentando recomponerse, apaciguar su ira.

Varios minutos y un cigarrillo después, volvía a respirar con normalidad, tenía las manos abiertas. Había otra cosa de la que debía ocuparse. Había dejado que Rossi lo pinchara y eso era malo, no encajaba con el incompleto plan que se había formado en su mente. Era hora de arreglar las cosas. Era hora de arrastrarse.

—¿Rossi?

Rossi levantó la vista de su máquina de escribir.

—¿Tienes un minuto? —Rossi parecía dudar, pero se levantó y siguió a McCoy hasta el pasillo.

—Lo siento —le dijo McCoy—. Estaba molesto por lo de mi padre y me desquité contigo.

Rossi arqueó las cejas.

—Me apunto. A lo del próximo trabajo. Esta vez no la cagaré.

—Me alegra oírlo —dijo Rossi—. Estaremos en contacto.

McCoy lo vio caminar de regreso por el pasillo hacia la sala. No importaba lo que hiciera, iba a destruir a ese cabrón aunque le costara la vida.

—¿Estás bien? —le preguntó Wattie cuando volvió a su escritorio—. Pareces a punto de estallar.

—Estoy bien —respondió McCoy—. Voy a salir a tomar un poco de aire fresco.

Wattie asintió y siguió escribiendo a máquina.

McCoy necesitaba un rato fuera de la comisaría, necesitaba pensar. Se le iban acumulando las cosas. Su padre. Long y Rossi. Kathy Kent. Duncan Kent. Stevie Cooper y Archie Andrews. Todas esas cuestiones no paraban de darle vueltas en la cabeza. Necesitaba aclararse, decidir cuál iba a ser su siguiente paso.

El sargento de guardia lo detuvo antes salir.

—Un tipo te ha dejado una nota.

McCoy tomó el papel doblado, salió al exterior y echó a andar hacia la calle Saracen. Desdobló el papel y empezó a leer. Aquellos garabatos los había hecho Gerry.

Te dije que alguien estaba matando a esos hombres. No me creíste y ahora sabes que es verdad. Tienes que creerme en otra cosa. Mañana es el solsticio de verano. El día más largo. El reverendo West va a hacerle daño a alguien mañana, mucho daño. Tienes que detenerlo. Va a hacerle daño a su hijo. Él existe. Sabes que existe. Siempre lo has sabido.

Gerry

McCoy dobló el papel. Retomó el paso hacia la calle Saracen. No dejaba de pensar. Tal vez las cosas empezaban a aclararse. Tal vez había una salida para todo ese embrollo. Ahora lo único que tenía que hacer era encontrarla.

Sábado
21 de junio de 1975

Sábado
22 de Junio de 1975

Sesenta y seis

—Se vio con mi mujer.

McCoy asintió.

—Y ella le contó la historia —dijo Kent.

Él volvió a asentir.

—Así que la pelota está en su tejado.

—Eso parece —dijo McCoy.

Esta vez, la secretaria de Duncan Kent le había pasado directamente la llamada de McCoy. Nada de reuniones. Nada de «no está disponible» en esta ocasión. Así que estaban sentados en Epicures, en la calle West Nile. Un lugar popular al que iban a almorzar los hombres de negocios como Kent. Mesas pequeñas, camareras con uniforme, grandes ventanales con vistas a la concurrida calle.

Kent jugueteaba con los restos de su ensalada de gambas en el plato. No había comido mucho. Sí se había bebido dos copas de vino blanco. La tensión era palpable.

—Le dije que no fuera a verle —añadió.

—Eso me contó —dijo McCoy, terminándose la última cucharada de sopa. Se limpió la boca con la servilleta y se reclinó en la silla—. Pero lo hizo. Así que ahora tenemos que pensar qué hacer.

—¿Tenemos? —preguntó Kent—. Supuse que esta iba a ser más bien una situación de chantaje.

—No soy un ladrón —dijo McCoy.

Kent alzó las manos.

—Entendido. En ese caso, ¿qué vamos a hacer?

Apareció una camarera, recogió los platos y les preguntó si querían tomar café. McCoy dijo que sí y Kent que no.

—Me importa un carajo quién es su mujer —dijo McCoy cuando la camarera se marchó—. Me parece que ha pagado por lo que hizo. —Sacó el paquete de cigarrillos, encendió uno y lanzó una bocanada de humo—. Si le soy sincero, es usted quien me preocupa.

Kent enarcó las cejas. Eso no se lo esperaba.

—Hizo que uno de sus matones torturase y acabara con Malky McCormack, un anciano que no tenía ni idea de nada, así que perdóneme si no me creo eso de que usted y la señora Kent sean los señores de la mansión que se limitan a dar limosna a los pobres.

Kent fue a hablar, pero McCoy se adelantó.

—No creo que nunca se le pueda acusar de lo de Malky, ¿no es cierto? Demasiados abogados caros y demasiados grados de separación. ¿Tengo razón?

Kent sonrió, mostrando una hilera de dientes blancos y uniformes.

—No tiene ni una maldita posibilidad.

Llegó el café de McCoy y este le dio un sorbo.

—Tampoco me importa gran cosa a qué se dedique, Kent, excepto cuando esas cosas ocurren en mi territorio, y Malky McCormack estaba en mi territorio. Me da la impresión de que tengo lo suficiente como para llevarle a la comisaría e interrogarle. No serviría de nada, pero me aseguraría de que los fotógrafos del *Record* y el *Evening Times* estuviesen allí. Eso emborronaría un poco el brillo de su aureola. Me haría sentir un poco mejor por el pobre Malky.

—Podría ser, pero no va a hacerlo.

—¿Por qué está tan seguro?

Kent dio vueltas y vueltas al anillo de sello que lucía en el dedo meñique.

—Es sencillo. Le ha tocado la lotería. Tiene el certificado de nacimiento. Sabe exactamente quién es mi mujer. No va a desperdiciar semejante oportunidad para intentar avergonzarme en dos periódicos provincianos de mierda que mañana servirán para envolver pescado. No es usted tan estúpido. —Se inclinó hacia delante—. Así pues, ¿por qué no para de marear la perdiz y me dice qué vamos a hacer?

McCoy dejó la taza de café. Sonrió.

—Me extraña que tenga que preguntármelo.

Sesenta y siete

McCoy se sentó en los escalones del Tribunal Superior de Justicia y sacó sus cigarrillos. La piedra sobre la que se había sentado estaba agradablemente caliente, el sol no había dejado de brillar desde primera hora de la mañana. Al otro lado de la calle, Glasgow Green estaba lleno de niños y de familias jóvenes. Una furgoneta de helados estaba aparcada junto a las puertas del parque y se había formado una larga fila de personas. Se acordó de Paul y su plan con el Askit. Se preguntó cómo iría la cosa.

Ahora que la reunión con Kent había terminado y el plan estaba listo, empezó a pensar en Hood. Las pruebas eran bastante contundentes. Disponía de un motivo, de la oportunidad y del arma del crimen. Solo había una cosa que no parecía tener ningún sentido. ¿Por qué le guardaba Hood tanto rencor como para matar a su padre? Tan solo había hablado con Hood un par de veces; es cierto que no había sido muy agradable con él, pero no era razón suficiente.

Hasta ese momento, no había sido capaz de pensar en nadie que pudiera hacer tal cosa. Pero, de repente, se le ocurrió. Quizás aquella nota no estaba destinada a él. Quizás la nota era para su padre. «Ahora ya sabes qué se siente.» ¿Qué se siente al morir? ¿Le había hecho su padre algo tan malo a alguien como para que quisiera matarlo, para que quisiera que sufriese?

Cabía la posibilidad, pero ¿qué podría haberle hecho su padre a Hood? Según Frank, llevaba meses fatal. ¿Qué podría haberle hecho un alcohólico terminal a un tipo grande y fuerte como Hood? Nada físico, en cualquier caso.

Apagó el cigarrillo y lo pisoteó, vio a Wattie salir del depósito de cadáveres. Le hizo una señal con la mano y Wattie subió la escalera.

—Parece que estos malditos escalones son tu segundo hogar —dijo. Se sentó, estiró las piernas y bostezó—. Llevo dos malditas horas de pie. Estoy hecho polvo.

—Por cierto, ¿cómo fue la fiesta? —preguntó McCoy.

—Genial —respondió Wattie—. Atrapado en un piso con veinte niños pequeños gritando. El mejor día de mi vida.

—¿Se divirtió el pequeño cabroncete?

—El pequeño cabroncete se lo estaba pasando en grande hasta que la vecinita de arriba le quitó su trozo de tarta y se la comió. Después de eso se desató el infierno. Te hubiera encantado.

—¿Preguntó por mí?

Wattie asintió.

—Sí. No paraba de preguntar dónde estaba su tío Harry.

—¿En serio? —dijo McCoy, sintiéndose un poco conmovido.

—Joder. No se dio ni cuenta de que no estabas allí, ni siquiera se dio cuenta de que estaba yo, todo giraba en torno al pastel y las patatas fritas. ¿Tienes un cigarro?

McCoy le tendió el paquete y Wattie encendió un cigarrillo.

—¿Seguro que quieres oír todo esto? No es agradable.

McCoy asintió.

—Allá tú. La causa de la muerte fue intoxicación alcohólica aguda. Según palabras de Phyllis, esa botella de alcohol fue solo la guinda del pastel. Incluso sin ella, por lo visto, habría muerto en cuestión de días. ¿Solo tenía cincuenta y nueve años?

McCoy calculó mentalmente. Asintió.

—Dios, parecía más bien de setenta y pico, Harry. Estaba en un estado...

—¿Algo más?

—Cirrosis hepática, algún daño cerebral. Ella cree que en algún momento debió de caerse, se golpeó la cabeza.

—Lo atropelló un coche.

—Me sorprende que llegara a los cincuenta y nueve —dijo Wattie—. ¿Te molesta?

No le molestaba. Lo que sentía ahora no era realmente dolor, sino más bien arrepentimiento por haberlo desperdiciado todo. Era hora de enmendarlo.

—¿Me ayudarás a hacer una cosa?

Wattie parecía dudar.

—¿De qué se trata exactamente?

—No te aceleres —dijo McCoy—. Hoy es el solsticio de verano. Quiero echar un último vistazo a la casa del reverendo West. Gerry está convencido de que tiene un hijo y de que hoy West le va a hacer algo.

—¿Gerry? ¿Ese embustero? ¿En serio?

—Te he dicho que no te acelerases. Solo será una hora. Gerry me dejó una nota. Tenía razón sobre los envenenamientos, ¿no es cierto? Se merece una oportunidad con este tema.

Wattie negó con la cabeza.

—Te invitaré a una copa después —dijo McCoy—. Dos copas, tres copas. Y te prometo que no volveré a mencionarlo.

—Si digo que sí, tú también tendrás que hacerme un favor.

—De acuerdo —dijo McCoy—. ¿Qué favor?

—Tendrás que hacer de canguro del pequeñajo, o, como tú lo conoces, tu querido ahijado, una noche, para que Mary y yo podamos salir. No hemos salido una sola vez juntos desde que nació.

McCoy le tendió la mano para estrecharla.

—Trato hecho.

Sesenta y ocho

Wattie salió del coche, se aflojó la corbata y se arremangó la camisa. McCoy cerró el coche con llave y echaron a andar colina abajo. La calle Hillend estaba vacía, tan solo había un par de coches aparcados y podía oírse el griterío de los niños jugando en el campo adyacente. Hacía calor, se notaba la humedad. Nubes de moscas diminutas revoloteaban en el aire. Olor a césped recién cortado.

—Cuéntamelo otra vez —pidió Wattie.

McCoy suspiró. Empezó de nuevo.

—Gerry dice que hoy es el solsticio de verano. El día más largo del año. El día en que pueden entregar la mayor parte de su sufrimiento a Dios. Para West, es la fecha más importante del calendario. Así que, si West va a hacer algo, lo hará hoy.

—Un montón de tonterías. Los católicos y los protestantes ya son lo bastante malos, no hace falta toda esta mierda.

—No tienes que convencerme de eso.

—¿De verdad crees que West tiene un hijo secreto y que hoy va a torturarlo o algo así?

—Eso es lo que piensa Gerry.

—Por cierto, ¿y él dónde está?

—Andará por aquí, no te preocupes.

Siguieron caminando, pero, al poco, McCoy se detuvo.

—Hablando del rey de Roma.

Gerry salió a la calle por detrás del seto de la casa contigua a la de West. El traje negro de siempre, guantes, pelo por todas partes.

Parecía muy satisfecho de sí mismo.

—Sabía que vendrías. Sabía que me creerías.

—Pues, entonces, sabías más que yo —dijo McCoy—. Hace media hora que me decidí a venir. Y digamos que es más para satisfacción personal que porque crea que tienes razón.

Gerry sonrió.

—No importa. Estás aquí. Vamos. Tenemos que darnos prisa.

Subieron por el sendero de la casa de West y McCoy tocó el timbre.

—¿Qué vamos a hacer? —preguntó Wattie—. ¿Pedirle que nos entregue al chico inexistente?

McCoy volvió a tocar el timbre.

—No parece que haya nadie dentro —dijo Wattie.

—Por detrás —indicó Gerry.

McCoy se encogió de hombros y siguieron a Gerry por el lateral de la casa. El jardín parecía un tanto descuidado. Había que cortar el césped y quitar las malas hierbas de los parterres. Gerry miró a su alrededor y agarró un ladrillo de un montón junto al cobertizo.

—Gerry —dijo McCoy—, ¿qué vas a hacer con eso?

Obtuvo la respuesta de inmediato cuando Gerry arrojó el ladrillo contra la ventana de la cocina. Esta se hizo añicos y el ruido sonó como una explosión en aquella tranquila calle residencial. Gerry se bajó la manga hasta la mano, extrajo los fragmentos de vidrio restantes del marco y se coló dentro de la casa. Reapareció unos segundos después, tras la ventana de la puerta trasera. Se oyó el ruido de una llave girando, y luego la puerta se abrió.

—Genial —dijo Wattie—. Siempre he querido que me detuvieran por allanamiento de morada.

No solo el jardín estaba descuidado, en la casa también podía apreciarse la dejadez. Al parecer, las cosas habían ido a peor desde su última visita. Platos apilados en el fregadero, moscas azules revoloteando alrededor de un cubo de basura lleno.

—¿Hay alguien en casa? —gritó McCoy.

No obtuvo respuesta.

—Tenemos que registrar la casa —dijo Gerry—. Está aquí, en alguna parte. Tiene que estar.

McCoy asintió. Ya que se encontraban allí, lo más adecuado sería hacer bien las cosas. Media hora más tarde, después de abrir armarios, mirar debajo de las camas, golpear las paredes en busca de habitaciones secretas y subir una escalera hasta un desván vacío y polvoriento, no habían encontrado nada. Ni a nadie.

McCoy los convocó de vuelta en la cocina. Se palmeó las perneras de su pantalón para quitarse el polvo. Gerry estaba cada vez más nervioso, mascullando entre dientes y tirándose del pelo. Wattie simplemente parecía cansado.

—Aquí no hay nadie, hijo —señaló McCoy.

—Hoy es el solsticio. Tiene que estar —dijo Gerry—. Sé qué aspecto tiene. —Entonces reparó en algo—. Estará en la iglesia.

—Espera un segundo —dijo Wattie—. Esto empieza a ser muy ridículo. Hemos venido contigo, en contra del sentido común, debo añadir, hemos destrozado este lugar y aquí no hay nadie. No hay misterio, no hay reverendo West. Nada. Vamos a dejarlo aquí.

McCoy estaba a punto de darle la razón a Wattie cuando Gerry abrió un cajón de la cocina, sacó un cuchillo de trinchar y se lo acercó al cuello.

—Tenemos que ir a la iglesia ahora mismo o me clavaré este cuchillo en el cuello, y os juro que lo haré. Hablo en serio.

Apareció una gota de sangre en la punta del cuchillo.

—Gerry —dijo McCoy, acercándose a él—, no seas tonto. Deja el cuchillo y...

Gerry apretó aún más el cuchillo, con los ojos fijos en los de McCoy. La sangre empezó a correr por su cuello.

—¡Gerry! ¡Por el amor de Dios! ¡Ya vale! ¡Vale! ¡Iremos a la iglesia! —gritó McCoy.

Gerry mantuvo el cuchillo allí durante unos segundos y luego lo retiró. Se limpió la sangre con la manga.

—Será mejor que nos demos prisa —dijo.

Sesenta y nueve

Llegaron a la Iglesia del Cristo Sufriente y se toparon con las puertas cerradas, ni ruido de cantos ni señal de actividad alguna. Gerry todavía tenía el cuchillo de trinchar en la mano, un paño de cocina envuelto alrededor del cuello para detener la hemorragia, y seguía mascullando para sí mismo. McCoy tosió un poco debido al polvo de la casa y escupió en el suelo.

—Entonces —dijo Wattie, señalando con la cabeza el pequeño edificio verde—, allanamiento de morada, cargo número dos, ¿no? Voy a matarte, McCoy.

—Vamos a hacerlo —dijo McCoy—. Ya hemos perdido bastante tiempo. —Se volvió hacia Gerry—. Esto es el final, hijo. Si registramos el lugar y no hay nadie, nos vamos, ¿entendido? Y tú no harás ninguna estupidez. ¿De acuerdo?

Gerry asintió.

—De acuerdo.

McCoy caminó hacia la puerta de la iglesia. Estaba a punto de preguntarle a Gerry si podía accederse por detrás, cuando la puerta se abrió de golpe.

Era la mujer con los soportes ortopédicos, parpadeando debido a la luz del sol. Su rostro estaba pálido, los ojos rojos debido al llanto. Se tambaleó hacia un lado, cayó de rodillas, puso los ojos en blanco y se desmayó.

McCoy echó a correr, Wattie y Gerry detrás de él. Llegó primero a la puerta de la iglesia y la abrió. Al principio no podía ver bien, el cambio fue dramático, del sol brillante del exterior a la penumbra de la iglesia. El polvo flotaba en el aire, olor a madera vieja y húmeda y a papel. Oyó la voz de alguien, parecía el reverendo West. Cuando sus ojos se adaptaron, pudo verlo.

Estaba de pie junto al altar, inclinado sobre algo. No llevaba corbata, tenía la camisa abierta, una mirada frenética en los ojos y un largo cuchillo de cocina en la mano. Alzó la vista y gritó:

—Pero aunque sufras por lo que es justo, serás bendecida.

McCoy rodeó el banco a toda velocidad para ver qué estaba pasando y se detuvo en seco. Había una mujer tendida en el suelo de la iglesia, con los brazos y las piernas atados a una tosca cruz de madera. El reverendo West, arrodillado junto a ella, gritó de nuevo:

—No temas sus amenazas, no te asustes.

Y alzó el cuchillo, cuyo metal brilló bajo la luz que se colaba por las ventanas. La mujer volvió la cabeza hacia McCoy justo cuando West le clavó el cuchillo en el estómago. No se inmutó al notar la cuchillada. Solo miró a McCoy y sonrió. Sus ojos vacíos se cruzaron con los de McCoy.

A McCoy se le revolvió el estómago. Trató de no fijarse en la sangre y corrió hacia West. West bajaba de nuevo el cuchillo justo cuando McCoy le rodeó el cuello con un brazo y lo tiró al suelo. West cayó sobre él y McCoy sintió una punzada de dolor en la espalda, como un fuerte puñetazo. Empujó a West, intentó ponerse encima de él. Casi lo había derribado cuando apareció Wattie y le propinó una patada a West. Fuerte. Saltó hacia atrás y su cabeza golpeó el suelo.

Wattie le pisó la muñeca, le quitó el cuchillo y lo dejó sobre uno de los bancos.

—¿Estás bien? —le preguntó a McCoy.

Asintió. Se había quedado sin respiración, con el corazón acelerado, pero aparte de eso estaba bien. West yacía en el suelo, parecía un poco aturdido por el golpe que se había dado en la cabeza. Recitaba algo en voz baja. McCoy se puso en pie y, de repente, sintió un agudo dolor. Se llevó la mano a la espalda, para averiguar de qué se trataba, y vio que la mano se le había teñido de rojo. Maldijo, alzó la vista y vio a Gerry de pie en la puerta de la iglesia.

—Gerry —gritó—. No entres.

Gerry dejó caer el cuchillo y empezó a caminar por el pasillo.

—Joder —dijo McCoy en voz baja. Intentó moverse para detenerlo, pero el dolor en la espalda le golpeó con fuerza y lo único que pudo hacer fue sentarse en el banco e intentar recuperar el aliento. Gerry pasó junto a él y se dirigió a la mujer que yacía en el suelo. Seguía sonriendo, con los ojos hacia el cielo, parecía estar experimentando algo así como un trance extático, con la sangre roja y brillante extendiéndose a su alrededor.

Gerry cayó de rodillas. Le tendió la mano.

—Mamá —dijo—. Mamá, ¿estás bien?

West intentó incorporarse, pero Wattie lo tenía sujeto, con el brazo alrededor de su cuello en un agarre de estrangulamiento.

—Quédate quieto, maldita sea —le siseó.

West no escuchaba. Miró directamente a Gerry. Sonrió. Parecía feliz de verlo.

—Hola, hijo —dijo. Asintió en dirección a la mujer—. Podrías ser tú, Jeremiah. No es demasiado tarde. Tú también puedes acercarnos a Dios con tu sufrimiento, cumplir tu destino por fin.

McCoy nunca había visto a Gerry moverse tan rápido. Segundos antes estaba arrodillado junto a su madre. Al instante, agarró el cuchillo del banco, corrió hacia West y se lo clavó directamente en la garganta. La fuerza del golpe hizo que West y Wattie retrocedieran y cayeran al suelo.

El cuello de West quedó rajado de oreja a oreja, bombeando sangre.

Gerry se acercó a su madre, se tumbó a su lado y se acurrucó contra ella.

—Está bien, mamá, estoy aquí, está bien...

McCoy intentó levantarse, apartarse de la sangre, pero no tuvo fuerzas. Tropezó y cayó al suelo de madera. Se quedó allí tumbado, observando a Gerry abrazado a su madre, hablándole en voz baja mientras la vida se le escapaba. Vio cómo Wattie se incorporaba e iba hacia él. Le oyó decir:

—Harry, joder, ¿estás bien?

Intentó decir que sí, pero no pudo pronunciar una sola palabra. Trató de levantarse de nuevo. Volvió a caer. Oyó a Wattie
decirle que se quedara tumbado, quieto, que pediría ayuda.
Asintió con la cabeza. Cerró los ojos, no quería ver a West nunca más. La madre de Gerry. No más sangre, no más dolor.

Miércoles
25 de junio de 1975

Hubo una ronda de aplausos dispersos cuando McCoy entró en la comisaría. Hizo una reverencia y se dirigió a su escritorio. Una familiar nube de humo de tabaco lo cubría todo, el ruido de las máquinas de escribir, una radio en la que sonaba Alvin Stardust. Parecía que nada había cambiado en los pocos días que había estado fuera. Todavía le dolía un poco la espalda, pero aparte de eso se encontraba bien. Se sentó, hizo una mueca de dolor. Sacó sus cigarrillos.

—¿Aún te duele? —le preguntó Wattie.

Negó con la cabeza mientras buscaba las cerillas en su cajón.

—No demasiado. Solo los puntos, pican como el demonio.

—¿Cuántos te pusieron?

McCoy encontró una caja de cerillas Swan Vestas con algunos fósforos.

—Doce. Mi espalda está bien, pero mi traje nuevo está jodido. Un gran agujero en la espalda, manchado de sangre por todas partes. ¿Por qué no llevaría el viejo cuando el cabrón me apuñaló? —Encendió su cigarrillo, apagó la cerilla—. Entonces, ¿qué me he perdido?

—Mucho —dijo Wattie—. No sé si lo sabes, pero West murió en la ambulancia.

No lo sabía. No le dio mucha lástima.

—Gerry está en Leverndale...

—¿El hospital psiquiátrico?

Wattie asintió.

—No está muy bien. No ha hablado desde la iglesia. Lo tienen en observación. Bajo vigilancia por riesgo de suicidio.

—Dios mío —dijo McCoy—. Pobre diablo.

—La mujer...

—¿La madre de Gerry? —preguntó McCoy.

Wattie asintió.

—Murió ayer. No llegó a recuperar la conciencia. —Movió la cabeza hacia un lado y otro—. Todavía no puedo creer que sonriera cuando la apuñaló. Me produjo escalofríos. Así pues, tenemos a todos los malditos fanáticos religiosos contabilizados.

McCoy quiso decir algo, pero Wattie se le adelantó.

—Y antes de que preguntes, volvieron a registrar la casa y la iglesia. No hay rastro del hijo. Ni ropa, ni juguetes, ni papeles, nada. Da la impresión de que nunca existió. Lo que sí encontraron fue una pared falsa en el desván. Por lo que parece, la madre de Gerry se había escondido allí. Un colchón hinchable. Algo de ropa. Una Biblia.

—Así que era eso... —dijo McCoy.

—¿El qué? —preguntó Wattie.

McCoy negó con la cabeza.

—Nada.

—¿Crees que Gerry es hijo de West? ¿Es eso?

—No estoy seguro —contestó McCoy—. Es posible que solo se refiriera a ello como les hablan los mayores a los más jóvenes. Muerta la madre, nunca lo sabremos. Supongo que realmente no importa. Ya no. —Lanzó una bocanada de humo al aire y miró alrededor de la comisaría. Tenía cosas que hacer—. ¿Ha estado Rossi por aquí?

Wattie negó con la cabeza.

—No mucho. Lo he visto un par de veces. Aparte de los locos religiosos, todo ha estado bastante en calma. Redactar el informe ha sido un puto suplicio, me ha llevado casi toda la semana. —Miró a McCoy—. ¿Sabes que Hood está libre?

McCoy negó con la cabeza, pero no le sorprendió.

—No pudimos retenerlo. No hay pruebas suficientes para condenarlo, según la Fiscalía. ¿Qué te parece? Peor aún, incluso quiso volver aquí, a la comisaría, pero Murray lo mandó a tomar por culo. Lo ha enviado a la calle Tobago. ¿Estás de acuerdo?

McCoy se encogió de hombros.

—No puedo hacer nada al respecto. Además, ni siquiera estoy seguro de que lo hiciera. Lo de la nota sigue sin tener sentido.

—He estado pensando en ello —dijo Wattie—. A lo mejor tu padre tuvo otro hijo. Es posible que tenga alguna relación con él.

—Podría ser. No lo sé. Me temo que nunca sabremos de qué se trata.

—Probablemente no. ¿Sigues quedándote en casa de Margo?

—Sí, se supone que debe cuidar de mí, pero tiene un comprador para la finca, ha estado allí revisando cosas, viendo qué dejarles y qué quiere quedarse. Apenas ha parado en casa.

—Pobre de ti —dijo Wattie—. Quizás podríamos dejarte al pequeño cabroncete para que cuides de él.

McCoy negó con la cabeza.

—¿Me estás diciendo que aparte de todas esas muertes y puñaladas, por no mencionar mi propia lesión, tu principal preocupación es que recuerde que te prometí hacer de canguro?

Wattie asintió.

—Sí. Mary está muy emocionada. ¿Qué tal mañana?

McCoy asintió.

—Sí, señor —dijo Wattie—. Voy a llamarla.

McCoy lo vio marcharse y luego miró la pila de archivos sobre su escritorio. Suspiró y abrió el primero. Empezó a leerlo y se quedó dormido. No importaba lo que le dijera a Wattie, todavía le preocupaba la nota que habían dejado sobre el cuerpo de su padre. Todavía se preguntaba qué podía significar. Estaba a punto de empezar a leer de nuevo el archivo cuando se abrió la puerta de la comisaría y entró Rossi. El pelo engominado, igual que siempre, la corbata de siempre, la sonrisa de satisfacción de siempre.

Asintió a McCoy y señaló los baños.

—Has vuelto —dijo cuando McCoy entró tras él—. Ya era hora, joder.

—Yo también me alegro de verte —dijo McCoy—. ¿Qué pasa?

—¿Te has enterado de lo de Long? —preguntó Rossi, sacó

un peine y empezó a peinarse hacia atrás frente al espejo del baño.

McCoy negó con la cabeza.

—Está jodido. La infección se ha extendido. Tuvieron que amputarle la mano izquierda y perdió dos dedos de la derecha. No volverá.

—Pobre cabrón —dijo McCoy.

—Que le jodan —replicó Rossi, guardando el peine y dándose la vuelta—. No debería haber jodido el trabajo. —Se acercó a McCoy y le dio un golpecito en el pecho—. Lo que significa que ahora estás en una posición privilegiada. Es hora de que ocupes su lugar. Ganar un poco más de dinero.

—Suena bien —dijo McCoy—. ¿Cuándo empezamos?

—Esta noche —respondió Rossi—. ¿Estás preparado?

McCoy asintió.

—¿Qué pasa?

—Archie quiere conocerte. Averiguar si estás preparado para el trabajo.

—No te preocupes por eso —dijo McCoy—. ¿Cuándo y dónde?

—En el bar Anchor, en Tollcross —dijo Rossi—. Ha ido a visitar a su hermana. Vive al lado. A las ocho.

McCoy asintió y se dispuso a irse.

—Otra cosa, McCoy. Archie no se ha olvidado de Cooper. Necesita que se lo entregues.

McCoy hizo un gesto con la mano y salió de los baños. Se volvió a sentar a su escritorio y agarró el teléfono. Marcó un número. La secretaria maleducada contestó.

—Quiero hablar con el señor Kent —dijo—. Ahora.

Setenta y uno

A McCoy no se le ocurría una situación más extraña en la que se hubiese visto envuelto. Estaba sentado en el asiento del copiloto de un Ford Cortina destartalado, Duncan Kent estaba en el asiento del conductor y Joseph Monaghan en el asiento trasero, silbando entre dientes y hojeando un ejemplar del *Evening Times*.

—¿De dónde has sacado el coche, Joe? —preguntó Kent.

—De una calle de Ibrox.

Kent movió el espejo retrovisor para poder verle la cara a Monaghan.

—Te dije que compraras un coche que pasara desapercibido, no que compraras un maldito cacharro. Voy a pillar pulgas en este maldito asiento.

McCoy debería haberse imaginado que Monaghan estaba con Kent. Sin embargo, no le hizo ninguna gracia descubrirlo. No le apetecía lo más mínimo charlar con el hombre que sin duda habría matado a golpes a Malky McCormack. Aun así, si uno elige bailar con el diablo, no puede ser demasiado exigente.

McCoy miró su reloj. Las ocho menos cinco. El taxi avanzaba por la calle.

—Podríamos ser nosotros.

El taxi se detuvo y después de que Rossi se bajara de él desapareció, de nuevo a la caza de pasajeros. McCoy oyó cómo se abría la puerta trasera del coche, Monaghan salió. Observó a través del parabrisas cómo se acercaba a Rossi, sosteniendo un cigarrillo en la mano como si anduviera buscando que alguien le diese fuego. Rossi metió la mano en el bolsillo para sacar las cerillas, y Monaghan le dio un cabezazo. Le había roto la nariz a Rossi y la sangre le corría por el rostro. Retrocedió tambaleándose y Monaghan le propinó tras el cabezazo dos golpes a un lado de la cabeza. Rossi iba a caer al suelo. Monaghan lo agarró por debajo de las axilas y lo arrastró hacia el vehículo.

McCoy oyó cómo abría el maletero, un golpe sordo, sintió que el coche descendía un poco antes de que lo cerrara de golpe de nuevo. Monaghan abrió la puerta trasera, se sentó y volvió a agarrar el periódico. Toda la operación había durado menos de un minuto. A pesar de que no apreciaba en absoluto a Monaghan, tuvo que admitir que era muy bueno en su trabajo.

—¿Cuál era la dirección? —preguntó Kent.

—Kingsacre Drive —respondió McCoy—. Número setenta y ocho.

Kent giró la llave, el motor arrancó y se pusieron en marcha.

Setenta y dos

La casa de Rossi era un bungaló adosado en la zona sur de Glasgow. Estaba limpia y ordenada: alfombras con dibujos en espiral y papel pintado con relieve, un pequeño cuadro de Cristo con un hueco para el agua bendita debajo, junto a la puerta principal. Rossi también tenía una gran colección de fotos antiguas de Glasgow. Doce o trece de ellas enmarcadas y colgadas en las paredes del salón. McCoy observó cada una de ellas, tratando de averiguar de dónde eran, al tiempo que se esforzaba por no oír cómo Joseph Monaghan se aplicaba de manera concienzuda en su trabajo.

Kent se acercó a la radiogramola y empezó a hojear los discos apilados a su lado.

—¿Te apetece escuchar algo?

McCoy negó con la cabeza. Lo único que tenía claro era que no quería oír cómo gritaba Rossi a pesar de tener un par de calcetines metidos en la boca. Calcetines, porque después de que Monaghan lo atara a la silla que había cogido de la cocina, le quitó los zapatos a Rossi, luego los calcetines y se los metió en la boca, para después clavarle un destornillador en cada pie, inmovilizándolos de manera efectiva contra el suelo.

Kent agarró uno de los discos y sonrió.

—Hace siglos que no escucho esto.

Segundos después, el tema «Gasoline Alley» de Rod Stewart llenó la habitación.

McCoy fue a la cocina, se sirvió un vaso de agua y se lo bebió de un trago; le temblaba la mano. Lo que en principio le había parecido una buena idea se estaba convirtiendo en una pesadilla. Conseguir que Kent amenazara a Rossi y lograr que le entregara las fotos de McCoy, a cambio del certificado de nacimiento de Kathy, le había sonado bien.

Lo que no había tenido en cuenta era hasta qué punto disfrutaban personas como Kent y Monaghan haciendo daño a los demás. No era un efecto secundario de su trabajo, era la principal razón por la que se dedicaban a ello. Oyó gritar su nombre, dejó de nuevo el vaso en el escurridor y entró en el salón.

Rossi tenía los calcetines en la boca. Parecía absolutamente aterrorizado. Los ojos parecían querer salírsele de las órbitas, le corría el sudor por el rostro, pelo por todas partes. Se había meado encima.

—Dilo otra vez —dijo Kent.

—El dormitorio de invitados, debajo de la cama. Hay una caja con cerradura. La llave está debajo de la enciclopedia que hay en la estantería. Por favor, no me hagáis daño...

Monaghan volvió a meter los calcetines en su sitio.

—Vete, McCoy —dijo Kent.

McCoy tomó la llave del estante y se arrodilló junto a la cama. La habitación estaba fría, olía un poco a humedad, como si nunca la ventilaran en condiciones. Sacó la caja, intentó no pensar en lo que estaba pasando en el salón. Metió la llave, al principio no giraba, la movió y finalmente cedió. Alzó la tapa y se quedó mirando el contenido.

Había una docena de grandes sobres marrones, bolsas de cristalina con negativos al lado. Eso no era todo. Había dinero, mucho. Unos treinta gruesos fajos de billetes de veinte. El botín de Rossi por todos los trabajos extra a lo largo de esos años. Se los metió en los bolsillos, aunque tuvo que dejar un par porque eran demasiados. No le cabían más. Agarró los sobres y los negativos y regresó al salón.

Monaghan y Kent estaban de pie frente a una de las fotos

enmarcadas en la pared, no tenían claro si se trataba de Shettleston Road o Tollcross Road. Se volvieron cuando apareció McCoy.

—¿Las tienes? —preguntó Kent.

McCoy asintió. No dijo nada sobre el dinero.

—Lo más fácil sería acabar con todo esto de una vez por todas, ¿sabes a qué me refiero? —dijo Kent—. Joseph tiene mucha experiencia deshaciéndose de cadáveres.

McCoy negó con la cabeza. Era lo último que quería.

—Se cagará de miedo. Eso será suficiente.

Kent se encogió de hombros.

—Lo que tú digas.

Rossi seguía atado a la silla, la sangre que brotaba de sus pies se filtraba en la arremolinada alfombra. Parecía destrozado, mostraba unas enormes manchas de sudor en la camisa, bajo las axilas. Kent se acercó y se situó frente a él. Rossi retrocedió de inmediato, empezó a sacudir la cabeza, tratando de hablar a través de la mordaza.

Kent se llevó un dedo a los labios, dijo «shh» y luego se inclinó y le sacó los calcetines de la boca.

—¿Vas a comportarte?

Rossi asintió.

Kent se acuclilló para colocarse delante de él cara a cara.

—Las cosas van a ir de la siguiente manera. Lo que ha ocurrido esta noche, nunca ha ocurrido. Si alguna vez me entero de que has contado una sola palabra al respecto, Joseph volverá y acabará contigo. Y antes de que mueras, te torturará de tal modo que la muerte te parecerá un dulce alivio. ¿Entendido?

Rossi asintió.

—Y cuando veas a McCoy en la comisaría, asiente educadamente, salúdalo y pregúntale por su salud. Nada más. ¿Entendido?

Rossi asintió.

—Me importa una mierda cómo vas a explicarle a Archie Andrews que dejas de trabajar para él, pero eso es lo que vas a hacer. Te lo repito, si le hablas de mí, de Joseph o de McCoy, Joseph volverá. ¿Entendido?

Rossi volvió a asentir.

—Buen chico.

Kent le introdujo de nuevo los calcetines en la boca y le arrancó los destornilladores de los pies.

Su rostro se retorció de dolor. Kent señaló el cuadro.

—¿Shettleston?

Rossi consiguió asentir.

Kent sonrió y se puso en pie.

—Me debes cinco libras, Joseph. Ahora, vámonos.

Salieron de la casa y se dirigieron al coche. McCoy no pudo soportar la idea de compartir aquel reducido espacio con ellos.

—Voy a caminar un rato —dijo.

Sacó el certificado de nacimiento del bolsillo interior de su chaqueta y le entregó el sobre a Kent, que lo tomó y se lo guardó en el bolsillo.

—Se acabó —dijo—. Jamás lo he visto, no sé qué dice, no sé a quién pertenece.

—¿Sabes lo que pasará de no ser así? —preguntó Kent.

McCoy asintió. Lo sabía a la perfección. Joseph iría a por él y no pararía hasta que McCoy estuviera bajo tierra.

Kent extendió la mano para estrechársela. McCoy vaciló un segundo, pero acabó correspondiendo. Los vio subirse al coche y marcharse. Echó un vistazo a la calle. Parecía recordar que había un pub llamado Beechwood un poco más adelante. Se puso en marcha. Necesitaba un trago y lavarse las manos. Quería creer, con todas sus fuerzas, que seguía siendo diferente a gente como Kent y Monaghan.

Sábado
28 de junio de 1975

La enfermera señaló hacia el pasillo que llevaba a la sala de día.

—Por ahí —dijo.

McCoy le dio las gracias y echó a andar por el pasillo. Llevaba una bolsa consigo. En ella había metido las fotos de Long, una botella de Lucozade, una bolsa de uvas y las treinta y dos mil libras de Rossi. Abrió la puerta de la sala de día y entró. Era una estancia grande, con unos enormes ventanales que daban a la nueva autopista, sillones con cojines y una mesa de centro con revistas muy manoseadas.

Long estaba sentado junto a la ventana, ataviado con pijama y bata, profundamente dormido. Tenía los dos brazos vendados, el izquierdo acababa en un muñón. McCoy se sentó a su lado, lo escuchó roncar un rato y se fijó en los coches que pasaban. Decidió dejar dormir a Long un rato, sacó su paquete de cigarrillos y encendió uno. Tenía que pensar en algo.

Se había quedado en el Beechwood hasta que cerraron, borracho como una cuba. No se atrevía a ir a casa de Margo, pues tendría que darle explicaciones, así que se fue a su apartamento. Se despertó por la mañana tumbado en la cama, completamente vestido, con una bolsa de patatas fritas y un bocadillo que goteaba grasa sobre la mesilla de noche. Se levantó, se dio un baño, se preparó una taza de té y se sentó a la mesa con los sobres de fotos.

Le resultó muy fácil encontrar sus fotos: era el sobre menos abultado. En una de ellas aparecía delante del piso del viejo, sentado en un coche en Lambhill. Había otra que lo sorprendió: estaba sentado en el Arlington con el sobre de dinero en la mano. Ni siquiera se había dado cuenta de que lo habían fotografiado. El sobre de Long era mucho más grueso. El fotógrafo incluso había tomado una instantánea en la que aparecía en acción, pateando a un tipo tirado en el suelo de lo que parecía un pub vacío. Abrió otros sobres. Gente que no conocía haciendo el mismo tipo de cosas.

Abrió el último, vació su contenido sobre la mesa. Observó las fotografías durante un minuto, sin dar crédito a lo que veían sus ojos. Archie Andrews y Murray sentados a una mesa del Rogano. Archie Andrews y Murray jugando al golf en algún lugar. Archie Andrews y Murray en un partido de rugby. Archie Andrews y Murray sentados en la parte trasera del Glen Douglas, enfrascados en una conversación.

Se recostó y le dio un sorbo a su taza de té. Cabía la posibilidad de que la mayoría de aquellas fotos hubieran sido tomadas en actos benéficos. Andrews y Murray se movían en los mismos círculos. Era la del Glen Douglas la que le preocupaba. No solían celebrarse actos benéficos en los pubs de mala muerte de Lambhill.

Las fotos no demostraban nada más allá de una serie de encuentros casuales, supuso McCoy. Nada demasiado grave, en cualquier caso. Solo dos ciudadanos prominentes de Glasgow charlando. Estudió de nuevo la del Glen Douglas. Caras serias inclinadas, acercándose. Muy unidos.

Tomó las fotos de Murray y se dirigió a la papelera. Rompió la primera en pedazos diminutos. Hizo lo mismo con las siguientes. La del Glen Douglas era la última. La observó, la dobló por la mitad y la deslizó entre las páginas de un ejemplar del libro *Tiburón* que había en la estantería.

Terminó el cigarrillo, lo apagó en el cenicero de hojalata que había sobre la mesa de café en la sala de estar. Decidió que lo mejor era dejar que Long siguiera durmiendo. Colocó la bolsa de la compra a su lado y se marchó.

Setenta y cuatro

—¡Ya voy yo! —gritó McCoy desde lo alto de las escaleras. Abrió la puerta principal de la casa de Margo. Wattie y Mary estaban allí, ambos vestidos de gala, con el pequeño Duggie en brazos de Mary. El niño vio a McCoy, le tendió la mano, McCoy la tomó y le hizo una pedorreta en su rechoncha palma.

—Hola, Sonrisitas —dijo—. ¿Has venido a visitar a tu tío Harry?

Wattie le entregó una bolsa.

—Todas sus cosas están ahí. Ha estado corriendo por el parque todo el día, así que espero que esté agotado. Si lo acuestas sobre las ocho, llorará durante unos minutos y luego se quedará dormido. Es lo que hace siempre. Vamos a Ferrari, si pasa algo, puedes llamarnos allí. ¿De acuerdo?

—Todo bien —respondió McCoy, tomando la bolsa y al pequeño Duggie.

—Nos vemos sobre las diez y media —dijo Mary—. Gracias por esto.

—No se merecen —dijo McCoy—. Margo está deseándolo.

Se despidió de ellos, cruzó la sala de estar, le quitó el anorak al niño y lo dejó en el suelo, rebuscó en la bolsa, sacó tres coches Matchbox y se los puso delante.

—Toma.

El pequeño Duggie le sonrió y empezó a hacer correr los coches por la alfombra. McCoy se sentó en el sofá y observó las muchas cajas con diferentes cosas que Margo se había traído de la finca. La pila parecía crecer con cada día que pasaba.

—¡Ahí está! —exclamó Margo al entrar. Se sentó en el sofá y empezó a decirle tonterías. El pequeñajo se acercó a ella y se subió a su regazo con un coche en cada una de sus regordetas manos.

—¿Qué vas a hacer con todas estas cosas? —le preguntó McCoy.

—Revisar lo que contienen —dijo Margo, sin apartar los ojos del pequeño Duggie—. Ver qué vale la pena conservar. Es posible que haya unas cuantas fotos de mi madre. Me gustaría quedarme con ellas.

McCoy se levantó y se dirigió a la mesa donde Margo había empezado a desplegar las cosas. La caja medio vacía en el suelo, dos pilas de fotos. Una para guardar y otra para tirar. Tomó una foto de una joven guapa. La sostuvo en alto.

—¿Es ella?

Margo se asomó.

—Sí, en su puesta de largo, precisamente. Creo que hay una de ella con la princesa Margarita en alguna parte. A ver si la encuentras.

McCoy se sentó a la mesa, agarró un montón de fotos de la caja y empezó a examinarlas. Una fila de hombres disparando en una cacería. Dos ejemplares de Jack Russell sentados en un cajón de manzanas. La siguiente mostraba al hermano de Margo, joven y guapo, sentado con uniforme militar en un estudio. McCoy la observó con atención y se preguntó cómo había llegado a convertirse en el monstruo que acabó siendo. Todos esos años torturando a gente para el ejército británico debieron de trastornarlo.

—¿Quieres las fotos de Angus?

Margo cogió en brazos al niño, se acercó y miró por encima del hombro de McCoy.

—Solo de cuando era joven. Antes de..., ya sabes.

McCoy asintió. Dejó la instantánea en la pila de las que se quedaban.

—Voy a llevarlo a la cocina —dijo Margo—. Le daré algo de comer.

Margo se alejó, haciendo ruiditos en el oído del pequeño. Él siguió con las fotos. Unas veinte mostraban un banquete celebrado en el castillo, hombres vestidos de etiqueta, mujeres con ropa de fantasía y enjoyadas. Las dejó en la pila de las prescindibles. Abrió la siguiente caja. El hermano de Margo con algunos de los miembros de su ejército privado, jóvenes solitarios que había reclutado de entre los reservistas, a los que les enseñaba habilidades militares y quién sabe qué otras cosas.

Más fotografías del ejército privado. Parecían haber sido tomadas mucho tiempo atrás; debía de llevar años con ese asunto. Luego una en color, mucho más reciente. El hermano de Margo tal como McCoy lo había conocido, más viejo, más delgado. Estaba sentado en un árbol caído, con dos muchachos a su lado. McCoy observó más de cerca. Reconoció a uno de los muchachos, Crawford. Había sido segundo al mando de Angus Lindsay, se hacía llamar su hijo, estaban muy unidos. Se arrojó a las vías del tren cuando supo que todo había salido mal y la policía lo perseguía.

La dejó en el montón de las descartadas. Se puso en pie para ir a ver cómo le iba a Margo con el hombrecito. Se detuvo. Tomó de nuevo la foto del árbol caído. La estudió con más atención. No podía ser.

Pero Crawford estaba muerto.

Se le cayó el alma a los pies.

«Ahora ya sabes qué se siente.»

Cartel de reclutamiento, y una mierda. Agarró su chaqueta, le gritó a Margo que volvería más tarde y salió corriendo por la puerta.

El edificio del Ejército de Salvación estaba cerrado. Ni una sola luz encendida. McCoy lo rodeó hasta llegar a la parte de atrás y llamó a la puerta. No tardaron en abrirle. Allí estaba Kenny Lowell. En esta ocasión no vestía uniforme. Vaqueros y camiseta de camuflaje, botas negras. Sonrió. Mantuvo la puerta abierta.

—Pasa, McCoy —dijo—. Te estaba esperando.

Se dio la vuelta y caminó por el pasillo hacia la sala principal, comportándose en todo momento como alguien que acoge en su casa a un amigo al que ha invitado a cenar. Abrió la puerta al final del pasillo, apretó varios interruptores, el neón del techo chisporroteó y el vestíbulo se llenó de repente de luz. Nada nuevo: suelo de madera barnizada, un escenario bajo en el otro extremo, marcas de varias pistas de deportes pintadas en el suelo. Había una mochila del ejército y una bolsa de viaje en el medio, con un abrigo doblado encima.

Lowell se detuvo y se volvió hacia McCoy.

—Llegas justo a tiempo. Me voy ya mismo.

—Eres Crawford —dijo McCoy.

—Sí —admitió Crawford—. Pensé que me habías descubierto la primera vez que nos vimos, a pesar de todos mis esfuerzos por parecer alguien diferente. Esta barba tardó muchos meses en crecer, ¿sabes?

—Un cartel de reclutamiento —dijo McCoy—. Dijiste que aparecías en un cartel de reclutamiento.

Crawford sonrió.

—Sí, me gustó cómo lo solucioné, tuve que improvisar sobre

la marcha. —Dio la impresión de que se acordó de algo de repente—. Menudos modales los míos. Acompáñame.

McCoy lo siguió hacia el otro extremo del pasillo, atravesaron varias puertas más, un pasillo, y acabaron en un dormitorio: cama individual, sábanas dobladas encima, chinchetas en la pared donde había habido carteles colgados, un pequeño lavabo.

Crawford abrió un armario, sacó una botella de whisky medio llena y dos vasos. Sirvió un poco de whisky en los vasos y le tendió uno a McCoy.

McCoy lo miró, después miró a Crawford.

—¿Qué sucede? Ah, no te preocupes. Mira.

Se bebió la mitad, se sentó en la cama y señaló hacia la silla.

McCoy se sentó y dio un pequeño sorbo.

—¿Cómo es que...?

—¿Cómo es que estoy aquí y no a dos metros bajo tierra? Fácil. Le colocas tu identificación a alguien que se parece a ti y luego lo empujas cuando pasa el tren. El tren iba a noventa kilómetros por hora, así que el cuerpo prácticamente se vaporizó. ¿Qué es lo único que queda para saber quién es? Su identificación del ejército.

—¿Mataste a mi padre? —preguntó McCoy, esforzándose porque no le temblara la voz.

—¿Yo? Ni sé de qué me hablas. ¿No lo hizo un amigo suyo? Se suponía que lo iba a hacer Hood, pero se acobardó. Fue todo un desastre. —Sonrió—. Sin embargo, sí puedo decir que facilité un poco el proceso. Le di la botella.

—¿Qué hizo Hood?

—Ah, Hood era un pobre desgraciado. Vino a la gran ciudad para ser policía, descubrió que las grandes ciudades no son como su casa, que pueden ser lugares muy solitarios. Estaba en el lugar adecuado en el momento justo. Nos hicimos amigos, lo llevé a cenar una noche, le dije lo mucho que nos parecíamos, las creencias que compartíamos. Nos fuimos a su casa con un poco de vino y me lo tiré.

—Hood es...

Crawford negó con la cabeza.

—No creo que sepa lo que es. Estaba tan desesperadamente solo, que al menos eso fue una forma de mantener contacto humano con alguien. Y antes de que preguntes, tampoco es mi tendencia principal, pero es lo que hay.

McCoy recordó. Dos botellas en el alféizar de la ventana de Hood, el recuerdo de una noche.

—Después de eso, fue como plastilina en mis manos. Le di un libro de Ayn Rand, le susurré cosas bonitas al oído. Le dije que no había nadie como nosotros, que las calles estaban abarrotadas de gente inútil que estaría mejor muerta. No me costó mucho persuadirlo. Parecía estar obsesionado con los desamparados. Yo solo avivé las llamas. —Dio un sorbo a su whisky—. Estaba convencido de que lo haría. Pero bueno, supongo que no siempre se puede tener la razón... —Miró a McCoy—. Dime, ¿cómo te sentiste cuando supiste que tu padre había muerto? ¿Te rompió el corazón? ¿Lloraste a mares?

McCoy asintió.

—Bien. Espero que te sintieras tan mal como me sentí yo cuando murió el cabo Lindsay. Cuando lo mataste. Porque lo mataste tú, ¿verdad?

McCoy iba a mentir. No lo hizo. Recordaba haber obligado a Lindsay a que se bebiera toda la morfina de una vez.

—Sí. Iba a morir de todos modos. El cáncer era terminal.

—Como tu querido y viejo padre. Algunos podrían decir que ahora estamos en paz, ¿no te parece?

—¿Y los demás?

Crawford se encogió de hombros.

—Daños colaterales. Te sorprendería saber cuántos vagabundos en esta ciudad se parecen a tu padre. Estuvimos cerca un par de ocasiones... Bueno, los amigos de tu padre lo estuvieron. Y, por cierto, ¿cómo se encuentra Hood?

—Ha vuelto al trabajo.

—¿En serio? —dijo Crawford, sorprendido—. Pensé que ya se habría suicidado. No tardará en hacerlo. Lo aparté de mi lado, ahora sabe lo de los asesinatos y no ha hecho nada, se siente culpable por quién podría ser en realidad. Yo diría que es inevitable.

—¿Has hecho todo esto para vengarte de mí? Incluso te uniste al Ejército de Salvación...

Crawford asintió.

—Lindsay fue el padre que nunca tuve. Lo era todo para mí. Me quería. Se merecía venganza y ahora la ha obtenido. —Sonrió—. ¿Y sabes qué es lo mejor? Voy a salir impune de esto.

—No, no lo harás.

Crawford tomó otro sorbo de su bebida.

—¿Estás seguro? ¿De qué me vas a acusar exactamente, inspector McCoy? No he hecho nada.

McCoy no dijo una sola palabra. No podía creerlo, pero Crawford estaba en lo cierto. No tenía nada contra él.

—Eso pensaba —dijo Crawford—. ¿O estás pensando que tal vez puedes enfrentarte a mí, vengarte físicamente? ¿Es eso? Entonces, eres aún más estúpido de lo que pensaba. Te estás haciendo viejo, pesas la mitad que yo y mides quince centímetros menos. Practico el combate cuerpo a cuerpo: te estamparía contra esa pared antes de que te dieras cuenta.

McCoy no sabía qué decir. Por lo que parecía, Crawford tenía las mejores cartas.

—Debe de ser un poco frustrante, supongo. Estar ahí sentado, impotente. Incapaz de proteger el honor de tu querido y viejo padre. Debes de sentirte un fracasado. Un borracho inútil. Un puto don nadie. —Crawford se acabó el whisky, dejó el vaso y se puso de pie—. Ahora, si me disculpas, tengo que tomar un tren. —Se inclinó hacia el rostro de McCoy—. Por cierto, si pensabas que esto es el final, que ahora estamos en paz, andas muy equivocado. Hay una razón por la que le pedí a Hood que lo hiciera, una razón que me convierte en un absoluto inocente.

—¿Qué quieres decir?

—Esto no es más que el principio. Es posible que no sepas de mí durante un par de meses, incluso un par de años, pero te estaré vigilando y volveré para convertir tu vida en un infierno. Sigue mirando por encima del hombro, McCoy, porque un día estaré allí. —Se puso en pie—. Y aquí tienes un pequeño recordatorio.

Le propinó a McCoy un fuerte puñetazo en la cara.

McCoy se golpeó contra la pared del dormitorio. El dolor fue increíble. Se llevó la mano a la cara y al apartarla vio que estaba cubierta de sangre. Sentía que se le había soltado un diente, que tenía la nariz rota. Abrió los ojos, pero Crawford había desaparecido. Lo único que quedaba de él era su vaso sobre el alféizar de la ventana.

McCoy permaneció sentado durante más o menos una hora, con la mirada clavada en la pared, bebiéndose el resto del whisky. Crawford tenía razón: se sentía como un borracho inútil, un don nadie. No había podido salvar a su padre, no había sabido ver lo que realmente estaba ocurriendo, no había sido capaz de impedir que Crawford se marchase. Todo lo que podía hacer era beber y compadecerse de sí mismo. Igual que su padre.

Se levantó, se limpió toda la sangre de la cara que pudo con la sábana y regresó al vestíbulo principal. La mochila y el bolso de viaje habían desaparecido. Salió del edificio y caminó hacia el río Clyde, donde habían encontrado a Munroe. Podía oír risotadas provenientes de los arbustos junto a la orilla, vio la luz de una pequeña hoguera, tres figuras sentadas a su alrededor pasándose una botella. Trepó por la valla y caminó hacia ellos.

Una semana después

El cementerio de Springburn se encontraba al norte de la ciudad. Estaba situado en lo alto de una colina desde la que se podía ver la mayor parte de Glasgow extendiéndose en la lejanía. Había empezado a llover. Por alguna extraña razón, parecía lo más adecuado. Da la impresión de que los funerales no deberían tener lugar en días soleados.

McCoy miró colina abajo. Margo, Murray y Phyllis estaban de pie junto a los coches, Wattie intentaba abrir un paraguas.

—¿Estás bien? —preguntó Cooper.

McCoy miró dentro de la tumba, la lluvia caía sobre la madera pulida del ataúd.

—No —dijo—. No lo estoy.

Cooper lo había encontrado sentado en la puerta del Squirrel con Frank y el niño. No había pasado por casa desde la noche con Crawford. Había estado bebiendo en edificios vacíos, bares clandestinos... Recordaba una casa en Carntyne, un viejo con botellas de oporto. Había pasado el tiempo compartiendo botellas, en la parte trasera del hotel St. Enoch, sentado alrededor de una fogata en un descampado de Dalmarnock. Recordaba haber expectorado sangre espesa y negra en la calle. Una pelea con un tipo que terminó con McCoy golpeándole con una botella de vino vacía. No había dejado de beber durante tres días y tres noches.

Estaba bebiendo de una botella de vino con cafeína cuando vio a Jumbo y a Cooper caminando hacia él. Iba a echar a correr, pero sabía que no podría escapar. De todos modos, estaba tan cabreado que apenas podía mantenerse en pie. Le entregó la botella a Frank.

—Quédatela —dijo—. Al parecer, me voy a casa.

Pasó los dos días siguientes en casa de Cooper. Durmió la mayor parte del tiempo, negándose a ver a nadie. Hoy por fin se había decidido a salir. Sabía que tenía que bajar la colina, saludar, pedir perdón, pero no se atrevía. Estaba demasiado avergonzado.

—¿Y ahora qué? —dijo Cooper.

McCoy se encogió de hombros.

—Hay un psicópata esperando la ocasión para matarme, mi compañero ha empezado a entender que soy imbécil y que puede hacer el trabajo sin mí, mi novia es más rica que Dios y mi amigo, a este ritmo, acabará dirigiendo todo el hampa de Glasgow en cuestión de cinco años. ¿Y yo? Solo soy un borracho. —Miró fijamente hacia la tumba—. De tal palo, tal astilla.

—Hablando de padres e hijos, no le conté a Archie Andrews lo del hijo de Jamieson, ¿qué te parece? —dijo Cooper—. Pero sí le dije a Jamieson que lo sabía. Le dije que ahora trabajaría para mí y que se deshiciera de Andrews o le contaría lo que él y su hijo estaban haciendo y tendría que vérselas con él.

—¿Funcionó?

—Andrews desapareció ayer. No va a volver.

McCoy intentó sonreír, pero no le resultó sencillo bajo la lluvia. Dos sepultureros, apoyados en sus palas, esperaban.

—Tienes que recomponerte, Harry —dijo Cooper—. Hay gente preocupada por ti.

—¿Por mí? ¿Por qué iban a preocuparse por mí? Estoy de maravilla. Un policía con una carrera que no va a ninguna parte, una úlcera que probablemente vuelva a joderme vivo y, como alguien dijo una vez, con un agujero en el centro de mi ser tan grande que ni toda la bebida del mundo podría llenarlo. —Se volvió hacia Cooper, intentó sonreír—. ¿Qué harías si estuvieras en mi lugar?

—Para empezar, dejaría de quejarme —dijo Cooper—. Levantaría el culo y haría algo de provecho. Vente a trabajar conmigo.

344

McCoy lo miró.

—¿Hablas en serio?

—Las cosas están cambiando. Estoy expandiendo el negocio. Mi contable dice que tengo que hacerme legal como Duncan Kent. Necesito a alguien que me ayude a hacerlo. Alguien inteligente, no alguien cuya principal habilidad sea apuñalar a otro y salir indemne.

McCoy, tras muchos esfuerzos, logró encenderse un cigarrillo. Mientras fumaba, le llegaba el sonido del tráfico rodado en la carretera de Cumbernauld. Observó cómo un avión se elevaba hacia el cielo desde el aeropuerto. Al igual que Cooper, Glasgow se estaba expandiendo, cambiaba con el paso del tiempo. Quizás él también tendría que hacerlo.

—Vamos —le dijo a Cooper y empezaron a descender la colina. Se alzó el cuello del abrigo. Intentó evitar los charcos de camino a los coches. Se puso a pensar.

AGRADECIMIENTOS

Gracias a Francis Bickmore y a toda la gente de Canongate, y a Isobel Dixon y a todos los de Blake Friedmann. Por su ayuda y conocimientos, gracias a Brian Murphy, Stephen Fox, Peter Simpson, Alison Rae y Sam Matthews. Y gracias a la buena gente de Possil por soportar mis estúpidas preguntas.